八陣圖

공적은 셋으로 나뉜 나라를 뒤덮고
명성은 팔진도에서 이루어졌도다
강물은 흘러도 돌은 구르지 않거늘
오나라를 평정하지 못한 것을 한으로 남겼네

功蓋三分國 名成八陣圖 江流石不轉 遺恨失吞吳

천괴

천끼 1
한성수 新무협 판타지 소설

초판 1쇄 찍은 날 § 2004년 6월 5일
초판 1쇄 펴낸 날 § 2004년 6월 15일

지은이 § 한성수
펴낸이 § 서경석

편집장 § 문혜영
편집 § 장상수 · 서지현
마케팅 § 정필 · 강양원 · 이선구 · 김규진 · 홍현경

펴낸곳 § 도서출판 청어람
등록번호 § 제1081-1-89호
등록일자 § 1999. 5. 31
어람번호 § 제2-0383호

주소 § 경기도 부천시 원미구 심곡1동 350-1 남성B/D 3F (우) 420-011
전화 § 032-656-4452 팩스 § 032-656-4453
http://www.chungeoram.com
E-mail § eoram99@chollian.net

ⓒ 한성수, 2004

ISBN 89-5831-134-7 04810
ISBN 89-5831-133-9 (SET)

ANTASTIC ORIENTAL HEROES
안성수 新무협 판타지 소설
천고
天魁
1
병법(兵法)과 무공(武功)
청어람
도서출판

서(序)

　어둠 속에 잠긴 다섯 평 남짓한 내실에는 한 사나이가 턱을 괴고 앉아 있다. 그의 주변으로는 짙고 푸른 그림자만이 감돌고 있다. 달빛이다.

　사나이를 제외하곤 그리 편해 보이지 않는 의자와 책상만이 덩그러니 놓여 있는 내실이다. 달빛은 오직 사나이의 얼굴을 비출 뿐이다.

　전체적으로 선이 굵고 선명한 얼굴. 사십 대쯤으로 보이는 나이. 달빛에 비추인 사나이는 턱은 네모지고 코가 우뚝 솟아 전체적으로 강인해 보이는 인상이다. 전형적인 무인의 얼굴인 것이다. 달빛이 만들어 놓은 얼굴의 음영은 분명 그렇게 말하고 있었다.

　그때였다. 완벽한 침묵에 잠겨 있던 내실의 평온을 깨뜨리는 소리가 있었다.

　똑똑!

사나이는 반쯤 감겨 있던 눈꺼풀을 가볍게 떨었다. 노곤함이 깃든 자세와는 달리 단잠에 빠져 있던 것은 아니었다. 사나이가 턱을 괴고 있던 자세를 반쯤 풀자 문 여는 소리와 함께 달빛이 가볍게 흔들렸다. 아직 주인의 허락이 떨어지지 않았음을 상기하면 꽤나 무례한 방문이었다.

"폭주는 제압되었습니다."

투박한 목소리보다 먼저 지독한 피 내음이 코를 찔러왔다. 사나이로부터 달빛의 절반을 빼앗은 자의 흑의 무복에서 흘러나오는 냄새였다. 만약 검은색이 아니라면 군데군데 묻은 핏자국을 볼 수 있으리라.

그제야 완전히 손으로 턱을 괴고 있던 자세를 푼 사나이의 시선이 정면으로 향했다. 자신으로부터 정확히 일 장 정도 거리를 둔 채 발길을 멈춘 사내의 표정을 살피기 위함이었다.

"눈 하나를 잃었군."

어둠 속에서도 빛을 잃지 않고 있던 외눈이 순간 강한 빛을 뿜어냈다.

"오호는 다섯 별 중 가장 강한 기운을 타고난 화신(化身), 비록 자신을 잃었다곤 하나 속하의 눈 하나쯤 아까울 건 없습니다."

"피해가 그뿐은 아닌 듯한데?"

"맹(盟)의 총단을 수호하는 오천군세(五天軍勢) 중 금일 호위를 맡았던 금천검군(金天劍軍)의 일백 검 중 칠 할은 사망, 나머지 삼 할 중 대부분이 중상을 입었습니다. 때마침 소식을 듣고 구산(九山)에서 지원병을 보내주지 않았다면 총단 자체를 포기해야 했을지도 모릅니다."

"구산?"

"파불(破佛)이었습니다."

"흥, 그런 건가? 파불은 쓸데없는 짓을 했군. 맹 내 십대고수 중 한 명인 뇌정경혼(雷霆驚魂) 단백경과 금천검군의 일백 검사로도 막기 힘들다면 방법이 없는 것도 아닌데……."

"문상(文相)!"

문득 목소리를 높인 단백경의 외눈에서 시퍼런 기운이 뻗어 나왔다. 그가 익힌 독문심법인 뇌극령(雷極靈)의 영향이었다. 만약 누군가 단백경을 알고 있는 사람이 지금의 그를 본다면 절대 상대하려 하지 않을 것이다. 뇌극령이 발동한 상태의 단백경은 이미 인간이 아닌 존재였기 때문이다.

그러나 그로부터 문상이라 불린 사나이는 무심히 단백경을 바라볼 뿐이었다. 그뿐 아니라 그는 미미하게 고개를 흔들어 보이기까지 했다.

"어차피 그들은 마도병기(魔道兵器)들이다, 이런 일에 쓰이기 위해 만들어진."

"그렇지만 그들은 앞으로 함께 싸워야만 합니다."

"후일을 생각하자는 뜻인가?"

"그렇습니다. 함께 싸워야 될 동료를 스스로의 손으로 죽인다는 건 가혹한 일이지요. 동료로부터 죽임을 당하는 것도 물론이고."

"그건 자신의 제자를 죽인 자의 마음인 건가?"

순간 단백경의 어깨가 한차례 경련을 일으켰다. 문득 달빛 아래 검붉게 물든 그의 혈수가 보였다. 그것은 본래부터 붉은빛은 아니었으리라.

꽈악!

피에 젖은 혈수로 주먹을 쥐어 보이며 단백경이 목소리를 높였다.

"후속 명령을!"

단백경을 바라보며 문상이 말했다.

"혹시 이런 일이 있을까 봐 여분으로 남겨뒀던 녀석이 있다."

"그건 설마……?"

문상이 손을 들어 보였다.

"앞서 말했다시피 마도병기에 불과하다."

"그렇지만…….…"

"이미 십오 년 전에 내린 결정이다."

"…알겠습니다."

잠시 자신을 뚫어지게 바라보던 단백경이 절도있는 동작으로 신형을 돌려세웠을 때였다. 더 이상 아무 말도 흘러나오지 않을 것 같던 문상의 입술이 조그맣게 움직였다.

"괴물이지만 아직 어린 녀석이다."

"그 뜻은?"

고개를 돌린 단백경을 향해 문상이 무표정한 얼굴로 말했다.

"예쁜 아가씨라도 붙여주라구."

섬광 같은 만남

하늘은 맑고 깨끗했다. 주변에서 일어나고 있는 황사조차 그 천색을 쉽사리 씻어내진 못할 듯싶었다. 벌써 입춘(立春)이 지난 것이다.

덜그럭거리는 마차의 진동을 느끼며 눈을 감고 있던 단천엽은 창밖으로 보이는 광경을 물끄러미 쳐다보곤 나직한 한숨을 토해냈다.

그는 여태껏 산노(山老)란 이름을 가진 할아범과 산속에서 살아왔다. 다른 사람의 그림자조차 볼 수 없는 깊은 산속이었다. 한 달에 한 번 산 밑의 마을을 찾아 식료품을 구입하는 외에 사람을 만나는 일이란 무척 드물었다. 그렇게 그는 산노와 함께 대략 십여 년간을 보냈다.

기억하기로 서너 살 무렵 산속으로 들어갔으니 한 번도 나이 따월 세어본 일은 없지만 현재 단천엽의 나이는 대략 십육 세 정도였다. 이제 웬만한 일쯤은 스스로 알아서 처리할 수 있는 나이였다.

'그런데 산노는 어째서 그리 걱정이 많은지…….'

자신을 떠나보내는 내내 손을 흔들어주던 산노를 생각하며 단천엽은 문득 눈앞의 여인을 바라봤다. 마차 안은 제법 넓어 오륙 인이라도 탈 수 있을 듯했다. 그런 넓은 마차 안에 단천엽을 제외하면 맞은편에 여인 하나만이 자리를 잡고 있었다. 대충 보아 적으면 이십 세가량, 많으면 이십 대 중반가량 되어 보이는 미인이었다.

단천엽의 시선을 느낀 듯 여인이 빙긋 미소 지었다.

"왜, 내 얼굴에 뭐라도 묻었니?"

한 번도 본 일은 없지만 어머니처럼 다정한 목소리다. 어머니라는 단어가 머리에서 떠오르자마자 내심 고개를 흔든 단천엽이 다소 퉁명스레 말했다.

"제가 비록 산을 내려오겠다고 응낙은 했지만 그쪽더러 말을 놓으라고 한 기억은 없는데요?"

"어머! 그렇네? 그럼 지금부터 그렇게 하도록 하지 뭐."

"예?"

"지금부터 서로 간에 말을 놓기로 하자고."

여인은 활짝 웃어 보였다. 일부러 목소리를 거칠게 했던 단천엽의 내심을 꿰뚫어 보는 듯한 표정도 함께였다.

안색을 가볍게 붉힌 단천엽이 고개를 옆으로 돌렸다.

"그쪽은 나보다 나이도 많은 것 같은데 어떻게 말을 놓겠어요?"

"내가 그렇게 나이 들어 보여?"

여인의 목소리가 변했다. 지금까지 단천엽을 대했던 여유로움이 느껴지지 않는 목소리였다. 문득 그녀가 처음 산노와 자신 앞에 모습을 드러냈을 때를 떠올린 단천엽의 눈살이 찌푸려졌다. 그녀와 몇 마디 얘기를 나눈 산노의 표정은 무척 어두웠다.

"산노에게도 존댓말을 쓰지 않은 주제에 이제 와서 설마 사실은 나
하고 동갑이라거나 하는 재미없는 농담은 아니겠지요?"

"어? 그게 사실인데?"

"무슨?"

여인 쪽으로 고개를 돌리던 단천엽의 얼굴에 당황의 기색이 떠올랐
다. 어느새 다가온 것일까. 여인은 이목이 뚜렷한 얼굴을 단천엽의 코
앞까지 들이대고 있었다.

'좋은 냄새가 난다!'

순간 떠오른 생각이었다. 단천엽은 진짜 그런 생각을 했다. 여인에
게선 한 번도 맡아본 적이 없는 좋은 냄새가 났다. 산 아래 마을에서
드물게 봤던 젊은 여인들은 물론이거니와 산속을 온통 헤집어 찾곤 했
던 벌꿀보다도 더 매혹적인 냄새였다.

단천엽이 자신도 모르게 코끝을 벌름거리자 여인의 얼굴에 장난기
가 떠올랐다.

"좋아?"

"에?"

"어차피 앞으로 계속 함께해야 할 텐데 좀 더 가까이 다가와도 돼."

"무, 무슨……?"

여인이 더욱 몸을 붙여오자 잠시 멍청한 표정이 됐던 단천엽의 얼굴
이 확 붉어졌다. 여전히 여인에게서 나는 향기는 매혹적이었지만 알
수 없는 불안감이 그를 그리 만들었다.

자신을 밀치고 황급히 뒤로 물러서는 단천엽을 바라보며 여인이 피
식거리며 웃었다.

"쳇! 산골 출신이라기에 순진한 줄 알았더니 숙녀를 향해 코끝을 벌

름거릴 줄이야. 산노란 분은 천하맹 내에서도 명성이 자자했다고 자랑했지만 그것도 그리 믿을 건 못 되는 것 같네?"

"산노를 욕하지 마!"

"와! 드디어 말을 놨네? 이제야 나와 말을 놓을 생각이 된 거로군."

"이건 그런 게……."

"설마 한입으로 두말을 하겠다는 건 아니겠지? 내가 너한테 반말을 했고 너 역시 나한테 반말을 했으니 이제 우리는 친구가 된 거야."

"어째서?"

"…애기가 그렇게 되냐고?"

단천엽은 대답 대신 고개를 끄덕였다. 이상하게 눈앞의 여인과는 도저히 말싸움으론 이길 수 없을 것 같았다. 그런 단천엽을 바라보며 살살 눈웃음을 친 여인이 말했다.

"그야 서로 간에 반말을 한다는 건 친구 간에나 할 수 있는 일이잖아."

"그렇지만……."

"게다가 우리는 만난 지 벌써 닷새나 됐잖아. 불가(佛家)에서는 옷깃을 스치는 것만으로도 억겁(億劫)의 인연이라고 했는데 우리 두 사람이 닷새나 함께 동행했는데도 서로를 서먹하게 대한다는 건 너무 슬픈 일이잖아."

"…그래서?"

여인은 예의 웃음을 지어 보이며 고개를 끄덕였다. 그녀는 언제 단천엽에게 얼굴을 들이밀었냐는 듯 어느새 뒤로 물러나 단정한 표정을 해 보였다.

"처음 소개하겠습니다. 소녀의 방명은 제운영이라 해요. 음주가무를 좋아하고 특기는 경공이지요. 강호에서는 귀검참마도(鬼劍斬魔刀)라 부르거나 일보삼천배(一步三千杯)라 부르기도 하죠. 개인적으론 후자 쪽을 더 좋아하고요.”

그녀의 말처럼 단천엽으로선 처음 듣는 이름이었다. 산을 떠난 지난 닷새 동안 단천엽은 그녀에게 이름을 묻지 않았고 그녀 또한 단천엽에게 이름을 가르쳐 주지 않았다. 두 사람은 완전한 남처럼 닷새간을 침묵하고 있었던 것이다.

‘난 왜 이 여자에게 화를 내고 있었던 걸까?’

물론 단천엽은 정답을 알고 있었다. 그러나 지금 굳이 입을 열어 정답을 말할 필요는 없었다. 상대방이 애써 한쪽 눈을 감아주는데 마다 할 까닭은 없었다.

슬쩍 고개를 옆으로 돌린 단천엽이 조그만 목소리로 말했다.

“내 이름은 단천엽. 산노 할아범이 지어준 이름이고 나이는…….”

“가만! 내가 맞춰볼게!”

큰 목소리로 단천엽의 입을 막은 제운영이 고운 미간을 모으며 심각한 표정을 지어 보였다.

“스무… 살쯤?”

단천엽의 얼굴에 어처구니없다는 표정이 떠올랐다. 긴 머리가 얼굴의 반 면을 가리고 있다곤 하나 그는 하얀 피부에 제법 미목이 수려한 외모를 하고 있었다. 산을 내려온 닷새 동안 그의 얼굴을 보고 얼굴을 붉힌 소녀들이 적지 않았던 게 이를 증명했다. 절대 겉늙어 보이는 얼굴은 아닌 것이다.

단천엽이 고개를 젓자 귀여운 표정을 지어 보이며 고개를 갸웃거리던 제운영이 미간의 골을 더욱 깊이 팼다.

"아니라고? 그럼 설마 십대 후반이란 말야?"

단천엽은 여전히 고개를 가로저었다. 말도 안 된다는 표정을 얼굴 가득 담은 채였다. 그러자 제운영의 아미가 상큼하게 치켜 올라갔다.

"뭐야, 그럼?"

"십육 세라고 생각합니다만……."

딱!

단천엽의 얼굴이 황당하다는 표정을 만들어냈다. 머리를 주먹으로 얻어맞았지만 아픔보다는 바뀐 제운영의 태도가 그를 그렇게 만들었다. 오직 산속에서 산노와만 지내온 그로선 변화무쌍한 제운영의 성격 변화를 이해하기 힘들었다.

제운영이 식식거리며 거친 목소리를 냈다.

"이 자식아! 내 나이는 스물다섯이야! 어딜 대갈박에 피도 안 마른 녀석이 갖은 무게는 다 잡고 난리야? 지난 닷새 동안 하도 말이 없고 건방지게 굴길래 난 절정고수라 주안술(駐顔術)이라도 익혔는 줄 알았잖아!"

"그게 무슨……?"

딱!

"사내자식이 웬 변명이 그리 많아! 앞으로 목적지인 하남성(河南省)에 도착할 때까지 날 누님이라 부르며 깍듯이 모셔!"

"……."

"어라? 대답을 안 하네? 또 맞고 싶은 거야?"

제운영이 다시 주먹을 들어 올리자 자신도 모르게 어깨를 움찔거린 단천엽이 얼른 고개를 끄덕였다. 맞는 게 두려운 게 아니라 말 한마디를 할 때마다 표정이 변하는 제운영의 기이한 박력에 두 손을 든 것이었다.

그러자 잔뜩 성난 표정을 짓고 있던 제운영의 입가로 흐뭇한 미소가 떠올랐다. 단천엽으로선 별로 본 일이 없는 득의양양한 표정 그 자체였다.

‘여인이란 존재는 정말 무섭군.’

단천엽은 내심 고개를 절레절레 흔들었다. 자신을 떠나보내던 산노의 표정이 어째서 그리 어두웠는지 조금쯤 이해가 가는 기분이었다. 정막하기까지 했던 산속의 생활 중 언제 이와 같은 일을 만났는가 싶을 정도였다.

그때였다. 조금쯤 겁을 먹은 표정이 된 단천엽을 바라보며 연신 흐뭇한 교소를 터뜨리고 있던 제운영의 표정이 변했다. 별다른 진동을 느낄 수 없을 정도이던 마차가 덜그럭거리기 시작한 것과 거의 동시에 벌어진 변화였다.

‘사천성(四川省)으로부터 오 일간 별다른 일이 없었다. 그런데 맹의 세력권에 포함되는 섬서성(陝西省)을 코앞에 두고 일이 터진 것인가?’

잠시 염두를 굴린 제운영은 슬쩍 단천엽의 안색을 살폈다. 자신이 느낀 변동을 눈앞의 소년이 인식했는가를 알아보기 위함이었다.

그러나 그녀는 금세 맥이 빠지는 기분이 되고 말았다. 그녀가 보기에 단천엽은 전혀 현 상황을 파악하지 못한 얼굴을 하고 있었다. 무공을 전혀 익히지 않은 범인이라도 조금만 감각이 예민하면 느낄 만한 마차의 변화에도 불구하고.

‘결국 내가 모셔가는 도련님은 현 상황을 타개하는 데 전혀 도움을 주지 못한다는 거군.’

제운영은 내심 한숨을 내쉬었다. 눈앞의 단천엽이 어떤 신분인지 그녀는 알지 못했다. 사실 관심이 전혀 없는 건 아니었지만 단천엽의 신분은 철저한 비밀에 붙여져 있었다. 제법 맹 내에서 신분이 높은 축에 드는 그녀로서도 알 수 없을 만큼.

그래서 지금까지 제운영은 단천엽에 대해 어느 정도 기대 심리를 가지고 있었다. 나이 어린 소년의 얼굴을 하고 있지만 은퇴한 맹의 고수가 하인을 자처할 정도이니 절대 무시할 수 없다는 판단이었다.

그런데 지난 오 일간 새록새록 키워왔던 기대를 단천엽은 한순간에 무너뜨리는 게 아닌가?

어떤 신분인지는 모르나 단천엽은 제운영이 생각했던 종류의 사람은 아닌 게 분명했다.

'그러니 이젠 어떡할까?'

그러는 동안에도 마차의 요동은 점점 더 심해지고 있었다. 마차를 몰던 마부에게 이상이 생긴 게 분명했다.

일단 마부를 대신해 마차를 몰아야겠다고 판단한 제운영이 몸을 일으키자 여태 침묵을 지키고 있던 단천엽이 슬며시 제지했다.

"일단은 참으세요."

"어?"

이때 단천엽의 손은 제운영의 어깨에 닿아 있었다. 자연스레 몸을 일으키려던 제운영의 동작을 막고 있었다. 그가 앉아 있던 곳으로부터 제운영이 상당히 떨어져 앉아 있었음에도.

놀란 표정이 된 제운영에게 단천엽이 어색한 표정을 지어 보였다.

"그냥 그래야 할 것 같아요."

"그냥?"

제운영의 얼굴이 가볍게 흔들렸다. 느닷없는 단천엽의 말과 행동이 그녀의 움직임을 순간적으로 경직시켰다. 유기적으로 움직여야 할 동작에 혼선을 만들어 버린 것이다. 한 점의 내공이나 초식조차 사용하지 않고서.

덜컹!

마차에 마지막 진동이 온 것은 바로 그때였다. 지금까지완 비교도 안 될 정도로 크게 한차례 튀어오른 마차가 곧 잠잠해졌다. 마차를 끌던 마부는 물론이거니와 말들의 기척마저 점점 멀어지고 있었다.

"지금이에요."

단천엽의 목소리는 조용했다. 그러나 이어진 동작마저 그렇진 않았다. 제운영의 얼굴에 깜짝 놀란 표정이 떠올랐다. 느닷없이 땅바닥이 꺼져 버린 것이다.

'어느새 마차 바닥을……!'

순간적으로 땅바닥에 떨어진 제운영은 입술을 벌렸다. 단단한 판자로 되어 있던 마차 바닥이 절반이나 쪼개졌음을 눈치 챘기 때문이다. 그러나 그녀에겐 생각을 정리할 틈이 주어지지 않았다. 곧바로 머리 쪽에서 후끈한 열기가 느껴졌다.

"엎드려요!"

경호성과 함께 방금 전까지 제운영과 단천엽을 태우고 있던 마차가 격렬한 불꽃을 일으키며 불타올랐다. 마치 스스로 격렬한 불꽃 속에 몸을 던진 것처럼 느닷없는 발화였다.

그때 화끈한 열기에 얼른 고개를 숙인 제운영의 손을 잡아끄는 손길이 있었다. 익숙한 자세로 땅바닥에 몸을 깔고 있던 단천엽이었다. 그는 제운영을 끌고 재빨리 마차 밑에서 탈출하고선 책망하듯 말했다.

"정신 차려요. 지난 닷새 동안 우리 주변을 따르던 사람들은 이미 없어요. 유격전으로 경계병을 척살하고 화공(火攻)을 펼쳐 발을 묶었으니 다음은 포위전(包圍戰)일 게 분명해요."

"유격전, 화공, 포위전?"

연이은 생소한 용어에 제운영은 눈살을 찌푸렸다. 이러한 용어들은 나라와 나라 간의 전쟁에서나 쓰이는 군문(軍門)의 것이었다. 무림인인 그녀가 알아듣기엔 무리가 있었다.

그녀가 알고 속해 있는 세상은 서로 마음에 맞으면 밤새워 술을 마시고 마음에 안 맞으면 도검을 맞대는 곳이었다. 지금과 같이 느닷없는 습격이라거나 마차가 불타는 일 따윈 생각해 본 적도 없었다. 일류 고수급의 무공 실력을 가지고도 순간적으로 나이 어린 단천엽의 손에 끌려간 건 그 때문이었다.

그러나 그것도 잠시뿐, 기민하게 움직인 단천엽의 손에 이끌려 관도 근처에 놓여진 큼지막한 바위 뒤에 몸을 숨기게 된 제운영의 고운 얼굴이 붉게 물들었다.

그녀의 시선은 어느새 자신의 앞을 가로막고 선 단천엽의 등을 향해 있었다. 나이도 어린 주제에 숙녀를 생각할 줄 아는 아주 괜찮은 녀석이란 생각이 들었다.

'하지만 이건 완전히 역할이 바뀌었잖아! 내가 녀석을 보호하는 거지 녀석이 날 보호하는 건 아니라고.'

딱!

"뭐, 뭡니까?"

머리가 아프다기보다는 어처구니없다는 표정으로 자신을 바라보는 단천엽을 보며 제운영이 가볍게 웃어 보였다.

"어머, 아팠니?"

"그런 문제가 아니라……."

"아아, 안 아팠으면 됐어. 그리고 이젠 좀 뒤로 물러서 줄래?"

"예?"

"유격전이나 포위전 따윈 모르지만 난 이렇게 누군가에게 쫓겨다니는 건 별로 좋아하지 않거든."

다시 단천엽을 향해 웃음을 던져 보인 제운영이 낮추고 있던 자세를 바로 세웠다. 어느새 그녀의 손에는 천하맹에 몸담기 전 대강남북을 휩쓸었던 한 쌍의 일월도검(日月刀劍)이 들려 있었다.

제운영이 뽑아 든 일월도검은 기병(奇兵)이었다. 두툼하면서도 짧은 박도(朴刀) 모양의 일도(日刀). 그리고 끝이 뾰족하면서도 긴 협봉(狹鋒)의 월검(月劍). 어울리지 않는 한 쌍의 병기는 분명 그렇게 보였다.

지난 몇 년간 강호상에서 제운영은 이 한 쌍의 기병을 친구 삼아 명성을 드날렸다. 그녀의 명성이 높아지면 높아질수록 일월도검 역시 강호상에 그 이름을 진동시켰다. 그녀와 일월도검은 한 몸으로 서로 따로 떼어놓고 생각할 수 없을 정도였다.

그도 그럴 것이 강호에서 도검을 한꺼번에 사용하는 사람이 아주 없지는 않았으나 이렇게 길이와 두께가 상반되는 병기를 같이 사용하는 이는 무척 드물었다. 아니, 거의 없다시피 했다. 일월도검은 그 모양새만으로 무학의 금기(禁忌)를 범하고 있었기 때문이다.

모든 무공 초식은 공수가 조화를 이뤄야 하는 법이다. 그래야만 자신을 방어하며 동시에 상대방을 공격할 수 있다. 무림의 십팔반병기란다 그런 점을 생각하고 만들어진 것들이었다. 쉽사리 다른 모양으로 위력을 발휘하긴 힘들었다.

그러니 달리 이렇게 가늠키 어려운 기병을 손에 쥐었다면 필경 무언가 특별한 점이 있을 터인데, 제운영에겐 분명 그러한 점이 있었고 그것을 사람들 앞에서 입증해 보였다. 그녀와 일월도검의 명성이 함께 상승하지 못할 까닭이 없었다.

그래서인지 제운영이 바위 밖으로 모습을 드러내자 불타오르는 마차 주변을 포위하고 있던 흑의복면인들의 시선이 일제히 그녀가 빼 든 일월도검을 주목했다.

각기 수중에 칠흑같이 시커먼 흑검을 빼 들고 있는 그들에게도 제운영의 일월도검은 흥미를 끄는 점이 있었던 것이리라.

'모습을 드러낸 것만 해도 다섯 명이라……'

복면인들의 숫자를 재빨리 헤아린 제운영의 아미가 살짝 찌푸려졌다. 단천엽에게 말했다시피 그녀는 병법에 대해 아는 게 거의 없었다. 강호를 주유하는 동안 적을 만나면 베어버리고 아군을 만나면 술을 함께하는 게 그녀의 일상이었다. 복잡한 문제는 다른 사람들의 소관일 뿐 그녀의 차지는 아니었다.

하지만 그녀도 바보는 아니었다. 겉으로 드러난 복면인들이 습격자들의 전부일 리 없었다. 적어도 주변에 두 배는 더 많은 적들이 숨어 있으리란 게 그녀가 내린 판단이었다.

재빨리 울퉁불퉁한 바위와 숲으로 둘러싸인 관도 주변을 훑어본 제운영이 호기당당하게 소리쳤다.

"나는 천하맹(天下盟)의 순찰당(巡察堂) 부당주 귀검참마도 제운영이라 한다! 현재 임무 수행 중이니 개인적인 은원에 의한 결투는 벌일 수 없는 처지이다! 만약 천하맹에 들어가기 전에 나와 원한을 맺었던 자들이라면 후일을 기약하기 바란다!"

그러나 복면인들은 전혀 움직임을 보이지 않았고 놀라는 기색 역시 없어 보였다. 현재 강북무림을 거의 장악했다고 알려진 천하맹의 이름을 듣고도 그들은 전혀 동요하지 않았다. 오히려 진한 살기마저 뿜어내고 있었다.

복면인들의 모습을 한차례씩 확인한 제운영의 입술이 하얀 치열을 드러냈다. 고개를 가볍게 흔들어 보이는 그녀의 입술 사이로 쓴웃음이 번져 나왔다.

"하하, 그렇군. 역시 내 신분을 알면서도 습격한 것이었어. 대강남북을 종횡하던 귀검참마도가 천하맹에 들어간 후 많은 업신여김을 당하는군. 갑자기 습격을 받질 않나 신분을 밝히고도 말이 씹히질 않나……."

쩡!

도검이 부딪치는 소리는 맑고 날카로웠다. 그리고 바람처럼 움직이기 시작한 교영. 기괴한 일월도검이 일으킨 검기도영(劍氣刀影)과 더불어 제운영은 과거 대강남북을 휩쓸고 다니던 때와 다름없이 적을 베어 갔다. 한 치의 주저함도 없이.

파앗!

정신없이 파고드는 월검의 검기에 밀려 연신 뒤로 물러서던 복면인의 흑검이 하늘로 날아올랐다. 주변을 파고들던 흑검 네 개를 연달아 튕겨 버린 일도의 직격 때문이었다. 횡으로 네 개나 되는 흑검을 튕겨내고도 위에서 아래로 떨어진 일도의 일격은 무시무시했다.

"일단 한 놈!"

흑검을 잃은 복면인의 전중혈(膻中穴)을 검끝으로 점혈한 제운영의 신형이 춤을 추듯 회전했다. 앞으로 진격할 때는 선불 맞은 멧돼지 같더니 배후를 노리는 흑검을 피해내는 동작은 우아한 봉황처럼 매끄러웠다. 처음 달려들 때부터 생각하고 있던 몇 개의 동작을 연달아 펼쳐 보인 것이다.

그러나 순식간에 동료 한 명이 쓰러졌음에도 불구하고 복면인들은 전혀 주눅 들지 않았다. 잠시 전열이 흐트러졌던 복면인들의 발걸음이 빨라졌고 곧 날카로운 검기가 종횡으로 제운영의 전신을 휘감아왔다. 그녀가 복면인들의 포위를 따돌렸다고 생각한 바로 그 순간이었다.

'한번 움직일 때마다 네 가지 검기가 온몸을 조여온다?'

발걸음을 재게 놀려 상중하로 파고들던 검기를 피해낸 제운영은 아랫입술을 깨물었다. 연신 자신을 노리고 파고드는 네 복면인의 움직임은 그리 낯설지 않았다. 그녀가 익히 알고 있는 사상(四象)을 바탕으로 한 변화였다.

복면인의 숫자가 다섯임을 보고 지레 오행진(五行陳)을 예상했던 그녀로선 낭패가 아닐 수 없었다. 그러고 보면 처음 쓰러뜨린 복면인은 그녀를 진세 안으로 뛰어들게 만들 미끼였음이 분명했다. 상대방은 그녀의 성격이나 행동 방식을 처음부터 꿰뚫고 있었던 것이다.

'그렇다면?'

연신 자신을 노리는 흑검의 공세를 얼른 사상의 변화에 맞춘 보법으로 피해내며 제운영은 주변을 둘러봤다. 그녀의 시선이 향한 곳은 얼마 전까지 몸을 숨기고 있던 커다란 바위가 위치한 방향이었다. 복면인들의 목표가 자신이 아니라는 점을 생각한 행동이었다.

그때 제운영의 귓전을 때리는 목소리가 있었다.

"난 당분간 괜찮아요! 운영 누나는 눈앞의 상대를 물리치는 것만 신경 쓰세요!"

'이 목소리는……?'

마치 자신의 내심을 읽은 듯한 목소리. 그리고 더불어 어느새 바위 주변을 두 겹, 세 겹으로 에워싼 복면인들의 그림자를 본 제운영의 얼굴이 가볍게 흔들렸다.

적어도 십여 명이 넘는 숫자. 숨어 있던 복면인들의 숫자는 처음 제운영의 예상대로였다. 일개 소년에 불과한 단천엽으로선 공포에 질릴 만한 상황이었다. 복면인들의 흑검에 발라진 건 스치기만 해도 생명이 위험한 절독이었고, 그들은 하나같이 진한 살기를 뿜어내고 있었다. 바보라도 자신의 생명이 위험하다는 걸 알 수 있으리라.

그런데 단천엽은 오히려 자신을 염려하고 있었다. 그의 목소리가 절대 생명의 위기와 맞닥뜨린 사람의 불안을 담지 않았다는 건 차후의 문제였다. 지금 당장 중요한 점이 아니란 뜻이다. 적어도 지금의 제운영에겐.

파슷!

잠시 딴 곳에 정신이 팔린 틈을 타서 독사 같은 검기가 제운영의 옆구리를 스치고 지나갔다. 만약 반 치만 더 깊었어도 극독에 중독되었을 일검이었다.

그러나 제운영은 신경 쓰지 않았다. 그녀는 지나간 일검보단 정신을 집중하는 데 신경 썼다. 연신 현란한 변화를 일으키고 있는 자신의 일월도검 전부에.

'회선검무(回旋劍舞)! 일광추혼(日光追魂)!'

제운영의 좌수에 들렸던 월검이 큰 회전을 일으켰다. 발끝으로부터 시작되어 온몸을 휘감는 검기의 회오리. 바로 회선검무였다. 그리고 그와 동시에 우수에 들렸던 일도가 회전하는 검기를 뚫고 허공을 가르며 날아올랐다.

쇄액!

와선의 기류와 더불어 회선검무에서는 한 가닥 강력한 흡입력이 일어났다. 연신 사상의 변화에 따라 흑검을 찔러대던 복면인들의 입이 일제히 쩍 벌어졌다. 제운영의 손을 벗어난 일도가 맹렬히 공중을 선회하며 자신들의 뒤통수로 파고든 것이다. 일광추혼이었다.

차창! 퍼퍼퍽!

앞서 도격을 막아선 두 복면인의 흑검이 하늘로 날아올랐고 뒤따라 두 개의 팔목이 땅바닥을 나뒹굴었다. 여태껏 강호상에서 제운영이 일광추혼을 펼쳤을 때완 전혀 다른 결과였다.

보통은 처음 일광추혼을 맞은 자들이야말로 피할 여유가 없어 손목을 잃고 다른 자들은 검을 떨구거나 주변을 나뒹구는 게 고작이었다.

'…자신의 손목을 잃는 한이 있어도 지금 날 놓아줄 순 없다는 거냐?

제운영은 연달아 회선검무의 이식과 삼식을 펼쳐 냈다. 일단 회선검무에 잡아당겨졌던 복면인들이 하릴없이 튕겨져 나갔다. 순간 강력한 회전력이 반탄의 기운으로 돌변했다. 그리고 동시에 허공을 떠돌던 일도가 제운영의 수중으로 돌아왔다.

번쩍!

일광추혼의 두 번째 초식은 발군의 쾌도식(快刀式)이었다. 그것도 귀신같은 신법과 함께 어우러진.

바람처럼 움직인 제운영의 일도가 나머지 두 개의 흑검을 하늘로 날려 버렸고, 뒤이어 월검이 움직였다. 날카롭게 일어난 검기는 이미 전의를 상실한 채 뒤로 물러서던 흑의인들의 전중혈을 연달아 찔러 들어갔다.

파파팟!

"둘, 셋, 넷, 다섯!"

숫자의 끝에 제운영은 평소처럼 끝이란 말을 붙이지 않았다. 이제 그녀의 싸움은 시작한 것이나 다름없었다. 단천엽을 구하기 위해선 다시 몇 배나 되는 복면인들과 싸워야 했다.

그때 웽웽거리는 소리와 더불어 단천엽의 목소리가 들려왔다.

"달려요!"

"엇!"

어느새 단천엽은 제운영의 옆에 다가서 있었다. 아무리 제운영이 복면인들을 제압하는 데 심력을 기울였다 하나 귀신이 곡할 노릇이었다. 그녀 정도 되는 고수는 자신의 간격을 이렇게 쉽사리 내주는 법이 없다. 게다가 단천엽을 에워싸고 있던 복면인들은?

불신에 가득한 제운영의 눈빛을 바라보며 단천엽이 다시 재촉하듯 말했다.

"안 달릴 거예요? 그럼 나 혼자라도 달아나야겠어요!"

정말 단천엽은 먼저 달려가기 시작했다. 특별히 경공이나 신법을 펼치는 건 아닌데 대단히 빠른 속도였다. 마치 한 마리 준마가 들판을 달리는 듯했다.

그러나 제운영은 시선을 예의 바위 쪽으로 던지지 않을 수 없었다. 마음속에서 일어난 의문을 풀어야 했다. 그녀는 곧 화들짝 놀라고 말았다. 가녀린 어깨가 움찔 떨렸다.

방금 전 단천엽의 목소리와 함께 들었던 웽웽거림의 정체!

바위 근처는 어느새 어디서 날아왔는지 알 수 없는 벌 떼로 뒤덮여 있었다. 십여 명이나 되는 복면인들은 온통 벌 떼에 휘감긴 채 이리 뛰고 저리 뛰고 있었다. 잘 훈련된 정예로 보이는 그들로서도 자연의 섭리는 거스를 수 없어 보였다.

그때 벌써 저만치 달려갔던 단천엽이 다시 제운영에게 돌아왔다. 그는 그냥 돌아온 것이 아니었다. 어느새 겉의 장포를 벗어 들고 있었다.

재빨리 장포를 제운영의 머리에 덮어씌워 준 단천엽이 소리쳤다.

"정말 어쩔 수 없는 사람이군요! 이렇게 사람의 말을 안 듣다니!"

"저게 어떻게 된 일이지?"

단천엽은 대답하지 않았다. 대신 약간 초조한 표정으로 말했다.

"품 안에 가지고 있던 벌꿀을 뿌렸어요! 산벌들은 지독해요! 한번 쏘이면 온몸이 부어오르고 자칫 잘못하면 목숨이 위태롭다구요! 이런, 빨리 뛰어요!"

이번엔 말뿐만이 아니었다. 단천엽은 직접 제운영의 손을 잡아끌었다. 벌써 무시무시한 웽웽거림과 함께 시커먼 벌 떼가 달려들고 있었다. 한시가 급했다.

"아!"

마차를 탈출할 때와 비슷한 상황이었다. 얼떨결에 단천엽의 손에 이끌려 신형을 날리게 된 제운영의 얼굴이 가볍게 달아올랐다. 계속 자신보다 대여섯 살—사실은 그보다 더 나이 차이가 났지만—이나 어린 소년에게 좌우되는 자신이 못내 한심한 것이다. 혹시라도 자신이 벌에게 쏘일까 봐 벗어준 장포 자락의 고마움과는 별도로.

지난 십여 년간 배운 것이라 했다. 사람을 홀려 속이는 기술과 주변의 지형, 지물을 이용해 몸을 숨기는 방법, 그리고 일반 중원인들이 쓰는 전술과는 상궤를 달리하는 병법까지.

단천엽은 도망에 능했고 암습이나 습격에 놀랍도록 유연하게 대처할 줄 알았다. 그런 방면에 있어서 동행한 제운영으로선 상상도 하지 못할 정도의 실력을 그는 가지고 있었다. 산노에게 어떤 수업을 받았는지는 모르겠으나 이런 기민한 대응은 타고났다고밖엔 설명할 수 없다고 제운영은 생각했다.

그도 그럴 것이 특별한 도구나 무공을 사용하지 않고도 단천엽은 섬서성의 경계에서 시작된 흑의복면인들의 암습과 습격을 몇 차례나 물리쳤다.

제운영의 방식인 맞서 싸워 물리치는 게 아니라 산속을 빙빙 돌고 숲을 가로질러 습격자들을 떨궈냈다. 분명 처음 만난 산이고 숲인데도 그는 길을 잃는 법이 없었다. 어느 순간부터 얌전히 뒤를 좇는 신세가 된 제운영의 입이 연신 벌어진 건 그리 놀랄 만한 일이 아니었다.

그러나 제운영을 진짜 놀라게 만든 단천엽의 대단한 점은 그가 지닌 지칠 줄 모르는 체력이었다. 그녀가 보기에 단천엽은 특별한 무공을 익히고 있지 않았다. 틈날 때마다 몇 차례나 시험해 봤지만 그의 체내에서는 한 점의 내력도 찾아볼 수 없었다. 그야말로 불가사의한 일이었다.

천생의 신력을 타고났다고 해도 며칠씩 잠도 자지 않고 산과 숲을 헤집는다는 건 보통 힘든 일이 아닐 게 분명했다. 일류고수인 제운영 역시 지난 며칠간의 강행군은 꽤나 고된 여정이었다. 절대 쉬어가잔 말은 입 밖으로 내지 못했지만.

단천엽의 뒤를 좇으며 제운영은 기회가 닿는다면 반드시 자신의 의문을 풀리라 마음먹었다. 그녀의 생각에 지금 단천엽이 보이는 능력은 결코 정상적인 게 아니었다. 무학을 익힌 무인으로서 이런 일은 납득할 수 없었다. 지금으로선 거칠어지는 숨결을 애써 숨긴 채 뒤따를 밖엔 도리가 없지만 이런 상황이 계속되진 않을 터였다.

그렇게 사흘 밤낮을 꼬박 험난한 산길을 가로지르자 드디어 섬서성의 경계가 모습을 드러냈다. 평소 섬서성을 많이 돌아다녔던 제운영은 금세 용기백배한 표정을 되찾았다. 그동안 단천엽이 이리 가자 하면 이리 가고 저리 가자 하면 저리 가던 상황은 이젠 끝난 것이나 다름없었다.

"이제 눈앞의 산만 넘으면 사천은 끝이야. 섬서성부터는 천하맹의 세력권이 공고하게 확립되어 있으니 정체 불명의 복면인들에게 도망다니는 건 오늘로써 끝난 거라구."

이마에 맺힌 땀을 닦으며 제운영은 오랜만에 밝은 표정을 지어 보였다. 그녀는 진짜 기뻐하고 있었다. 그러나 곧 그녀의 시선은 슬그머니 단천엽의 표정을 살피기 시작했다. 자신의 설명만 듣고 정확히 섬서성의 경계를 찾아온 소년은 여전히 주변을 두리번거리고 있었다. 지난 사흘간과 전혀변함 없는 모습이었다.

'저 녀석, 전혀 내 말을 안 듣고 있잖아!'

속이 부글거리며 끓어오르는 걸 느끼며 제운영은 아미를 상큼하게 치켜 올렸다. 이곳까지 오는 동안 그녀는 조금도 자신의 역할을 수행하지 못했다. 오히려 자신이 보호해야 할 당사자인 단천엽에게 도움받는 일이 비일비재했다.

무력만으론 천하에 당할 세력이 없다는 천하맹이나 과거 제운영이 누렸던 명성을 생각하자면 기가 막힐 노릇이나 지금까진 도리가 없었다. 아직까지 그녀는 자신들을 습격한 자들의 정체조차 파악하지 못한 상황이었고 그들로부터의 도주를 주도했던 건 단천엽이었기 때문이다.

'하지만 이렇게 노골적으로 무시하다니!'

가뜩이나 스스로에 대한 불만이 솟구치고 있는 상황이었다. 여인 특유의 자존심이 치솟아 막 제운영이 새된 소리를 터뜨리려는데 잔나비처럼 나무 위를 기어올랐다 뛰어내린 단천엽이 종종걸음으로 그녀에게 다가왔다.

"확실히 산세가 변했네요. 전쟁 등으로 갑자기 나눠진 경계가 아니라면 오랜 세월 형성된 지형만큼 정직한 건 없으니까요."

"지금까지 내 말을 믿지 않았다는 거로군!"

얼굴에 험상궂은 기운이 떠오른 제운영을 바라보며 단천엽이 담담히 웃어 보였다.

"저에겐 이곳이 초행이니까요. 음, 어젯밤부터 추격의 징후도 멀어졌으니 이곳에서 잠시 쉬어갈까요?"

"아! 정말?"

언제 자신이 화를 냈냐는 듯 제운영의 얼굴에 반색이 떠올랐다. 무공의 고하를 떠나 지금까지의 여정은 여인의 몸으로 이겨내기엔 다소 무리였다. 쉬고 싶은 마음은 당연했다.

하지만 얼른 단천엽의 표정을 살피고 바닥에 쪼그려 앉으려던 제운영은 곧 처음보다 더 심하게 안색을 찌푸렸다. 그동안 단천엽에게 속았다는 생각이 고개를 든 것이다. 그녀의 얼굴에 슬며시 의혹의 기색이 떠올랐다.

"잠깐만! 어제부터 추격의 징후가 없었다고?"

단천엽이 고개를 끄덕였다.

"예, 이틀 전까지만 해도 상당히 빠른 속력으로 숲 속을 헤집으며 뒤쫓아왔는데 어젯밤부터는 잠잠해졌어요. 이런 경우 추격의 전문가가 나섰거나 추격을 포기했거나 둘 중 하나지요."

"그런데 네가 쉬자고 하는 걸 보니 후자 쪽인 모양이지?"

"만약 추격의 전문가가 있었다면 이곳까지 우리가 도망칠 순 없었을 테니까요."

"그건 그렇구나."

제운영은 고개를 끄덕였다. 그리고는 손을 내밀어 단천엽을 향해 가만히 손짓했다.

"무슨?"

제운영의 입술이 달콤한 미소를 만들어냈다.

“조금만 가까이 와보라구.”

“…….”

단천엽의 얼굴이 다소 멍청한 표정을 만들어냈다. 그만큼 지금 제운영이 해 보이는 모습은 고혹적이었다. 땀에 젖어 얼굴을 가린 몇 가닥 머리카락은 뇌쇄적이라 해도 손색이 없을 정도였다.

그러나 제운영에게 다가서던 단천엽은 곧 허리를 뒤틀며 고개를 옆으로 피해야만 했다. 단단하게 거머쥐어진 제운영의 주먹이 그 사이를 스쳐 갔다. 공격과 방어가 동시에 이뤄진 것이다.

다시 두 차례 신형을 날려 저만치 뒤로 물러선 단천엽을 바라보는 제운영이 얼굴에 화난 표정을 떠올렸다.

“이 녀석, 언제 그런 동작은 배운 거야?”

경계를 늦추지 않은 채 단천엽이 대답했다.

“누나가 가르쳐 줬잖아요.”

“내가? 내가 언제?”

단천엽은 대답 대신 몇 차례 손짓을 해 보였다. 방금 전 제운영이 단천엽의 머리를 노렸던 삼변오환(三變五環)이란 수법과 동일한 동작이었다. 기실 여태까지 제운영이 단천엽의 머리를 때렸던 수법은 모두 제대로 된 초식이었던 것이다.

“네가 어떻게 난화불혈수(蘭花拂穴手)를 알고 있는 거야? 이 수법은 내 독문의 것인데……. 설마 몇 번 보인 적도 없는 수법을 네가 익혔다는 거야?”

제운영은 믿을 수 없다는 표정이었다. 그러나 그녀의 놀람은 거기서 그치지 않았다. 다시 손을 흔들며 삼변오환의 초식을 해 보이던 단천엽이 곧 동작 몇 개를 수정했다. 삼변오환을 느닷없이 십이변삼환으로 바꿔놓은 것이다. 무공의 실 소유자인 제운영이 보는 앞에서.

“아!”

그저 입술을 벌릴 뿐 제운영은 일시 할 말을 잃어버렸다. 단천엽이 바꿔놓은 초식의 정교함 때문이었다. 바뀐 삼변오환은 그녀가 예전에 익히 알고 있던 동작과는 거리가 먼 것이었다. 아니, 거의 완전히 다른 초식이라고 봐도 무방할 정도였다. 초식을 이루는 기본적인 동작 하나하나가 상이해 보였다.

그때 몇 차례 해 보이던 손동작을 끝낸 단천엽이 어색하게 웃어 보였다.

“괜히 쓸데없는 동작만 만들었네요. 이런 건 그저 눈속임에 불과한데. 누나, 앞으로 적을 상대할 때 이런 손장난은 하지 마세요. 실전에선 아무짝에도 쓸모없을 테니까요.”

“아, 아무짝에도?”

“허초(虛招)라는 건 아무리 그럴듯해 봤자 사람을 속일 수 없는 거잖아요.”

“그, 그런가?”

단천엽은 말없이 고개만을 끄덕였고 제운영은 자신이 어째서 화를 냈는지조차 잊어버렸다. 단천엽이 하는 말은 그녀가 사부에게 무공을 전수받던 첫날 들었던 말과는 완전히 다른 것이었다. 사부는 능히 고수를 속일 수 있어야만 한다고 누누이 강조했지 단천엽 같은 말은 하지 않았던 것이다.

‘하지만 강호를 돌며 나는 사부의 말이 반드시 옳지만은 않다는 걸 몇 번이나 느끼곤 했다. 확실히 허초 위주의 초식들은 고수와의 싸움에선 거의 소용이 없을 때가 많았다. 고수쯤 되면 초식 속에 담긴 본질을 꿰뚫기 마련이니까. 설마 이 알 수 없는 도련님이 말하려는 게 그런 것인가?

꼬르륵!

상념 속에 잠겨 있던 제운영의 얼굴이 다시 붉게 물들었다. 자신의 귀를 크게 울리는 뱃속의 울부짖음 때문이었다. 벌써 식사를 하지 못한 지 이틀이 지나가고 있었다. 뱃속이 울부짖는 건 당연하달까?

그때 화를 낼 때와 확연히 구분되는 표정이 된 제운영에게 단천엽이 품속에서 무언가를 꺼내 내밀었다. 고기를 말려 만든 건포였다.

"이건?"

"여행 중에 틈틈이 마련해 놨던 겁니다. 항상 셈은 누나가 치렀는데 몰랐나 보죠?"

"누가 몰랐다는 거야? 나는 한참 자라나는 나이이니까 간식이 필요했겠거니 생각했는데……."

"설마요?"

웃음과 함께 제운영의 손에 건포를 쥐어준 단천엽은 자신도 건포 한 조각을 꺼내 들고 신중하게 씹기 시작했다. 그 역시 이틀 동안 굶었을 텐데도 음식을 탐하는 모습은 전혀 보이지 않았다. 그야말로 노련한 무사의 모습이랄까?

'능구렁이 같은 녀석.'

내심 투덜거리면서도 제운영은 단천엽을 따라 건포를 씹기 시작했다. 평생 먹어본 것 중 가장 맛있는 건포였다.

얼른 제 몫을 다 먹은 제운영이 손을 내밀자 단천엽이 단호하게 고개를 가로저었다. 도주가 언제 끝날지 모르니 참아야 한다는 게 그 이유였다.

단천엽은 다음날까지 기다리지 않았다. 흐릿한 달빛을 친구 삼아 그는 제운영을 이끌고 섬서성으로 이르는 마지막 관문을 넘었다. 눈앞의 산을 넘은 것이다. 뒤따르는 제운영이 연신 투덜거렸지만 그는 대답조차 하지 않았다.

말없는 행군이 계속됐다. 그리고 새벽이 움터올 무렵이었다. 산을 넘은 단천엽은 떠오르는 태양을 바라보며 숨을 크게 들이마셨다. 떠오르는 태양 빛에 밀려 산 하나를 넘었을 뿐인데도 완전히 달라진 지형이 그에게 말없이 달려들고 있었다. 여태껏 사천성에서만 살았던 그로선 처음 보는 섬서성의 모습이었다.

그때 단천엽과는 조금쯤 다른 표정으로 떠오르는 태양을 지켜보고 있던 제운영이 퉁명스레 말했다.

"흥, 꽤나 그럴듯한 표정으로 태양을 보네? 섬서성에 도착했지만 아직도 추격자들의 정체를 모르니까 쉬어선 안 되는 거 아냐?"

심술이 잔뜩 달라붙은 목소리였다. 고개를 돌리지 않고도 지금 제운영이 어떤 표정을 하고 있을지 짐작한 단천엽이 슬며시 고개를 끄덕였다.

"그렇네요. 하지만 지금은 우선 달려야 할 것 같은데요?"

"달려?"

단천엽은 말없이 손가락을 한쪽 방향을 향해 내밀었다. 그리고 그의 손가락을 따라 시선을 돌리던 제운영의 눈이 동그래졌다. 태양이 모습을 드러낸 동쪽 가장자리. 끝없이 펼쳐져 있던 갈대밭의 저편으로부터 검붉은 연기가 충천하고 있었다. 들불이었다.

"이, 이런 미친 녀석들!"

제운영은 이를 갈았다. 산불이 잦은 봄날이라곤 해도 평원에서 산쪽으로 불길이 몰려오는 일은 그리 흔한 것이 아니었다. 일부러 자신들 쪽으로 불을 질렀다고밖엔 볼 수 없는 광경이었다.

역시 그렇게 짐작한 듯 단천엽이 눈살을 찌푸렸다.

"하지만 확실히 좋은 판단이군요. 추격의 전문가가 없는 이상 이렇게 바람의 방향에 맞춰 화공을 펼치는 것만큼 좋은 방법은 없으니까요."

"지금 녀석들을 칭찬하는 거니?"

"훌륭한 건 훌륭한 거니까요."

한차례 어깨를 으쓱해 보인 단천엽이 곧 방향을 정했다. 아직 불길의 영향이 미치진 않았으나 바람의 방향으로 보건대 곧 화마로 뒤덮일 게 분명한 곳이었다.

'어째서?'

제운영이 눈짓을 받아 단천엽이 대답했다.

"미묘하지만 바람이 저쪽에만 이르면 묘하게 흐트러져요. 분명히 물이 있을 거예요."

"확실하겠지?"

"물론이죠."

"좋아!"

어느새 단천엽을 완전히 신뢰하게 된 것이리라. 질문을 던진 기세와는 달리 제운영은 바로 단천엽이 가리킨 방향을 향해 신형을 날렸다. 단천엽의 입에서 대답이 떨어진 것과 동시에 벌어진 일이었다.

그리고 잠시 그녀의 뒷모습을 바라보며 미소 짓던 단천엽 역시 달리기 시작했다. 어느새 코끝으로 후끈한 열기를 전해오기 시작한 넘실거리는 불꽃을 향해서.

콰!

불꽃은 이미 들판을 온통 휘감고 있었다. 봄날 바짝 마른 들판의 갈대만큼 타기 좋은 것도 드물었다.

맹렬한 불길을 피해 숨어든 물 웅덩이 속에 몸 전체를 처박고 있던 단천엽은 순간 자신의 옆에 붙어 있던 제운영을 강하게 밀어냈다.

그의 옆구리 쪽으로 지진이 난 것 같은 충격파가 파고든 건 바로 그때였다.

'큭!'

단천엽은 미처 눈을 들어 상대를 확인할 생각도 못하고 물속 깊숙이 자맥질해 들어갔다. 곧 파고들 이격을 피해내기 위함이었다. 그의 옆구리를 진동시킨 충격파는 경각심을 느끼게 하기에 충분한 위력이었던 것이다.

그러나 처음부터 단천엽을 목표로 했던 게 아니리라. 빛조차 허용되지 않는 흙탕물 속으로 가라앉자마자 단천엽은 짓눌린 신음 소리를 들었다.

처음 듣지만 낯설지 않은 느낌의 신음성!

제운영이 발한 신음임에 분명했다.

'이런!'

단천엽의 표정이 굳었다. 그는 상대방의 수법에 진심으로 감탄했다. 자신이 한 방 먹었다는 걸 인정하지 않을 수 없었다.

상대방은 들판에 불을 질러놓고 근처에서 유일하게 물이 있는 이곳에 숨어 기다렸던 것이다. 자신들의 사냥감이 물속에 몸을 담고 무방비 상태가 되기만을.

'그리고 장수를 잡기 위해 타고 있던 말을 쏜 건가?'

만약 제운영이 들었다면 크게 화냈을 생각과 함께 단천엽은 재빨리 물 웅덩이 밖으로 머리를 내밀었다. 한껏 참았던 숨결을 토해내는 그의 얼굴에 놀람의 기색이 떠올랐다.

도대체 어떤 마술을 부린 것일까?

주변을 가득 채우고 있던 불길은 어느새 흔적도 없이 진화되어 있었고 주변엔 연기만이 자욱했다.

"역시 사내 녀석을 상대할 때는 함께 있는 계집을 잡는 게 최고로군."

'감정이 느껴지지 않는 목소리!'

단천엽은 허리에 힘을 주고 물 웅덩이 속에서 뛰어나왔다. 그는 곧 처음 들었던 목소리의 주인과 제운영을 발견할 수 있었다.

제운영은 물 웅덩이 가장자리 쪽에 정신을 잃은 채 쓰러져 있었다. 처음 생각했던 것처럼 심한 꼴을 당한 건 아닌 듯 보였다. 그녀를 제압한 상대는 여인이었기 때문이다.

여인, 아니, 그렇게 불리기엔 아직 다소 어려 보이는 앳된 얼굴이니 소녀라 함이 옳으리라.

제운영의 앞을 가로막아 선 소녀는 한 손에 신화 속의 신장(神將)이나 휘두를 수 있을 듯한 방천화극(方天畵戟)을 들고 등에는 거대한 철검을 짊어지고 있었다. 손에 들린 방천화극이 거의 일 장에 달하는 중병인 것처럼 등에 짊어진 철검 역시 가히 어마어마한 크기였다.

몸 전체를 무식할 정도로 휘감은 백색 갑주로 인해 살짝 드러난 얼굴이 애처로워 보일 정도로 비대해 보이는 몸체임에도 방천화극과 철검의 크기를 가릴 순 없었다. 소녀의 몸에 붙어 있는 것들은 어느 것 하나 평범한 사람이 사용할 만한 것들이 아니었다.

'저런 몸으로 용하게도 움직일 수 있군.'

단천엽는 소녀를 똑바로 바라봤다. 그의 예민한 오감이 주변에 다른 상대가 없음을 일깨워 주고 있었다. 비록 제운영이 포로로 붙잡혔지만 전혀 승산이 없진 않아 보였다.

말이 없는 단천엽을 바라보며 소녀가 예의 감정이 느껴지지 않는 목소리로 말했다.

"넌 이미 내 폭뢰(爆雷)에 한 방 얻어맞았다. 순순히 항복해라."

"방금 전의 그게 폭뢰란 것이었군요? 확실히 자칫 잘못했으면 물속에서 수장될 뻔했어요. 하지만 나는 이렇게 살아남았습니다."

"항복하지 않겠다는 거냐?"

단천엽은 대답 대신 품에서 단검 하나를 빼 들었다. 산을 떠나며 유일하게 가지고 나온 무기였다. 싸우는 걸 좋아하진 않으나 지금은 어쩔 수 없다는 판단이었다. 포로로 잡힌 제운영을 포기할 순 없는 것이다. 상대가 아무리 섬광이 번뜩이는 갑주를 걸친 채 아무렇지도 않게 방천화극을 휘둘러 대는 소녀라 해도.

■ 제2장 ■
폭뢰(爆雷)

폭뢰(爆雷) 1

단천엽은 단검을 역수(逆手)로 쥐었다. 일반적으로 강호에서 단검을
사용하는 방법과는 거리가 있는 모습이었다. 물에서 주로 활동하는 수
적들이나 단검을 역수로 쥐곤 한다. 물에서는 중병이나 장병을 만나는
법이 드물기 때문이다.

간격(間隔)!

모든 것은 그 한마디로 요약될 수 있다. 장병을 지닌 자는 그만큼 간
격을 장악할 수 있고, 단검과 같은 단병을 지닌 자는 그만큼 손해를 본
다.

당연하다. 물속 싸움처럼 특별한 경우를 제외하곤 간격을 제압하는
자가 승부에서 유리한 고지를 선점한다는 건 그리 낯설지 않은 강호의
고언이었다.

역수검을 쥔 채 자세를 낮춘 단천엽을 바라보는 소녀의 얼굴에 처음

으로 감정이라 할 만한 것이 떠올랐다.

"물속으로 뛰어들 생각이냐?"

단천엽의 시선이 여전히 흙탕물을 만들어내며 흐르고 있는 물 웅덩이를 향했다. 처음 불길을 피해 뛰어들 때만 해도 과거 저수지로 쓰이다 버려진 웅덩이라 생각했는데 지금 보니 어딘가의 샛강인 듯 보였다. 커다란 강의 지류가 흘러들다가 지형의 영향으로 웅덩이 모양을 형성한 게 분명했다.

'확실히 물속에서 승부를 벌일 수 있다면 맨몸인 내가 유리하겠지. 저 무지막지한 갑옷을 입은 채 물속으로 뛰어들 순 없을 테니까. 만약 저 철갑괴물에게 그 폭뢰란 게 없다면 생각해 볼 만한 방법이야.'

하지만 단천엽은 곧 시선을 물 웅덩이에서 거둬들였다. 그의 시선은 똑바로 눈앞의 소녀를 직시했다.

그는 자신을 향해 내뻗고 있는 방천화극을 지탱하고 있는 어깨와 정자 모양의 다리를 살폈다. 장병을 사용할 시 보이는 빈틈과 함께 자신이 뛰어들 간격을 가늠하려는 의도였다.

그때였다. 단천엽을 무감정하게 바라보던 소녀가 먼저 움직임을 보였다.

스윽!

단천엽을 향하고 있던 방천화극의 인(刃)이 가벼운 요동을 일으켰다. 지금까지 단천엽을 꼼짝 못하게 만들었던 완벽한 멈춤이 깨진 순간이었다.

'이건!'

단천엽은 놀랄 새도 없었다. 이미 내찔러진 방천화극은 코앞까지 파고들고 있었다. 처음의 가벼운 요동은 눈으로 쫓을 수 없을 정도로 격렬한 회전 탓이었다.

파수숫!

미리부터 자세를 낮추고 있던 게 주효했다. 주저없이 땅바닥을 뒹굴던 단천엽은 고막이 터져 나가는 듯한 통증을 느꼈다.

'크윽!'

촌각을 몇십 등분한 순간 만에 방천화극의 일격을 피해내긴 했으나 이미 귓불의 일부가 찢어져 있었다. 소녀가 찌른 방천화극의 회전은 단천엽의 시력이 닿는 범주를 가볍게 뛰어넘고 있었다.

그러나 격렬하면서도 패도적인만큼 방천화극의 일격은 동작이 컸다. 어쩌면 지금까지 방금의 일격을 피해낸 자가 없었기에 이차 동작 자체를 만들 필요를 못 느낀 때문이리라.

고막이 울려 시력에 이상이 생긴 상황에서도 단천엽은 순간적으로 모습을 드러낸 빈틈을 놓치지 않았다.

손바닥으로 땅을 짚는 것으로 흔들리는 시야를 고정시킨 단천엽의 신형이 용수철처럼 앞으로 튀어 나갔다.

파앗!

역수검은 정확히 소녀의 얼굴을 노렸다. 유일하게 피부가 드러난 부위니 당연했다. 소녀가 먼저 일격을 찌르기 전 전혀 빈틈을 찾을 수 없었던 단천엽은 이번 일격에 혼신의 힘을 다 집중시켰다.

건곤일척(乾坤一擲)이었다.

하지만 막 소녀의 미간을 찔러가던 단검은 순간 멈칫했다. 반 치의 거리만을 남긴 채 공중에서 동작을 멈춘 것이다. 그리고 이때 격렬한 진동이 단천엽의 옆구리를 강타했다.

쾅!

놀랄 만한 속도로 찌르기를 펼친 방천화극이었다. 소녀는 오직 손목의 힘만으로 끝까지 내뻗었던 방천화극을 되돌려 단천엽의 옆구리를 찍은 것이었다.

우당탕!

단천엽은 다시 땅바닥을 뒹굴었다. 앞서 자발적으로 허리를 굽혔던 것과는 달리 이번에는 제대로 된 낙법조차 펼치지 못한 채였다.

두 사람 간의 기량을 단적으로 보여주는 모습이랄까?

다시 밀려올 이격에 대비하기 위해 재빨리 신형을 일으키던 단천엽의 신형이 휘청거렸다.

방금 전의 충격으로 시야가 두세 개로 나뉘어 흔들리고 있었다. 이미 몸은 균형을 잃고 크게 비틀거렸다. 반격의 여지는 남아 있지 않은 듯 보였다.

그런 단천엽을 말없이 바라보던 소녀가 수중의 방천화극을 하늘 높이 치켜 올렸다. 처음의 일격이 옆구리 쪽에서 시작된 것을 생각해 보면 이번 일격의 위력을 가늠할 수 있을 터였다.

'이번 일격으로 내 생사는 결정된다.'

어지러운 와중에도 단천엽은 고개를 흔들지 않았다. 소녀에게서 시선을 떼는 순간 자신이 눈앞의 방천화극에 꼬치처럼 꿰뚫리리란 걸 알기 때문이었다.

그는 이를 악문 채 기다렸다. 소녀가 높이 쳐든 방천화극을 찔러오기를. 그래서 다시 한 번 거의 완벽에 가까운 소녀의 동작에 빈틈이 생기기를.

그는 점점 흐릿해져 가는 눈을 부릅뜬 채 버텼다. 땅을 짚은 손에 힘이 들어가고 있었다. 그리고 근육이 약동하듯 울부짖었다.

한 번도 경험해 본 적이 없는 느낌!

야성이 꿈틀거리며 용솟음쳤다.

"온다!"

단천엽은 자신도 모르게 입 밖으로 소리를 냈다. 태양 빛을 받아 빛을 산란시키고 있던 방천화극이 소녀의 손을 떠난 것과 동시였다.

파앗!

순간 폭풍처럼 소녀의 손을 떠난 방천화극의 거센 회오리를 뚫고 단천엽이 공중으로 뛰어올랐다.

그의 손에는 여전히 역수검이 쥐어져 있었다. 처음과 똑같은 찌르기를 해온 소녀처럼 그 역시 잔뜩 웅크린 채 모아놨던 힘을 일시에 폭발시키며 단검을 찔러갔다.

처음의 일격보다 한 박자 빠른 동작으로.

으득!

사정없이 내리 꽂힌 방천화극의 인이 꿰뚫은 건 어느새 벗겨진 단천엽의 장포였다.

금선탈각(金蟬脫殼)!

어느새 단천엽의 단검은 다시 소녀의 얼굴 앞에 도달해 있었다. 그리고 순간 멈춰 버렸다. 미간을 노렸던 그의 일검을 소녀는 이로 받아낸 것이다.

"아!"

짧은 순간 소녀의 흑요석(黑曜石) 같은 눈과 시선을 맞춘 단천엽의 입이 벌어졌다. 그의 단전 쪽에서 작은 폭발이 일었다. 물속에서 익히 경험한 바 있는 것과 동일한 고통과 더불어.

쾅!

"…이것이 폭뢰로군."

단천엽은 바닥에 대 자로 뻗은 채 중얼거렸다. 소녀의 수장에서 발출된 폭뢰에 정확히 단전을 직격당한 상황이라 숨조차 크게 내쉴 수 없었다.

내장이 뒤집히는 것 같고 온몸의 피가 역류하는 느낌이었다. 과거 어떤 때보다도 심한 고통에 단천엽은 기절조차 하지 못하고 있었다.

그때 소녀가 다가왔다. 수중의 방천화극을 땅속 깊이 꽂아놓은 채 다가선 소녀는 태양을 가리며 단천엽을 내려다봤다.

여전히 내심을 알 수 없을 정도로 무심한 소녀의 얼굴을 바라보며 단천엽은 기침을 토해냈다.

"콜록! 여자는 보내줘……."

소녀의 입술이 가볍게 움직였다.

"말을 할 수 있군."

단천엽의 얼굴이 일그러졌다.

"어차피 목표는 나였잖아?"

소녀의 목소리에 문득 감정이 담겼다.

"진짜 말을 할 수 있군. 폭뢰를 두 차례나 얻어맞고서."

소녀는 한쪽 무릎을 땅에 대곤 단천엽의 단전에 손을 가져다 댔다. 그녀의 손은 섬세하게 움직였다. 폭뢰에 얻어맞은 단천엽의 단전이 어떤 상황인가를 파악하려는 행동이었다.

옴짝달싹도 하지 못한 채 소녀에게 몸을 내맡기고 있던 단천엽의 미간이 일그러졌다. 소녀의 손길이 곤란한 곳까지 넘나들고 있었던 것이다.

“뭐, 뭐 하는 짓……?”

“네 몸을 조사하는 중이다.”

“그, 그렇지만 이건…….”

“넌 나한테 패했다. 패한 자면 패한 자답게 입 닥치고 가만히 있어라.”

“으!”

단천엽의 얼굴이 붉게 물들었다. 부끄러움과 노여움이 그를 그리 만들었다. 사부이나 하인을 자처했던 산노와 생활했던 그로선 철이 든 후 이런 대접을 받은 건 처음이었다.

그러나 소녀의 손길은 여전히 거침없었고 얼마 후 자신이 가격했던 곳을 두어 차례 눌러보고서야 그 움직임을 멈췄다.

“역시.”

단천엽에게서 손을 떼며 소녀는 몇 차례 고개를 끄덕였다. 무언가를 확실히 알았다는 태도였다. 이 무렵 단천엽은 목덜미까지 붉어진 채 고개를 옆으로 돌리곤 소녀를 외면하고 있었다.

부시럭!

품속에서 무언가를 꺼낸 소녀가 단천엽의 입을 손가락으로 벌렸다. 그녀의 손에는 검은 환약이 들려 있었다.

“우웁!”

저항하는 단천엽의 입속에 억지로 환약을 쑤셔 넣고 굽혔던 한쪽 무릎을 일으켜 세운 소녀가 말했다.

“몸에 좋은 거다. 먹어라!”

마지막 말에 목소리를 높인 소녀는 발길을 돌려 여전히 같은 자리에 쓰러져 있는 제운영에게 다가갔다. 자신도 모르게 소녀가 우겨 넣어준 쓸쓸한 환약을 삼킨 단천엽이 기억할 수 있는 마지막 모습이었다.

　타탁! 탁탁!
　익숙한 소리. 그러나 단천엽의 입가에는 일순 못마땅한 기색이 떠올랐다. 연신 불똥을 튀어 올리는 소리와 매캐한 내음은 모닥불에서 기인한 것이 분명했다. 산에서 자라난 그로선 익숙한 것들이나 조금 달랐다. 그는 이렇게 어설픈 모닥불을 피우는 법이 없었다.
　온몸이 물먹은 솜처럼 노곤했다. 단천엽의 몸은 좀 더 쉬기를 강요하고 있었다. 하지만 연신 귀를 때려대는 생나무 타는 소리가 주는 유혹은 좀체 견디기가 쉽지 않았다.
　"모닥불은 마른 가지로 피워야 하는데!"
　자신도 모르게 불쑥 짜증을 터뜨린 단천엽의 두 눈이 번쩍 뜨였다. 어느새 하늘은 어두컴컴했다. 그새 주변은 밤의 정적 속에 묻혀 버린 것이다.
　"으윽!"
　불쑥 몸을 일으키려다 낮은 신음을 터뜨린 단천엽에게로 익숙한 손길이 다가들었다.
　"이제 좀 정신이 드는 거니?"
　"아!"
　옆으로 고개를 돌리다 단천엽은 입을 가볍게 벌렸다. 그를 옆에서 부축한 건 제운영이었다.
　그녀는 손을 단천엽의 겨드랑이 사이로 집어넣어 부축했는데 그 자세는 흡사 어미 닭이 알을 품는 것 같았다.
　처음 놀란 이상으로 낯을 가볍게 붉힌 단천엽의 미간이 찌푸려졌다.

그제야 귀 쪽으로 해서 얼굴을 가로지른 천 조각이 느껴졌다. 그의 예민한 이목이 흐려진 것도 무리는 아니었다.

손을 뻗어 천 조각을 매만지는 단천엽에게 제운영이 걱정스런 표정으로 말했다.

"많이 아프니?"

그녀의 서늘한 손이 단천엽의 얼굴을 매만졌다. 그동안 함께 여행하는 동안 보인 적이 없는 모습이었다. 자신도 모르게 움찔하고 뒤로 몸을 피한 단천엽이 말을 더듬었다.

"괘, 괜찮아요. 이만한 상처는 자고 일어나면 다 낫는다고요."

"그래도 넌 죽도록 얻어맞았다면서?"

"그건……."

타탁!

생나무의 진액이 터지는 소리가 단천엽의 말을 끊었다. 그리고 역시 익숙한 목소리 하나가 모닥불 빛 저편으로부터 들려왔다.

"상처가 그리 심하지 않다니 잘됐군."

'이 목소린?'

단천엽의 근육이 순간적으로 요동쳤다. 환지통(幻肢痛)처럼 괜찮던 온몸의 뼈마디가 욱신거리며 쑤셔왔다. 단천엽의 얼굴이 가볍게 일그러질 정도였다.

그때 불빛을 뚫고 어둠 속에서 작은 인영이 모습을 드러냈다. 기껏해야 오 척 다섯 치나 되어 보이는 인영은 섬세하고 날씬한 몸매의 소녀였다.

야풍에 짧게 자른 단발머리가 흩날리자 손으로 얼굴을 한차례 쓸어내린 소녀가 말했다.

"나는 모어언. 천오백 리를 달려 널 보러 왔다."

"천오백 리?"

소녀를 바라보고 다시 제운영을 바라본 단천엽의 표정이 차갑게 가라앉았다. 언제 얼굴을 붉히고 통증으로 벌벌 떨었냐는 듯 냉철해진 눈빛과 더불어.

폭뢰(爆雷) 2

대략 십육칠 세가량 되었을까?

서늘해 보일 정도로 투명한 피부, 단아하게 흘러내린 얼굴의 곡선, 바람에 흩날리는 짧은 머릿결 사이로 보이는 모어언의 얼굴은 지극히 매혹적이었다.

나이다운 깜찍함은 없으나 밤의 정기로 뭉쳐진 정령과 같은 신비함이 그녀의 얼굴엔 깃들어 있었다. 단천엽이 본 여인들 중 최고의 미인이었던—그래 봐야 산골 소년이 본 여인이 얼마나 되겠냐마는—제운영이 성숙한 매력을 풍겨내는 누님이라면 모어언은 아직 덜 성숙한 여신과 같은 분위기였다.

자신도 모르게 으슬 어깨를 떨다 문득 자신을 바라보는 한 쌍의 눈이 낯익다는 걸 깨달은 단천엽의 입술이 일그러졌다.

"혹시 우리는 구면인 건가요?"

모어언의 눈에 이채가 떠올랐다. 옆에서 단천엽을 부축하고 있던 제운영이 얼른 말했다.

"천엽, 저 아이는 천하맹의 총단에서 왔어."

"천하맹의 총단?"

"그래. 저렇게 천방지축인 모습이긴 하지만 그녀는 당금 강호를 호령하고 있는 천하맹 맹주님의 금지옥엽(金枝玉葉)이니까."

단천엽은 입이 가볍게 벌어졌다. 모어언의 신분이 자신의 생각과 많이 달랐기 때문이다.

우둑!

단천엽의 근골이 가벼운 소리를 냈다. 급속도로 치솟았던 긴장이 풀리는 소리였다.

그런 단천엽과 제운영의 대화를 물끄러미 바라보고 있던 모어언이 말했다.

"만약 다른 사람이 이런 식의 말을 했다면 비꼰다고 생각했을 거예요. 운영 언니는 총단의 내성(內城)을 떠나 외성(外城)에 배치되어서도 변한 것이 없군요."

"후후, 그야 일보삼천배가 변해봐야 얼마나 변하겠어? 일 년 만에 만난 사람을 보자마자 기절시켰으니 그 정도 소리쯤은 각오해야 하는 거 아냐?"

'사람을 보자마자 기절시켜?'

단천엽의 수그러졌던 시선이 다시 매섭게 변했다. 그의 시선은 모어언을 넘어 빠르게 모닥불 근처를 헤매다 하얀색 금속덩어리에 멈춰졌다.

눈에 익은 은색 갑주였다.

“당신이군요!”

“아!”

슬쩍 제운영을 옆으로 밀어낸 단천엽은 이미 자리에서 일어서 있었다. 그의 뼈마디가 다시 고통에 찬 비명을 질러댔다. 그의 몸은 여전히 정상이 아니었다.

‘으윽!’

튀어나올 뻔한 신음을 삼킨 채 단천엽이 말했다.

“어째서 그런 짓을 한 겁니까?”

“운영 언니와 널 암습한 것 말이냐?”

“그래요.”

단천엽은 더 이상 놀라지 않았다. 낮에 상대했던 갑주소녀가 모어언이 맞다면 부상당한 자신을 경계할 리 없다는 판단이었다.

그때 다소 당황스런 얼굴이 된 제운영이 얼른 두 사람 사이에 끼어들었다.

“천엽, 거기엔 까닭이 있어.”

단천엽은 모어언에게서 시선을 떼지 않은 채 물었다.

“날 시험해 보려는 의도였나요?”

“그, 그게…….”

잠시 말을 더듬는 제운영을 대신해서 모어언이 슬쩍 고개를 끄덕였다.

“맞다. 난 널 시험해 봐야만 했다.”

단천엽의 시선이 모어언을 향했다.

“그럼 사천성에서 마차를 습격했던 것도?”

제운영이 얼른 말했다.

“그들은 강남에 터를 잡고 있는 반검맹(反劍盟)에서 보낸 자들이야. 언매는 며칠 전에 이곳에 도착해 근처에 숨어 있던 녀석들을 모조리 척살했어.”

“그래서 이틀 전부터 추격자들의 종적이 보이지 않았었군요.”

“그래, 언매의 무공 실력은 천하맹 내에서도 알아주거든. 그녀는 총단의 내성에서도…….”

“운영 언니!”

“아! 미안.”

목소리를 높인 모어언을 향해 제운영이 머쓱한 표정을 지어 보였다. 천하맹 내에선 꽤 친한 사이지만 모어언은 맹주의 딸이기 이전에 특별한 존재였다. 제운영으로선 입을 다물 수밖에 없었다.

단천엽이 다시 물었다.

“그럼 반검맹은 어째서 우리를 습격한 것이죠?”

“그건…….”

잠시 머뭇거리던 제운영이 고개를 가로저었다.

“나도 모르겠다. 지금까지 반검맹은 강남에서만 활동했고 강북에는 모습을 드러내는 일이 별로 없었어. 천하맹에서도 구산과 더불어 강북 무림을 쟁패하느라 바빠서 강남에 신경을 쓰지 못했고. 어째서 느닷없이 우릴 습격해 왔는지 모르겠구나.”

‘천하맹, 반검맹, 구산…….’

단천엽은 내심 고개를 가로저었다. 제운영과의 여행이 있기 전까지만 해도 그에게 가르침을 준 건 산노밖에 없었다. 그에게 듣지 못한 무림 세력들의 쟁투에 대해 단천엽으로선 알 수 있는 게 아무것도 없었다.

그때 모어언이 몇 걸음 더 단천엽에게 다가섰다.

"복잡한 무림 세력 간의 사항에 대해 너는 지금 알 필요가 없다."

단천엽의 미간이 꿈틀거렸다.

"그럼 나는 뭘 신경 써야 하는 거지요?"

모어언이 말했다.

"네 부족한 능력."

모어언은 손을 내밀었다. 작고도 섬세한, 실핏줄마저 내비칠 듯 아름다운 손이었다. 달빛 때문이란 변명을 늘어놓더라도 그 모습은 단천엽을 황홀하게 만들기에 충분했다.

'예쁘다!'

그러나 모어언이 작은 손을 가볍게 흔들어 보이자 잠시 몽롱하게 흐트러졌던 단천엽의 눈빛이 변했다. 그녀의 조그만 손이 일순 발갛게 달아올랐다. 혈옥 빛으로 물든 것이다. 그리고 수장 안으로 몰려들기 시작한 기(氣)의 회오리!

"그건?"

단천엽은 자신도 모르게 움찔 놀라 뒤로 물러섰다. 언제 온몸의 뼈마디가 부서지는 소리를 냈냐는 듯 신속한 움직임이었다. 어느새 그의 자세는 처음 모어언을 만났을 때와 같은 동작을 취해 보이고 있었다.

한 손을 땅바닥에 짚은 채 정면을 응시하고 있는 자세.

그것은 단천엽이 산노에게 배운 유일무이한 공격 수법으로 전적으로 일격필살을 노리는 자세였다. 어린 시절 산속을 제멋대로 돌아다니던 그가 혹시라도 야수에게 해를 입을까 봐 가르쳐 준 수법이었다.

그러나 금방이라도 자신을 향해 뛰어오를 듯 위협적인 기세를 뿜어내고 있는 단천엽을 모어언은 완전히 무시했다. 단검을 대신해 곧추세워진 손가락이 자신의 인후를 노리고 있는데 그녀는 본체만체 수중에서 회오리치고 있던 붉은 기운을 단천엽에게 내던졌다.

쾅!

"언매!"

붉은 기운이 폭발한 곳은 단천엽과 제운영이 서 있는 중간 지점이었다. 자신도 모르게 뒤로 신형을 뽑아 올린 제운영의 아미가 잔뜩 찌푸려졌다. 장난으로 간주하기엔 모어언이 펼친 수법은 지나치게 파괴적이었다.

그때 폭음성과 동시에 단천엽이 바람처럼 튀어 올랐다. 낮에 벌였던 대결 중 이미 두 차례나 펼쳐 보였던 수법 그대로였다.

"그 수법밖엔 모르는 건가?"

기쾌무비하게 자신의 양미간 사이를 파고드는 손가락의 궤적을 바라보며 모어언은 살짝 뒤로 물러섰다. 그저 한 걸음 정도 물러선 것이나 움직인 시기가 적절했다.

단천엽의 손가락은 모어언을 위협할 수 없었다.

대신 벼락같이 휘둘러진 다리가 모어언의 하체를 노렸다. 세 번씩이나 같은 초식을 사용한 건 지금의 한 수를 펼치기 위한 사전 작업이었다.

파파팟!

단천엽의 발에서 소리가 났다. 만약 갑주를 걸치지 않은 상태인 모어언이 얻어맞는다면 큰 타격을 입힐 만한 소리였다. 그녀의 바람에 날릴 듯 호리호리한 몸매를 보면 더욱 그런 짐작이 가능했다.

그러나 모어언은 비단 단천엽의 느닷없는 발길질에 당하지 않았을 뿐더러 단 두 걸음만으로 그의 움직임을 봉쇄했다. 그녀는 발길질과 동시에 땅바닥을 굴러 방향을 바꾸던 단천엽의 배후를 어느새 막고 서 있었다.

"어떻게?"

모어언은 대답해 주지 않았다. 대신 그녀의 발이 매섭게 단천엽의 정강이뼈를 걷어찼다.

뻐억!

이번에는 제대로 된 소리가 튀었다. 단천엽으로 하여금 다시 타의에 의해 땅바닥을 뒹굴게 만드는 소리였다.

"으윽!"

재빨리 신형을 일으켜 세우려다 도로 그 자리에 주저앉은 단천엽에게 제운영이 놀라 다가왔다. 혹시라도 모어언이 재차 단천엽을 공격할 것을 걱정한 행동이었다.

모어언을 바라보는 제운영의 얼굴에 노기가 서렸다.

"언매, 너무 심하잖아! 천엽에 대해선 이미 낮에 시험을 끝냈다더니 어째서 다시 공격하는 거야?"

흡사 어미 새가 알을 품듯 자신의 앞을 가로막아 선 제운영에게 단천엽이 얼른 말했다.

"방금 전의 공방은 반드시 누구 하나의 잘못은 아니에요. 제가 공격했기에 그녀 역시 반격한 것일 테니까요."

단천엽에게 고개를 돌린 제운영의 얼굴에 근심이 서렸다.

"천엽, 괜찮은 거야?"

"마지막 순간에 충분히 방어 동작을 했으니 그저 타박상을 입었을 뿐이에요."

"그래도 소리가 무척 컸는데?"

제운영이 자신의 허벅지에 손을 대자 단천엽이 급히 몸을 옆으로 돌리곤 곤란한 표정을 지어 보였다.

"운영 누나."

"아, 미안."

자신의 허벅지에서 제운영이 손을 떼자 단천엽의 입가에 쑥스러운 미소가 떠올랐다. 그 역시 제운영의 관심이 싫진 않은 것이다.

그때 몇 걸음 떨어진 곳에서 두 사람의 모습을 지켜보고 있던 모어언이 여전한 표정으로 말했다.

"단천엽, 낮에 확인해 본 결과 넌 내공이 전무하다. 그런데 행동은 지나칠 만큼 빠르고 기민하니… 어떤 무공을 익힌 것이지?"

잠시 입가에 떠올랐던 미소를 지운 단천엽이 대답했다.

"내가 대답해야 하는 겁니까?"

모어언이 고개를 흔들었다.

"그렇진 않다. 넌 내게 대답할 필요는 없다. 하지만 방금 전의 일합으로 너는 깨달았을 거야."

"제가 당신에게 대적하기엔 부족하다는 걸 말하는 건가요?"

"많이 부족하다."

"그래서?"

단천엽은 반박하지 않았다. 자신의 패배를 인정한 것이다. 모어언이 말했다.

"평소 내가 몸에 갑주를 걸친다는 걸 알고 펼친 한 수는 훌륭한 것이었다. 만약 내가 진짜 갑주를 몸을 보호하기 위해 걸쳤다면 분명 네 수법에 걸려들었을 거야."

단천엽이 고개를 끄덕였다.

"확실히 그러한 보법(步法)을 익혔다면 몸을 보호하기 위해 그렇게 무식한 갑주를 걸칠 필요는 없었겠지요. 그런데 그게 아니면 어째서 그런 걸 걸치고 다니는 거지요?"

"근력 강화용이다."

"그… 런 겁니까?"

"그렇다."

황당한 표정이 된 단천엽에게 고개를 끄덕여 준 모어언이 다시 손을 들어 올렸다. 다시 혈옥 빛으로 물든 그녀의 손에는 저번과 같은 기덩어리가 넘실거리고 있었다.

방금 전보다 더욱 확실히 모어언이 만들어낸 기의 덩어리를 발견한 단천엽이 자신도 모르게 중얼거렸다.

"그게 바로 폭뢰의 비밀이었군."

팟!

나타날 때완 비교조차 할 수 없을 정도로 빠르게 폭뢰는 사라졌다. 마치 처음부터 존재하지 않았던 듯. 폭뢰를 없앤 것과 동시에 혈옥 빛이던 손을 본래의 색깔로 되돌린 모어언이 단정적으로 단천엽에게 말했다.

"총단까지 가는 동안 너는 나한테 이걸 배운다."

"천오백 리를 가는 동안?"

"그래."

"이유를 물어도 될까요?"

"일단은 네가 나한테 패한 것으로 하자. 올 때완 달리 느긋하게 돌아갈 테니까 너 정도의 자질이면 충분히 기초는 닦을 수 있을 거다."

"기초만?"

"한 달 만에 폭뢰의 기초를 배운다면 훌륭한 거다."

단천엽은 말없이 눈살을 찌푸렸다. 그때 그의 옆에 서 있던 제운영이 조심스런 표정으로 모어언에게 물었다.

"정말 한 달이나 맹으로 돌아가지 않을 거야? 네가 맹을 떠났다는 걸 알면 늙은이들이고 젊은이들이고 가만있지 않을 텐데?"

"허락은 받았어요."

"누구에게?"

"문상에게요."

"와핫!"

조마조마한 표정으로 두 사람을 지켜보고 있던 게 언제냐는 듯 제운영은 양손을 번쩍 들었다. 만세를 부른 것이다.

그녀의 얼굴은 도화 빛으로 물들어 있었다. 앞으로 한 달간이나 천하맹으로 돌아가지 않는다는 점이 그녀를 흥분시켰다. 본래 몇 년 전까지만 해도 그녀가 강호무림을 홀로 떠돌아다니던 낭인이었음을 보여주는 모습이었다.

그러나 곧 자신을 바라보는 따가운 시선을 느낀 것이리라.

단천엽과 모어언을 한차례씩 바라보곤 슬그머니 들어 올렸던 손을 내린 제운영이 조그만 목소리로 말했다.

"미안."

폭뢰(爆雷) 3

　　폭뢰, 혹은 폭뢰구(爆雷球)로 불리는 기술은 전적으로 내가기공의 바탕 하에서만 펼칠 수 있다. 진기를 손 안에 한껏 갈무리했다가 벼락같이 토해내 상대에게 타격을 입히는 수법이기 때문이다.

　　과거 천하를 놓고 쟁패를 벌였던 삼대무벌의 연합체인 천하맹의 몇 안 되는 독문무공답게 폭뢰를 펼치는 데는 특별한 내가심법이 필요치 않았다.

　　삼대무벌 중 으뜸인 창천검문(蒼天劍門)에서 만들어졌으나 나머지 벽력권문(霹靂拳門)의 강맹한 철혈기공(鐵血氣功)과 음유함으로 소문난 구천도문(九天刀門)의 구음진기(九陰眞氣)도 폭뢰를 운용할 수 있었다. 내력의 정순함과 진기를 수장에 모았다가 순간적으로 폭발시키는 기술만이 폭뢰의 위력을 좌우했다.

　　그런 폭뢰의 장점은 순간적으로 본신내공의 몇 배나 되는 파괴력을 발휘할 수 있다는 점이었다. 상대방에게 격중시킬 수만 있다면 폭뢰만큼 파괴적인 수법도 드물었다. 웬만한 호신강기(護身罡氣)조차 폭뢰 앞에선 상대가 되지 않았다.

하지만 그런 폭뢰의 장점은 단점이기도 했다. 폭뢰를 펼칠 때는 다분히 상대에게 반격당할 위험을 감수해야 했다. 진기를 모으는 데 걸리는 시간 때문이었다.

폭뢰가 자신보다 강한 상대를 만났을 경우 동귀어진(同歸於盡)을 위한 기술이라 알려진 건 이러한 이유에서였다.

그래서 그 강력한 위력에도 불구하고 천하맹에 속한 무공의 고수들 중 폭뢰를 자신의 성명절기로 사용하는 사람은 거의 없었다. 아니, 전혀 없다고 해도 과언이 아니었다.

자신의 무공에 자신있는 고수라면 동귀어진의 수법을 배울 리 없고, 설혹 알고 있다손 치더라도 실전에서 그걸 사용하는 일은 거의 없었다. 남북으로 나뉜 당금무림에서 무공고수가 목숨을 걸어야 할 만한 일이란 찾아보기 힘든 것이다.

그런데 이게 어찌 된 일인가? 단천엽에게 폭뢰의 기초인 발경(發勁)의 요결을 전수하고 있는 모어언을 바라보는 제운영의 얼굴은 묘하게 진지했다.

그녀는 눈 한 번 깜빡이지 않고 모어언의 구술과 손동작을 지켜봤다. 마치 스승으로부터 필생의 절학을 전수받는 듯한 진지함이 그녀에게서 묻어 나왔다.

물론 그녀 역시 폭뢰를 펼칠 줄은 알고 있었다. 천하맹에 들어올 때 전수받은 것이었다. 그냥 배워두라기에 배웠을 뿐 사용할 날이 오리란 생각은 지금까지 전혀 하고 있지 않았다. 그만큼 그녀는 자신을 일류

고수라 자부하고 있었다.

'그런데 저게 내가 배웠던 폭뢰가 맞는 건가?'

그녀가 보는 앞에서 움직이고 있는 모어언의 손동작은 그다지 많은 변화를 내포하진 않았다. 그냥 평범한 출수였고 평범한 움직임이었다. 돌이켜 보면 폭뢰를 전수받을 때 분명 알아둔 동작들과 동일했다.

그런데 그 단순하고 하나하나 모르는 것이 없는 폭뢰의 초식들이 지금 제운영을 얼어붙게 만들었다. 자신이 그와 같은 출수 앞에 섰을 경우 막아낼 방도가 하나도 떠오르지 않는 것이다. 무학상 절정의 경지라 할 수 있는 무변(無變)으로 유변(有變)을 이기는 방식을 지금 모어언은 보여주고 있었다.

몇 가지 손동작을 수차례 반복해 보이던 모어언이 문득 동작을 멈췄다. 그녀의 무심한 눈동자가 단천엽을 향했다.

"똑바로 보고 있는 거냐?"

자신의 손바닥 쪽에 시선을 두고 있던 단천엽이 대답했다.

"벌써 사흘에 걸쳐 세 번째 해 보인 동작입니다만?"

모어언의 표정이 다소 변했다.

"내가 해 보인 동작을 벌써 다 외웠다는 거냐?"

그제야 단천엽이 모어언과 눈을 마주쳤다.

"두 번 맞았고 눈앞에서 두 차례나 봤습니다. 지난 사흘간 구결을 듣고 기본 동작까지 똑똑히 봤는데 못 외울 리가 없잖습니까?"

"해봐라!"

모어언의 말이 끝나기가 무서웠다.

파팟!

미세하게 허벅지를 두드리며 놀고 있던 단천엽의 손이 움직였다. 처

음에는 그저 모어언이 가르쳐 줬던 동작만을 해 보였다. 전수한 모어
언이 별다른 흠을 찾을 수 없을 정도로 정확한 동작이었다.

그러나 단천엽은 거기서 멈추지 않았다. 정확히 폭뢰의 기초인 발경
편의 십구식을 끝낸 그가 한차례 신형을 회전시켰다.

특별히 어떤 무공 초식은 아니나 쉽사리 빈틈을 찾을 수 없는 기쾌
한 회전이었다. 그리고 어느새 모어언과의 거리를 벌린 그가 다시 움
직이기 시작했다.

한 폭의 선녀도처럼 매끄럽고 아름답던 모어언의 것이 아닌 강하면
서도 힘찬, 그래서 패도적이기까지 한 동작들이 그의 손끝에서 쏟아져
나왔다.

완전히 새로운 발경편 십구식이었다.

"아!"

제운영은 자신도 모르게 입을 벌렸다. 모어언의 동작을 보는 동안
놀라고 또 놀랐던 그녀에게 단천엽이 펼쳐 보이는 패도적인 동작들은
경이롭기까지 했다.

하지만 그녀는 곧 자신의 입을 손으로 가렸다. 단천엽의 동작에 맞
춰 예의 표홀하면서도 신비한 동작을 펼쳐 보이기 시작한 모어언의 모
습을 보고 있자니 자신만이 동떨어진 것 같은 기분이 든 것이다.

그때 끝없이 계속될 것 같던 두 사람의 움직임이 멈췄다. 서로 다르
면서도 같은 발경편 십구식을 한차례 끝냈을 때였다. 앞서거니 뒷서거
니 시전했던 것과는 달리 두 사람이 한차례의 투로를 끝낸 시간은 동
일했다.

문득 얼굴이 붉게 상기되어 있던 단천엽이 가쁜 숨을 토해내며 휘
청거렸다. 땀으로 흠뻑 젖은 그의 몸에서 뭉클거리며 뿌연 김이 숫구

쳤다.

"하악!"

금방이라도 터져 버릴 듯한 심장의 고동을 느끼며 단천엽은 헐떡였다. 어느새 그의 드러난 피부에는 지렁이 같은 힘줄이 꿈틀거리고 있었다. 내공을 익히지 않은 그가 무리하게 발경편 십구식을 펼친 대가였다.

잠시 망연한 눈빛이 됐던 모어언이 움직였다.

파파팟!

그녀는 재빨리 단천엽의 심장 근처의 몇 개 혈을 점혈해 심맥을 보호했다. 그리고 곧 양손을 단천엽의 단전과 명문에 갖다 댔다.

우웅!

급한 불부터 끈다는 판단을 내린 그녀의 양손에는 내력이 잔뜩 운기되어 있었다. 내력이 없는 몸으로 무리하게 초식을 운용해 주화입마의 위험에 빠진 단천엽을 구하려는 의도였다. 남녀 간의 유별(有別)을 따질 여가란 없었다.

한참 진기를 쏟아 붓자 단천엽의 부풀어 오르고 뒤틀렸던 혈맥이 정상으로 돌아오기 시작했다. 본래 내력이 없었던 만큼 잘못된 길을 되돌리는 것도 쉬웠다.

하지만 기변은 그때 벌어졌다. 이제는 충분하다는 판단과 함께 단천엽에게서 손을 떼려던 모어언은 드물게도 미간을 찌푸렸다. 마치 아교에 달라붙은 듯 손이 떨어지지 않은 것이다.

게다가 갑자기 그녀의 진기가 장심을 통해 둑 터진 물처럼 쏟아져 나갔다. 단천엽에게 쏟아 부었던 내력을 거둬들이려는 찰나에 벌어진 일이었다.

‘이건 흡성대법(吸星大法)의 종류인가?’

모어언의 눈빛이 차게 변했다. 그리고 그녀의 양손이 붉게 달아올랐다. 천하맹 맹주이자 창천검문의 당대 문주인 창천무극검제(蒼天無極劍帝) 모문환의 성명절학 중 하나인 자하신기(紫霞神氣)를 운기한 것이다.

파직!

순간적으로 모어언의 양손에서 자색 뇌전이 튀었다. 단천엽의 몸에서 일어난 기이할 정도로 강력한 흡입력을 떨치기 위함이었다.

부르르!

단천엽은 몸을 가볍게 떨었다. 처음 온유하게 그의 체내를 감싸주던 기운이 변했다. 마치 벼락같은 기운이 그의 체내를 타고 달렸다. 미친 말과 같은 기운이었다.

고통에 겨운 신음과 함께 눈을 뜬 단천엽의 눈앞에 어느새 얼굴까지 발갛게 물든 모어언이 보였다. 평소 표정의 변화를 볼 수 없던 그녀의 얼굴은 지금 한껏 굳어 있었다.

‘땀?’

모어언의 이마로부터 시작된 한 방울의 땀방울이 얼굴을 거쳐 목덜미로 흘러내렸다.

그 모습이 유난히 아름다워 잠시 넋을 잃었던 단천엽이 다시 어깨를 한차례 떨었다. 몸속을 헤집는 자하신기 때문이 아니라 문득 현 상황을 깨달은 것이다.

팟!

단천엽은 발경을 일으켰다. 몸속 가득히 떠돌아다니고 있는 모어언의 자하신기를 일시에 밖으로 몰아냈다.

본래 일정한 한 지점을 정해 타격해야 위력을 발휘할 수 있는 경(勁)을 그는 사방으로 뿌려 위력을 약화시켰다.

그래도 자신이 흡성대법에 걸렸다고 생각하던 모어언의 신형이 뒤로 몇 걸음이나 물러설 정도의 위력이 담긴 발경이었다.

"…이건?"

언제 헐떡였냐는 듯 자리에서 일어선 단천엽이 좌장을 슬며시 앞으로 뻗어 보였다.

"발경입니다."

"발경… 이라고?"

"예, 가르쳐 준 요결대로 몸의 기운 중 유(柔)를 우선하고 강(剛)을 뒤로하여 촌경(寸勁)을 폭발시켰습니다."

그대로였다. 단천엽이 한 말은 발경편 십구식을 관통하는 요결 중 핵심이었다.

확실히 자신에게서 빠져나갔던 자하신기가 사방으로 발산됐음을 깨달은 모어언의 눈빛이 흔들렸다. 그녀가 생각했던 것보다 빠른 단천엽의 진보 때문이었다.

말이 없는 모어언에게 단천엽이 잠시 머뭇거리다 말했다.

"방금 전에는 미안했습니다. 잠시 정신을 잃은 사이에 제 몸이 또 발작을 일으켰나 봅니다."

"발작? 그게 발작이라고?"

"그게……."

단천엽을 키운 산노는 과거 천하맹에서 활동하던 절정고수였다. 십수년 전 모종의 과실이 없었다면 아직도 천하를 호령할 만한 사람이었다.

그런 절정고수가 단천엽 같은 기재를 키우게 됐으니 마음이 동하지 않을 수 없었다. 자손을 두지 못한 강호의 고수들이란 늙으면 제자를 거둘 욕심밖엔 남지 않는 것이다.

무공 전수는 단천엽이 대여섯 살이 넘었을 때부터 시작됐다. 놀이라는 명목으로 마보(馬步)와 달리기를 하루 종일 시켰고, 숨바꼭질을 한답시고 산속을 헤매게 만들었다. 무인으로서 가장 중요한 생존 감각을 어린 시절에 키워주려는 의도였다.

그러나 문제는 내공 수련이었다. 계속 자신이 끼고 있지 못하리란 생각에 외공(外功)과 신체 단련, 생존 수련만을 시키던 어느날 작정하고 단천엽에게 내공의 기초를 전수하던 산노는 깜짝 놀라고 말았다. 단천엽의 진보가 너무 빨라 몇 시진 만에 주화입마에 빠져들고 만 것이다. 절정고수인 그로서도 손을 쓸 수 없을 정도로 느닷없이 벌어진 일이었다.

자신의 과욕을 탓하며 몇 달에 걸쳐 단천엽을 치료한 산노는 그 후 다신 내공을 전수하지 않았다. 자신이 가르치기엔 단천엽의 그릇이 너무 크다는 판단이었다.

하지만 단천엽 같은 기재를 그냥 놔두는 것은 괴로운 일이었다. 그는 일 년 뒤 중원의 무공과는 전혀 방식이 다른 동방(東方)의 비전을 구해와 단천엽에게 가르치기 시작했다. 내공이 없는 상황에서도 능히 상대를 이길 수 있는 방법을 알게 하려는 의도였다.

애기를 듣는 동안 모어언과 제운영은 몇 번이나 서로를 바라봤다. 단천엽이 한 말은 거짓말 같진 않으나 선뜻 믿기도 어려웠다. 내공을 익히자마자 주화입마에 빠지는 체질이라니 상상하기도 힘들었다. 하지만 방금 전 눈앞에서 목도한 사실이 있으니 믿지 않을 수도 없었다.

잠시의 침묵 끝에 모어언이 먼저 입을 열었다.

"그럼 네가 배운 건 동방이란 곳의 무공이라는 거냐?"

단천엽이 고개를 흔들었다.

"제가 배운 건 무공 따위가 아닙니다. 그냥 상대를 이기기 위한 몇 가지 병법(兵法)일 뿐입니다."

모어언이 눈살을 찌푸렸다.

"같은 말이 아닌가?"

단천엽이 목소리를 높였다.

"다릅니다! 병법이란 건 상대를 이기는 것뿐 아니라 싸울 때와 싸우지 않을 때를 가립니다! 장소를 가리고 때를 가리고 시(時)를 가립니다! 어떻게 무작정 맞붙어 승자와 패자만을 가리는 무공과 같을 수 있겠습니까?"

"아!"

제운영은 입을 벌렸다. 문득 단천엽이 자신을 이끌고 반검맹에서 나온 추격자들을 따돌릴 때의 광경이 떠올랐다. 그녀가 불가사의하다고 느꼈던 단천엽의 능력은 필시 그가 익힌 병법에 의거한 것임에 분명했다.

그때 가만히 단천엽을 바라보고 있던 모어언이 주먹으로 그의 가슴을 한 대 때렸다.

퍽!

"아!"

눈살을 찌푸린 채 몇 걸음 뒤로 물러선 단천엽에게 모어언이 말했다.

"어쨌든 이번 한 번은 그냥 넘어가겠어. 내가 보기에도 네 몸은 꽤나 특이하니까. 하지만 다신 남의 내공을 빨아들이려 하지 마라. 다음번에는 죽일 거다."

"죽인다고요?"

"그래."

딱 잘라 대답한 모어언이 제운영에게 고개를 돌렸다.

"언니, 더 이상 시간 끌 것 없이 내일부터는 전력으로 천하맹 총단으로 돌아가죠."

"왜?"

"이 사람은 이미 폭뢰의 기초이자 근본인 발경을 완전히 습득했어요. 언니도 보셨을 테지만 틀에 박힌 초식이나 투로를 떠나 그는 이미 독창적인 기세를 발경에 담는 경지에 이르렀어요. 특별히 더 이상 시간을 끌 필요는 없다고 봐요."

"그렇지만……."

"문상은 제게 이번 일의 전권을 부여했어요."

"으!"

제운영은 발을 굴렀다. 모어언의 말이 옳다는 걸 알지만 바로 총단으로 돌아가야 한다는 사실이 분한 것이다. 이렇게 맹을 떠나 강호를 돌아다니는 건 꽤나 신나는 일이었다.

하지만 어느새 모어언은 단천엽을 일별한 후 뒤도 돌아보지 않고 앞으로 걸어가고 있었다. 결정을 번복할 가능성은 전혀 없어 보였다.

"너 때문이야!"

애꿎게 단천엽에게 화풀이를 하는 제운영의 목소리를 뒤로한 채 문

득 하늘에 뜬 만월을 올려다본 모어언의 입에서 가는 한숨이 흘러나
왔다.

"역시 천랑성(天狼星)의 소녀와는 다른 건가?"

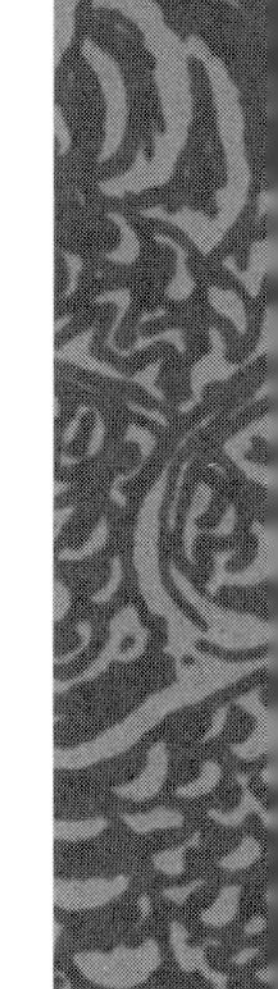

제3장

매화 향기(梅花香氣)

매화 향기(梅花香氣) ＇

　무공 수련을 위해 택했던 산행은 사흘 만에 끝났다. 나흘째 되는 날 산행을 포기하고 관도로 내려온 단천엽 일행은 우선 가장 가까운 곳에 위치한 우가촌(于家村)이란 마을에 들렀다. 새로운 마차를 구하기 위함이었다.

　단천엽과 달리 제운영과 모어언은 쉽사리 사람들의 시선을 끄는 미모와 복장을 하고 있어서 먼 길을 떠나기 위해선 마차가 반드시 필요했다.

　섬서성의 꽤 큰 성읍인 한중(漢中)에서 가까운 탓인지 우가촌은 제법 큰 규모의 마을이었다. 마을 외곽의 논밭에서 씨를 뿌리는 사람들이나 저자에서 물건을 파는 사람들이나 얼굴에 활기가 넘쳤다. 마을 전체가 기운차게 움직이고 있었다.

　단천엽의 뒤를 좇아 우가촌에 들어선 두 여인 중 제운영의 눈에 이채가 떠올랐다.

"호오, 이 정도 규모의 마을이면 꽤 좋은 마차를 구할 수 있겠는걸? 그런데 천엽 동생은 섬서성이 초행인데 어떻게 이런 곳을 다 찾게 됐지?"

단천엽이 고개를 돌리며 씁쓸한 표정을 지어 보였다.

"운영 누나가 그런 소리를 하시면 어떡합니까? 섬서성을 손바닥 보듯 알고 있다고 했던 분이."

제운영이 어색한 표정으로 웃어 보였다.

"하하, 내가 떠돌아다닌 섬서성은 구산의 종남선파(終南仙派)나 화산검파(華山劍派) 등이 용호처럼 자리 잡고 있는 곳이거나 강호의 삼류 낭인들이 밤을 새워 술판을 벌이던 곳이었거든."

"그렇군요."

단천엽이 고개를 가로저어 보이자 모어언이 불쑥 입을 열었다.

"나도 궁금하다."

제운영 때완 달리 단천엽의 목소리가 퉁명스러워졌다.

"뭐가 궁금하단 거지요?"

모어언이 여전한 표정으로 다시 말했다.

"네가 어떻게 이곳을 찾았는지가 궁금하단 거다."

"그건……."

싫은 기색이 완연한 단천엽의 옆구리를 슬그머니 다가선 제운영이 팔꿈치로 꾹꾹 눌렀다. 산행을 하는 동안 냉랭한 두 사람을 화해시키기 위해 들인 버릇이었다.

"천엽, 오랜만에 언매도 궁금해하는데 비싸게 굴지 말고 말해 봐."

"……."

“응?”

자신에게 슬며시 한쪽 눈을 깜빡여 보이는 제운영을 보고 단천엽은 더 이상 인상을 쓸 수 없었다. 호탕하고 천변만화한 성정을 지닌 그녀를 상대하다 보면 꽁한 마음을 품는다는 것 자체가 불가능했다.

내심 가벼운 한숨과 함께 단천엽이 말문을 열었다.

“사람이 사는 데 반드시 필요한 게 몇 가지 있는데, 그중 가장 중요한 건 의식주(衣食住), 그중에서도 음식입니다. 마시고 먹을 수 없으면 사람이란 한시도 살 수 없는 존재니까요.”

“그래서?”

제운영을 보고 다시 모어언 쪽으로 시선을 던진 단천엽의 손가락이 하늘을 가리켰다.

때마침 원형으로 형성된 마을 전체를 감싸듯 뽀얀 연기가 이곳저곳에서 솟아오르고 있었다. 멀리서 봤다면 구름덩이들이 하늘로 솟구치는 것처럼 보였을 것이다.

“산을 내려올 때는 이른 새벽이었고 지금은 정오 무렵입니다. 새벽부터 저만큼이나 많은 밥 짓는 연기가 솟아오른다면 꽤 큰 마을일 거라 짐작한 거죠.”

“아!”

제운영은 나직한 탄성을 발했다. 평소처럼 요란스럽지는 않으나 진심으로 탄복한 표정이 그녀의 얼굴에 완연했다. 제법 강호를 많이 돌아다녔던 그녀로서도 간과했던 사실을 단천엽은 정확히 지적해 낸 것이다.

모어언이 미미하게 고개를 끄덕였다.

“너는 산을 내려올 때부터 마차를 구해야겠다고 작정하고 있었던 거로군."

단천엽이 무뚝뚝하나 성의있게 대답했다.

"같이 다니기엔 당신 복장이 지나치게 부담스러우니까요."

"부담스러워?"

"이곳까지 오는 동안 사람들이 힐끔거리던 게 생각나지 않는 건가
요?"

"……."

모어언은 대답하는 대신 주변을 둘러봤다. 얘기를 나누는 동안 마을
의 제법 깊숙한 곳까지 걸어 들어와서인지 주변에는 사람들이 간간이
눈에 띄었다.

아직 농번기는 아니나 씨를 뿌리고 논에 물을 댈 때인지라 마을에는
나이 든 사내나 여인들은 없고 아이들과 노인들뿐이었다.

자신 쪽을 힐끔거리다 시선이 마주치자 울부짖기 시작한 아이들과
얼른 고개를 돌려 외면하는 노인들을 본 모어언의 안색이 가볍게 굳었
다.

"저들은 어째서 날 두려워하는 것이지?"

단천엽이 모어언의 은색 갑주를 손가락질 했다.

"그런 모습을 하고 있으니 당연하잖아요. 당신은 날 만나러 천오백
리를 달려왔다면서 지금까지 이런 경우를 한 번도 겪지 않았다는 건가
요?"

모어언이 무심히 고개를 흔들었다.

"난 시간을 아끼기 위해 인적이 드문 산길로만 경공으로 달려왔다."

제운영이 놀라 소리쳤다.

"그럼 식사는?"

“출발하기 전에 며칠 분의 식량은 준비했고 중간중간 산속에서 조달했어요. 수련 중 산속을 헤매는 일은 다반사였으니까요.”

“내성의 수련 중에 그런 것도 있었단 말야?”

“예, 그래요.”

“쳇! 내성의 그 자식들은 정말 인정사정도 없는 녀석들이로구나.”

“운영 언니, 내성의 얘기는 더 이상 하지 않는 게 좋겠어요.”

“그, 그래.”

제운영의 얼굴에 일순 당황의 기색이 떠오르는 걸 바라보는 단천엽의 눈에 이채가 떠올랐다. 천하맹의 내성에 관한 이야기 때문에 그녀가 모어언에게 핀잔을 들은 게 이번이 처음이 아니었기 때문이다.

‘내성이라……’

내심 일어난 궁금증을 애써 참으며 단천엽이 두 여인 모두에게 말했다.

“그 외에도 운영 누나가 등에 멘 일월도검이나 누더기가 된 내 옷이나 이런 시골 마을에서는 눈에 띄기 쉬운 요소입니다. 이곳에서 마차를 빌리는 것과 동시에 제 옷도 바꾸고 식료품도 장만해야겠습니다.”

제운영이 얼른 목소리를 높였다.

“식료품을 마련하기 전에 먼저 식사부터 하는 게 어때? 마침 저쪽에 객점 비슷한 것도 보이는데.”

“식사요?”

제운영이 자신의 배를 양손으로 눌러 보이며 불쌍한 표정을 지어 보였다.

“사천 끝에서부터 이곳까지 쫓기고 강행군을 하느라 그동안 술 한잔은커녕 제대로 된 음식 한번 먹지 못했잖아!”

모어언이 가볍게 눈살을 찌푸렸다.

"우리는 이곳에 마차를 구하기 위해 온 거예요. 식사 따위로 낭비할 시간 같은 건 없어요."

"언매, 난 배고파! 배고프다고!"

"식사는 마차를 타고 가며 하면 돼요."

"그런 건 제대로 된 식사가 아니라구!"

제운영은 당장 땅바닥에 주저앉을 태세였다. 절대 뒤로 물러서지 않겠다는 의지가 엿보이는 표정이 그녀의 얼굴엔 감돌고 있었다.

'저러면 못 말리지.'

내심 고개를 흔든 단천엽이 나섰다.

"어차피 마차를 빌리는 건 한 사람이면 충분합니다. 제가 마차를 빌리는 동안 두 분은 식사하세요. 마차를 구하는 대로 객점으로 찾아갈 테니."

"그렇지만……."

"어차피 당신이나 운영 누나는 사람들의 시선을 지나치게 집중시켜서 함께 다녀봤자 불편하기만 합니다."

여전히 망설이는 표정이 완연한 모어언을 옆으로 밀어내며 제운영이 활짝 웃었다.

"그럼 우리는 간만에 우아한 식사를 하고 있을 테니까 천엽 동생, 부탁해!"

"예, 그렇게 하세요."

한차례 쓴웃음과 더불어 단천엽은 두 여인을 뇌둔 채 성큼성큼 걸어갔다. 처음 우가촌을 찾아왔을 때처럼 마치 자신이 태어난 동네인 양 망설임이 보이지 않는 모습이었다.

오독!

자신을 바라보는 눈길을 느낀 순간 단천엽은 슬그머니 품속에서 꺼내 든 육편 조각을 소리 내어 씹었다. 제운영 등과 헤어졌을 때부터 자신을 따르던 십 세가량의 꼬맹이를 유혹하기 위함이었다.

자고로 모르는 사람이 먹을 걸 줘도 절대 따라가선 안 된다는 말이 있을 정도로 어린애들에게 군것질 거리만큼 큰 위력을 발휘하는 건 없다.

주르륵!

얼굴에 맛있어 죽겠다는 표정을 한 단천엽을 바라보는 꼬맹이의 입가로 맑은 침이 흘러내렸다. 점심 무렵임에도 집으로 돌아가지 않았으니 아직 식전일 테고, 육편을 씹는 단천엽의 모습은 꼬맹이를 유혹하기에 충분했다.

"으음, 그런데 어째서 대장간이라든가 마방 같은 게 보이지 않는 거지?"

단천엽의 말이 떨어지기가 무서웠다. 꼬맹이는 이미 더러운 소맷자락으로 입가를 훔치곤 후닥닥 달려왔다.

"이리 줘!"

슬쩍 허리를 비트는 것만으로 꼬맹이의 돌격을 피해낸 단천엽이 입가에 미소를 담았다.

"그리 쉽게는 안 되지."

꼬맹이는 거의 넘어질 뻔한 몸의 균형을 간신히 잡았다. 단천엽이 재빨리 허리 부근의 혈을 때려 중심을 잡아준 것이다.

막 코를 땅에 박을 뻔하다 신형을 돌려세운 꼬맹이의 얼굴이 울그락

불그락해졌다. 시선은 여전히 단천엽의 입가에 자리 잡고 있는 육편 조각을 향하고 있었으나 얼굴은 금방이라도 울음을 터뜨릴 듯 일그러져 있었다.

토옥!

꼬맹이의 이마에 손가락을 한차례 튕긴 단천엽이 퉁명스레 말했다.

"운다고 공짜로 줄 줄 알아?"

"으윽!"

"그래, 이제야 제대로 된 얼굴이 됐구나. 이만큼 큰 마을의 골목대장 쯤 되어서 당당해야지 잔꾀를 부려서야 되겠느냐?"

언제 울음 섞인 표정을 보였냐는 듯 단천엽을 노려보던 꼬맹이의 얼굴이 변했다. 독기마저 풍기던 얼굴에 어린애다운 호기심이 번져 나오고 있었다.

"어떻게?"

단천엽이 피식 웃었다.

"나도 네 녀석만했을 땐 산이며 들판이며 온통 뒤집고 다니던 골목 대장이었거든."

"형아도 골목대장이었어?"

"암!"

단천엽은 오래전부터 꼬맹이의 행동을 지켜보고 있었음을 말해 준 후 자신에게 덤벼든 용기를 칭찬했다. 꼬맹이 또래의 사내아이들에게 그런 말 한마디가 얼마나 크게 작용하는지를 아는 까닭이었다. 그리고 슬쩍 꼬맹이에게 몇 덩이나 육편 조각을 안겨준 그가 말했다.

"이 근처에 대장간이 있을 테지?"

꼬맹이가 얼른 고개를 끄덕였다.

“마을에서 조금만 벗어나면 장씨 아저씨가 있어.”

“장씨? 그렇지만 이곳은 우가촌이라고 하던데…….”

꼬맹이의 얼굴이 부어올랐다.

“우가촌이라고 해서 몽땅 성이 우가인 녀석들만 있는 건 아니다! 나만 해도 성이 곽이라고!”

단천엽이 고개를 슬쩍 숙여 보였다.

“그건 미안하게 됐군. 그래서?”

“응?”

“골목대장의 존성(尊姓)은 알았는데 대명(大名)은 듣지 못한 듯해서 말야.”

꼬맹이의 얼굴이 금방 밝아졌다.

“내 대명은 천수야. 존성은 곽이고!”

“그렇군.”

수그렸던 고개를 바로 한 단천엽이 곽천수를 향해 과장된 몸짓을 해 보였다.

“그럼 골목대장의 존성대명도 들었고 하니 그 장씨 아저씨의 대장간으로 안내해 주겠니?”

벌써 건네받은 육편 중 하나를 입에 넣고 씹고 있던 곽천수가 고개를 끄덕여 보이곤 앞으로 뛰어가기 시작했다. 한 마을의 골목대장답게 쉽사리 단천엽을 안내하진 않을 듯 보였다.

‘뭐, 어쩔 수 없지.’

단천엽 역시 뛰기 시작했다. 냅다 뛰는 걸로 자신을 골탕 먹일 작정이었다면 상대를 잘못 파악했음을 곽천수에게 알려주려는 듯.

우가촌 유일의 객점 겸 주점인 대복반점(大福飯店)이 발칵 뒤집혔다 평온을 되찾는 건 그리 오랜 시간이 걸리지 않았다. 느닷없이 우가촌 으로 난입한 두 명의 무림인이 무시무시한 등장과는 달리 별다른 소동 을 벌이지 않았기 때문이다.

쾅쾅!

나무를 통으로 잘라 만든 탁자를 주먹으로 내려치며 제운영이 호기 롭게 소리쳤다.

"여기 사흘 동안 굶주린 사람이 둘이나 있다구! 주인장은 당장 달려 오는 게 좋을 거야!"

주인으로 보이는 투실투실한 얼굴의 중년인이 허겁지겁 달려왔다.

"예, 예, 갑니다! 지금 갑니다요!"

중년인의 손에 들린 주전자를 본 제운영의 얼굴에 반색이 떠올랐다.

"그거 찻주전자지?"

"예? 아, 예!"

"일단 이리 내놔봐!"

제운영은 찻주전자를 거의 강탈하듯 빼앗아 들곤 탁자에 놓여 있던 대접 모양의 찻잔을 한차례씩 헹궈냈다. 자신을 위해서가 아니라 맞은 편에 앉은 모어언을 위해서였다. 강호를 돌아다니며 풍찬노숙을 밥 먹 듯 했던 제운영과 달리 모어언의 경우 이번이 첫 강호행이니 신경을 써준 것이다.

"……."

그러나 깨끗하게 헹궈진 찻잔 가득 넘치게 따라진 엽차를 모어언은 받아만 들고 마시려 하지 않았다. 중년인에게 연이어 몇 가지나 되는 요리를 주문해 혼을 빼놓은 제운영이 자신의 찻잔에 엽차를 따르며 중얼거리듯 말했다.

"왜? 역시 이런 곳의 음식은 먹지 못하겠어?"

모어언이 가볍게 고개를 흔들어 보였다.

"그럼?"

"별로 목이 마르지 않을 뿐이에요. 그리고……."

제운영의 눈꼬리가 묘하게 치켜 올라갔다.

"설마 천엽이 걱정되는 거야?"

모어언의 무심한 얼굴에 가벼운 파문이 일었다. 미간을 묘하게 찡그려 보이는 모습조차 아름다운 그녀의 입술이 잠시 머뭇거리다 열렸다.

"언니와 제 임무는 그를 무사히 맹까지 데려가는 거예요. 그런데 그에겐 낯 모를 곳에서 마차를 구하게 하고 우리는 이곳에서 태평하게 음식이나 시키고 앉아 있으니 걱정이 되는 건 당연하잖아요."

"그건 그렇네."

제운영은 고개를 끄덕이며 찻잔에 담긴 엽차를 남자처럼 벌컥거리며 마셨다. 그녀로선 찻물보다는 술이 그리웠지만 모어언 때문에 음주는 상상도 못하는 바였다. 찻물을 술처럼 들이키곤 만족스럽지 못한 표정을 지어 보인 제운영이 입가에 가느다란 미소를 매달았다.

"하지만 이번에 우리가 호송하게 된 건 진짜 괴물 같은 녀석이라구. 언매가 걱정하는 일 같은 건 절대 일어나지 않을 테니 안심해. 천엽은 곧 멋진 마차를 구해서 우릴 맞으러 올 테니까 말야."

"그는 제대로 된 무공도 익히지 못했어요."

"그렇지만 반검맹에서 파견된 빌어먹을 자식들한테서 도망칠 땐 이십 년 가까이 무공을 익힌 나보다 나았어. 그거 하나로 족하지 않을까?"

‘그걸론 부족해요. 그는, 그는⋯⋯.’

모어언은 입술을 가늘게 떨곤 수중의 찻잔을 입으로 가져갔다. 세상
에는 마음속으로도 할 수 없는 말이 있다. 눈앞의 상대가 누구든 간에.

매화 향기(梅花香氣) 2

곽천수는 마을 주변의 야산을 절반도 오르지 못하고 단천엽을 떼어놓길 포기했다. 그가 아무리 달리기에 자신있고 주변 지리에 능숙하다 해도 야수와 같은 감각을 지닌 단천엽을 떼어놓거나 지치게 할 순 없었다.

작은 몸집을 이용해 요리조리 산길을 달렸으나 단 몇 걸음도 앞서기 전에 단천엽에게 따라잡히곤 했다. 결국 헐떡이며 산 중턱에 대 자로 뻗어버린 곽천수에게 다가선 단천엽이 피식거리며 웃었다.

"벌써 지친 거야?"

"헉헉! 혀, 형은 사람도 아냐!"

"네가 아직 덜 여문 건 아니고?"

곽천수의 얼굴이 붉게 달아올랐다. 아직 어린 나이지만 자신을 줄곧 사내로 대해준 단천엽의 반문에 부끄러움을 느낀 것이다.

손을 내밀어 곽천수를 일으켜 세운 후 단천엽이 말했다.

"이젠 슬슬 대장간을 한다는 장씨 아저씨 댁이 궁금해지는데?"

곽천수의 눈이 동그래졌다.

"형은 처음부터 내가 장씨 아저씨네로 가지 않는다는 걸 알았던 거야?"

"그야 자존심있는 골목대장이라면 한차례 풀이 꺾였다고 해서 금방 고개를 숙이진 않는 법이니까."

"치잇!"

곽천수는 발 밑의 돌멩이를 발로 툭툭 건드렸다. 자신의 내심을 속속들이 읽는 듯한 단천엽의 웃음을 보고 있자니 갈수록 얼굴이 붉어져 왔다. 자신으로선 도저히 당해낼 수 없다는 생각이 든 것이다.

"…장씨 아저씨네는 저쪽으로 쭉 내려가면 나와."

단천엽에게서 손을 잡아 뺀 곽천수가 한쪽 방향을 가리켰다. 지형상 마을에서 바로 갈 수는 없고 지금까지 오른 산길을 거쳐야 이를 수 있는 방향이었다.

단천엽이 고개를 끄덕였다.

"골목대장은 본래 제대로 길을 안내했구나."

"……."

곽천수가 고개를 가로저었다.

"아닌가?"

더욱 세게 고개를 가로저으며 곽천수가 소리쳤다.

"난 이제 골목대장 안 할 거야!"

"그러면?"

"무술도관을 찾아가서 지금부터 형처럼 무공을 배울 거야! 그래서 형처럼 예쁜 누나들도 데리고 다니고 형보다 멋지고 강해져서……!"

딱!

"이 녀석! 어린 녀석이 벌써부터 염불보다 잿밥에만 관심이 있구
나!"

곽천수의 머리에 한차례 군밤을 준 단천엽이 크게 웃으며 산길을 내
려가기 시작했다. 장씨 아저씨의 대장간이 있다는 방향이었다.

탕탕탕!

풀무질과 동시에 튀어 오르는 불꽃을 잠재우는 건 거친 망치질이다.
투박한 손길이 움직일 때마다 시뻘겋게 달아오른 쇳덩이의 형태는 다
듬어지고, 펴지고, 움츠러들었다. 오직 한 자루의 망치가 만들어내는
신기였다.

달궈진 쇠가 제멋대로 바뀌다가 하나의 모양을 이루는 모습을 눈 한
번 깜빡이지 않고 지켜보던 단천엽이 가볍게 박수를 쳤다. 최종적으로
쇠스랑 모양이 된 쇳덩이가 물속에 담가져 매캐한 연기를 뿜어낸 순간
이었다.

짝짝짝!

'응?'

자신이 만든 쇠스랑이 물에 충분히 식었다는 판단이었다. 쇠스랑을
물에서 끄집어내며 허리를 펴던 과묵해 보이는 얼굴의 중년인이 눈살
을 찌푸렸다. 오직 담금질과 망치질에만 열중했던 터라 그는 단천엽의
존재를 여태껏 인식하지 못하고 있었다.

중년인이 자신을 바라보자 단천엽이 박수를 멈췄다.

"훌륭한 솜씨입니다. 이 대장간의 주인인 장씨 아저씨겠지요?"

"장씨 아저씨?"

"절 이곳으로 안내한 건 곽천수입니다."

중년인의 얼굴이 조금 펴졌다.

"천수 녀석이 보냈군. 우가촌 사람들은 날 장삼두(張三頭)라 부르니 자네도 날 그리 부르면 되네."

"장삼두?"

장삼두는 자신의 머리를 들어 이마를 보여줬다. 그러자 드러난 그의 이마에는 볼록한 물혹 두 개가 튀어나와 있었다. 머리를 내려뜨리지 않으면 머리가 세 개로 보일 정도였다.

'그런데도 웃지 않는군.'

사람들이 자신의 삼두를 확인한 순간 백이면 백 웃음을 터뜨린다는 걸 알고 있던 장삼두의 눈에 이채가 떠올랐다. 오늘 처음 보는 단천엽에게 그는 불현듯 호감을 느꼈다.

"그런데 이곳에는 무슨 일로 찾아온 거지? 으음, 대장간에 찾아왔으니 물건을 만들어달라는 건가?"

"예, 그렇습니다."

단천엽은 대답과 함께 품속에서 예의 단검을 꺼내 들어 장삼두에게 내밀었다.

"이건?"

"평범한 단검입니다."

"그렇군."

장삼두가 고개를 끄덕이자 단천엽이 말했다.

"이것과 연결할 수 있는 두 자루의 강철 단봉을 원합니다. 평소엔 떼어놓을 수 있어야 하고 두 개의 강철 단봉은 연결할 수 있어야 합니다. 길이는 각기 삼 척 다섯 푼쯤이 좋겠습니다."

"두 개의 강철 단봉과 단검을 한데 연결할 수 있게 해달라?"

"그렇습니다. 강철 단봉은 백련정강(百鍊精鋼)이면 좋겠습니다만, 내일까지 만들어주셔야 하니 좀 떨어져도 상관없습니다."

장삼두의 표정이 변했다. 그의 과묵해 보이는 얼굴은 가볍게 일그러져 있었다.

"자네는 무림인인가?"

"제가 무림인이면 안 되는 겁니까?"

"난 사람을 해치는 무기 따윈 만들지 않아. 자네는 사람을 잘못 찾아왔으니 그만 돌아가게!"

단천엽을 바라보는 장삼두의 얼굴은 차갑게 굳어 있었다. 무림인에 대한 뿌리 깊은 혐오가 담긴 표정이었다. 과거 무림인 때문에 억울한 일을 당했으리란 짐작이 갔다.

'그래서 명색이 대장간이란 곳에 흔한 청강장검 하나 보이지 않았구나. 농기구 등을 손봐주는 것만으론 이만한 규모의 대장간을 꾸려가기가 힘들 텐데.'

찬찬히 장삼두의 대장간을 훑어본 단천엽이 미미하게 고개를 끄덕였다.

"아저씨는 오해하셨습니다. 전 사람을 해치기 위한 무기를 부탁한 게 아닙니다. 유사시 저와 동료들을 지킬 힘을 기를 도구가 필요할 뿐입니다. 저 역시 사람을 해치는 일은 싫어하니까요."

"흥, 그 유사시란 상황이 되면 자신과 동료를 보호한다는 명분을 내걸고 사람들을 해치려는 게 아닌가?"

"그건……."

"본래 병기란 그러하다네. 자신에게 남을 해칠 마음이 없더라도 결국은 살인을 하고 상처를 입히게 되지. 남은 물론이거니와 자기 자신마저도."

장삼두의 얼굴에 어두운 그림자가 내비쳤다. 처음 단천엽이 예상했던 것보다 더욱 심한 일을 무림인에게 당했음에 분명했다.

잠시 장삼두를 바라보던 단천엽이 고개를 숙여 보였다.

"아저씨에게도 사정이 있는 듯하군요. 아저씨의 사정을 도외시하고 제 욕심만 챙길 순 없으니 그냥 돌아가겠습니다. 다른 대장간에선 아저씨같이 솜씨 좋은 분을 만나지 못할 테지만 어쩔 수 없지요."

"어?"

단천엽이 진짜 발길을 돌리자 장삼두는 놀란 얼굴이 되고 말았다. 그가 지금까지 만나봤던 무림인 중 단천엽과 같은 사람은 없었다.

무림인들이란 대개 자신이 원하는 바를 이루지 못할 경우 흉포해졌다. 적어도 지금껏 장삼두가 만나왔던 무림인들 중 예외는 없었다.

'그렇지만……'

주저하던 장삼두의 얼굴이 묘하게 변했다. 어느 틈에 나타났는지 저만치서 달려온 곽천수가 단천엽에게 온몸으로 매달린 채 소리를 질러대고 있었다.

"형, 어디로 가는 거야! 요 근방에서 장씨 아저씨만큼 쇠를 잘 다루는 사람은 없단 말야!"

단천엽이 입가에 쓴웃음을 지어 보였다.

"확실히 장씨 아저씨는 쇠를 잘 다루는 분이다. 하지만 그분에게 내가 너무 어려운 부탁을 드렸나 보다."

"어려운 부탁?"

"그래, 장씨 아저씨의 솜씨가 너무 좋아 보여서 난 너무 지나친 걸 바란 거야."

곽천수가 단천엽의 옷자락을 놔줬다. 아직 꼬맹이이긴 하나 단천엽이 하는 말의 의미를 모를 정도로 철이 없진 않았다.

"장씨 아저씨가 못 만들겠다고 한 거야?"

"……."

말없이 곽천수의 머리를 몇 차례 눌러준 단천엽이 다시 장삼두에게 한차례 고개를 숙여 보이곤 대장간을 등졌다. 이미 그의 얼굴엔 한 점의 미련도 보이지 않았다.

그러자 문득 망설임이 가신 눈빛이 된 장삼두가 슬며시 목소리를 높였다.

"난 만들지 못하겠단 말은 한 적이 없네!"

단천엽이 발길을 멈췄다.

"예?"

장삼두가 못마땅한 표정으로 입술을 꿈틀거렸다.

"사람을 해치는 흉기가 아니라 자신을 닦아 위험을 떨칠 도구를 만들어달라고 했나?"

단천엽이 고개를 끄덕였다.

"그렇습니다."

장삼두의 입에서 가는 한숨이 흘러나왔다.

"하아, 다시는 무기 따윈 만들지 않으려 했건만……."

"어떤 경우라도 호신 이외의 일에 사용되진 않을 겁니다."

"약속하겠는가?"

"물론입니다."

장삼두가 고개를 끄덕이곤 충분히 식은 쇠스랑을 물속에서 끄집어

냈다. 쇠스랑의 만들어진 모양을 꼼꼼히 살피며 그가 퉁명스레 말했
다.

"내일까지 강철을 백 번이나 정련할 수 있을지 모르겠네. 하지만 내
최선은 다해보겠네."

단천엽의 입가에 웃음이 떠오르자 풀이 죽어 있던 곽천수가 크게 소
리를 질러대기 시작했다. 우가촌에 들어서기 전 단천엽이 계획했던 일
중 하나가 해결되는 순간이었다.

"늦었어!"

대복반점 안으로 단천엽이 모습을 드러내자마자 제운영은 눈꼬리를
살짝 치켜떴다. 마치 집 나갔던 서방을 맞는 듯한 모습이었다.

그러나 단천엽은 이미 제운영과 함께한 시간이 적지 않았다. 그저
미소만으로 대답을 대신한 그가 자신을 빤히 바라보는 모어언에게 보
고하듯 말했다.

"마차는 내일 오후나 되어야 구할 수 있으니 오늘은 이곳에서 보내
야겠습니다. 이만큼 큰 마을에서도 마차를 구하기란 쉽지 않더군요."

모어언의 미간이 가볍게 찌푸려졌다.

"난 이곳에서 지내기 싫다."

단천엽이 어깨를 으쓱해 보였다.

"우가촌 밖에는 사람의 행적이 드문 야산이 몇 개나 되더군요. 만약
이곳에서 기거하기 싫다면 그곳에서 밤을 보내는 것도 나쁘지 않겠군
요."

"차라리 그게 낫겠군."

모어언은 바로 자리에서 일어섰다. 묵직한 갑주의 무게 때문에 반점

의 바닥이 요란한 비명을 터뜨렸다. 만약 그들이 있는 곳이 반점의 이
층이었다면 구멍이 뚫렸을지도 모르는 일이었다.

당장 밖으로 나서려는 모어언의 손을 제운영이 붙잡았다.

"언매, 벌써 날이 저물어가고 있어. 지금 나가서 어쩌겠단 거야?"

제운영에게 고개를 돌린 모어언이 미미하게 고개를 끄덕여 보였다.

"어차피 맹을 떠난 후 줄곧 밖에서 생활했어요. 오늘만 특별한 일은
아니니 걱정하지 마세요."

제운영의 입매가 고집스러워졌다.

"그때는 그때고 지금은 지금이야! 일행이 있는데 언매 혼자만 따로
떨어져 나간다는 건 말도 안 돼! 언매가 굳이 풍찬노숙을 하겠다면 나
와 천엽도 따라나서겠어."

"그럴 필욘 없어요."

일순 모어언의 몸에서 강렬한 진동이 일어났다. 제운영이 깜짝 놀라
그녀를 잡고 있던 팔을 놓을 정도의 진동이었다.

"아!"

제운영이 손을 놓자 얼른 몇 걸음 옆으로 이동한 모어언이 단천엽을
지그시 응시하며 말했다.

"정오에 찾아오겠다."

"……."

단천엽에겐 대답할 여가도 주어지지 않았다. 쿵 소리와 함께 모어언
은 대복반점에서 자취를 감췄다. 족히 수백 근이 넘는 무게의 갑주를
착용한 채 경공을 발휘한 것이다.

"대단하구나!"

단천엽은 스스럼없이 감탄했다. 여태껏 그 자신의 능력이 남보다 떨

어진단 생각은 해본 일이 없으나 모어언은 특별했다. 몇 차례나 얻어
맞았지만 아직은 어찌해 본다는 생각조차 할 수 없는 존재였다.

'아직은……'

머리를 한차례 긁적이고 돌아서던 단천엽의 얼굴이 굳었다. 자신을
매섭게 노려보고 있는 제운영을 발견한 것이다.

"무슨?"

탁자 위에 놓여 있던 술병을 병째로 들어 몇 모금이나 들이킨 제운
영이 날카롭게 말했다.

"천엽 동생!"

"예?"

"따라와!"

제운영은 멀찍이 떨어져 연신 손바닥을 비비고 있던 주인을 불러 빈
객실의 여부를 묻고는 먼저 이층으로 올라갔다. 대복반점의 객실 중
상방이라 할 수 있는 곳들은 모두 이층에 위치해 있었기 때문이다.

'이런.'

내심 한숨을 토해낸 단천엽이 주변에 앉아 있던 몇몇 취객들의 부러
움과 질시의 눈빛을 받으며 제운영의 뒤를 따랐다. 확실히 두툼한 갑
주를 걸친 탓에 미모가 겉으로 드러나지 않는 모어언과 달리 눈에 확
띄는 미인인 제운영과 같은 객실을 쓴다는 건 부러움을 받을 만한 일
일 수도 있었다. 그녀의 성격이나 무력을 단천엽이 전혀 모른다는 가
정 하에.

매화 향기(梅花香氣) 3

"자, 잠깐만요!"

"사내 녀석이 잔소리가 많다!"

침상 위에서 두 손으로 몸을 가린 모습이 된 단천엽을 찍어 누른 채 올라탄 제운영은 무자비하게 손을 놀렸다.

스윽! 슥!

"됐다니까요!"

"시끄럽다고 했다!"

"컥!"

단천엽의 입에서 신음이 터져 나왔다. 누운 자세에서 몸의 중심을 제압당한 상태로 기도를 압박당한 것이다. 이미 파악하고 있는 난화불혈수라 할지라도 이렇게 중심을 뺏긴 상태에선 무시무시한 신공이었다.

"이제야 조용해졌군."

제운영이 일시 손끝에 집중시킨 힘은 건장한 사내 몇을 졸도시킬 정도였다. 기도가 막히는 것은 물론이거니와 자칫 목뼈가 부러질 수도 있었다.

순간적으로 반항할 기색이 사라진 단천엽의 파리해진 얼굴을 보며 흐뭇하게 미소 지은 제운영이 빠르게 손을 움직였다. 연이은 도주와 모어언과의 격전으로 인해 너덜너덜해진 장포를 벗겨내기 시작한 것이다.

"케헥!"

제운영이 침상에서 물러서자마자 단천엽은 막혔던 호흡을 거칠게 토해냈다. 잠시 막아뒀던 기도를 연 탓인지 호흡이 평소보다 조금 거칠어져 있었다.

콧노래를 부르며 침상 맞은편에 위치한 의자에 엉덩이를 걸친 제운영이 살짝 미간을 찌푸렸다.

"그러게 나간 김에 새 옷이나 구입해 입을 것이지 어째서 그런 꼴을 하고 돌아온 거야?"

언제 안색이 파랗게 질렸냐는 듯 제 빛을 회복한 단천엽이 침상에서 몸을 일으키곤 안색을 붉혔다.

"몇 가지 일을 처리하다 보니 옷을 구한다는 걸 깜빡했어요."

"호호, 그래? 천엽은 어떤 일을 하건 침착 냉정한 애늙은인 줄 알고 조금 징그럽다고 생각했는데 그것도 아닌가 보네?"

"애늙은이라뇨!"

"처음에도 그랬고 이후 반검맹의 추격을 피해 달아날 때도 그랬고, 천엽은 절대로 귀여운 남동생 같진 않았거든."

말을 마친 제운영은 품속에서 반짓고리를 꺼내 들었다. 반짓고리에는 간단한 실과 바늘, 몇 가지 색깔의 천 조각이 들어 있었다. 돌아온 단천엽의 차림이 여전하자 그녀는 직접 장포를 기워줄 생각을 한 것이리라.

'운영 누나…….'

자신의 눈앞에서 그림 같은 자태로 바느질을 하기 시작한 제운영을 바라보며 단천엽은 저절로 얼굴이 달아오르는 걸 느꼈다. 과거 그녀의 품에 안겨도 봤고 숨결이 닿을 듯 얼굴이 맞닿은 적도 있지만 지금처럼 부끄러움을 느껴본 적은 없었다. 한 땀 한 땀 바느질에 여념이 없는 그녀의 모습은 어느 때보다 아름다웠다.

문득 고개를 든 제운영이 배실거리며 웃었다.

"내 얼굴에 뭐라도 묻었어? 왜 그렇게 빤히 쳐다보는 거야?"

"아!"

순간적으로 얼굴을 두 배쯤 붉히며 뒤로 물러앉은 단천엽이 얼른 고개를 옆으로 돌렸다.

"뭐, 의외란 생각이 들어서……."

모깃소리만한 목소리였으나 제운영의 귀를 속일 순 없었다. 아미를 살짝 치켜 올린 그녀의 얼굴에 순간 살벌한 기색이 떠올랐다.

"의외?"

단천엽이 얼른 시치미를 뗐다.

"난 암 말도 안 했어요."

"안 하긴 뭘 안 했어? 내가 이렇게 바느질하는 게 의외란 거야? 내가 이렇게 바느질을 잘하는 것도 의외고? 이 녀석! 그동안 고생한 게 가여워 큰맘먹고 고된 일을 자처하고 나섰건만 날 그렇게 봤단 거야, 지금까지?"

제운영은 스스로 말하고 스스로 답했다. 그리고 당장이라도 단천엽을 두들겨 팰 듯 화를 냈다. 단천엽이 연신 '난 아무 말도 하지 않았다' 고 소리쳤으나 이미 그녀의 분노가 폭발하는 걸 막을 순 없을 듯 보였다. 방금 전까지 화기애애하던 내실에 살벌한 바람이 풀풀 날렸다.

그런데 그때 주먹을 쥔 채 막 단천엽에게 달려들려던 제운영이 행동을 멈췄다. 그녀는 양손으로 얼굴을 감싼 채 침상의 가장 구석진 자리까지 도망친 단천엽을 보고 입가에 가벼운 한숨을 토해냈다.

"하아, 봄이긴 하지만 아직도 밤에는 쌀쌀한데 언매는 산속에서 괜찮을지 모르겠다."

"……."

"너희는 어째서 나이도 비슷하면서 그렇게 얼굴만 맞대면 서로를 못 잡아먹어서 안달하는 거니?"

단천엽은 얼굴을 가리고 있던 손을 풀고 어느새 도로 의자에 앉은 제운영을 바라봤다. 그녀는 굳이 대답을 듣고자 함이 아니었던 듯 다시 내던졌던 장포를 집어 들곤 바느질을 하기 시작했다. 마치 방금 전에 보였던 모습은 전혀 자신과 관계없는 듯한 모습이었다.

'확실히 밖에서 노숙하기엔 아직 추운 날씨다.'

자신도 모르게 창밖을 바라본 단천엽은 스산하게 떠오른 잔월(殘月)을 바라봤다. 제운영이 화를 낸 건 자신의 조그만 목소리 때문이 아니라 굳이 밖으로 나간 모어언에 대한 걱정을 드러낸 것에 불과하리라.

창에서 시선을 뗀 단천엽의 얼굴로 장포가 날아들었다. 어느새 바느질을 끝낸 것이다.

"태어나 처음으로 바느질한 남자 옷이야! 평생 감사하는 마음으로 간직해야 돼!"

의자에서 몸을 일으킨 제운영이 방을 빠져나가는 모습을 본 단천엽이 놀란 표정이 됐다.

"어, 어디 가시는 겁니까?"

단천엽을 돌아본 제운영이 혀를 내밀어 보였다.

"남녀가 유별한데 어찌 한 방에서 잠을 자겠어? 이곳은 장사도 안 돼서 방이 넘쳐 나는 것 같으니 난 딴 방을 잡을 거야. 어? 그 서운한 표정은 뭐야? 혹시 이 누님과 헤어지는 게 서운한 거야? 그런 거야?"

어느새 자신의 코끝까지 다가선 제운영의 도발에 놀라 다시 침상 끝까지 물러선 단천엽이 연신 고개를 가로저었다.

"그럴 리가 없잖아요!"

"그래?"

"그럼요!"

입가에 고양이 같은 미소를 담은 제운영이 뒤로 물러서며 어깨를 으쓱해 보였다.

"역시 천엽은 아직 여성의 성숙미란 걸 이해하지 못하는구나. 이거 섭섭한걸?"

"누나!"

소리 지르는 단천엽에게 한쪽 눈을 살짝 깜빡여 보인 제운영이 크게 웃으며 방을 빠져나갔다. 잘 자라는 말과 함께.

"내참!"

투덜거리면서도 손 안의 장포를 더듬는 단천엽의 입가에는 흐뭇한 미소가 떠올라 있었다. 제운영이 처음으로 남자의 옷을 기웠듯 단천엽 역시 처음으로 여인이 바느질해 준 옷을 받아 든 것이다.

밤이 깊자 단천엽은 침상에서 소리없이 일어났다. 이미 밖에는 개 짖는 소리만이 간간이 들려올 뿐 침묵 속에 잠들어 있었다. 달빛마저 흐릿하니 만약 야행(夜行)을 떠나자면 이만한 날도 찾기 힘들 듯한 밤이었다.

‘그럼 슬슬 가볼까?’

제운영에 의해 말끔해진 장포를 걸친 단천엽은 조용히 창문을 열고 객실을 빠져나왔다. 객실의 위치가 이층이란 건 조금도 문제되지 않았다.

한 마리 잔나비처럼 창문을 빠져나온 단천엽은 사뿐히 대복반점 앞으로 떨어져 내렸다. 어렸을 때부터 수도 없이 산속을 헤집고 다녔던 그에게 이층이란 높이는 아무런 장애가 될 수 없었다.

“…동쪽인가?”

대복반점 앞을 잠시 배회하며 몇 차례 땅바닥을 손가락으로 더듬은 단천엽은 곧 신형을 날렸다. 사람의 통행이 잦았던 만큼 단단하게 다져진 바닥 중 미미하나마 움푹 파인 자국이 향한 방향이었다.

‘우가촌은 동서로 낮은 야산이 길게 이어져 있지만 두 개의 산은 판이하게 다르다. 만약 산을 잘 아는 사람이라면 하룻밤을 유숙할 동굴이 있음 직한 서쪽으로 갔을 텐데 그녀는 방향을 잘못 잡았다. 큰소리쳤던 것에 비해 산에 대해선 잘 모르는구나.’

달리는 중에도 길이 나뉠 만한 곳에 이르면 잠시 발길을 멈춰 땅바닥을 더듬으며 단천엽은 입가에 웃음을 머금었다. 항상 강한 척하는 모어언의 약점을 하나 잡은 듯하여 기분이 좋았다.

그렇게 대략 한 식경을 달렸을 것이다.

단천엽은 그리 어렵지 않게 작은 불빛을 발견할 수 있었다. 주변이 온통 칠흑같이 검으니 한참 떨어진 곳임에도 불빛은 한눈에 들어왔다.

'게다가 그녀는 경솔하기까지 하구나. 이렇게 멀리서도 보일 만한 불을 피워놓다니!'

단천엽은 혀를 찼다. 처음으로 그에게 패배감을 안겨줬던 모어언에 대한 투쟁심이 슬슬 엷어지는 걸 느낀 것이다. 그가 배운 바, 상대를 제압하고 이기기 위해선 고강한 무공보다는 완벽한 시(時)와 때를 정할 줄 알아야 했다. 그런 점에서 오늘 밤 모어언은 몇 가지나 거푸 실수를 저질렀다 할 수 있었다.

하지만 단천엽은 그렇다고 그녀를 무시할 마음은 조금도 없었다. 그는 서서히 달리는 속도를 줄였다. 그리고 호흡도 마찬가지였다.

불빛을 향해 다가드는 그의 움직임은 밤 사냥에 나선 야생의 맹수처럼 빠르면서도 주의 깊었다. 일류고수인 제운영을 훨씬 뛰어넘는 고수인 모어언 몰래 다가가기 위해선 그 정도의 주의는 당연한 것이었다.

그렇게 불빛이 손에 잡힐 듯한 곳까지 이동한 단천엽의 눈에 이채가 떠올랐다. 이때 이르러 그의 호흡은 이미 거의 멈춰 있었다. 하루 종일 산을 뛰어다녔던 폐활량과 체력이 아니라면 내공도 익히지 않은 몸으로 상상조차 할 수 없는 인내력이었다.

'그런데 그녀는 어디로 갔지?'

단천엽은 눈으로 모닥불 주변을 빠르게 살폈다. 애써 모닥불 주변까지 다가왔는데 이곳에는 생나무에 억지로 불을 붙인 게 분명해 보이는 흔적들과 타닥거리는 소리뿐이었다.

코끝을 스치는 매캐한 내음에 가볍게 눈살을 찌푸린 단천엽은 다시 몇 차례 주변을 살핀 후 숨어 있던 풀숲에서 모습을 드러냈다. 모닥불

앞으로 다가간 그는 잔뜩 모아져 있는 나뭇가지 중 물기가 덜한 것을 골라 집어넣었다. 산에서 야영할 시 불이 꺼진다면 곤란하단 판단이었다.

그 뒤 다시 주변을 둘러보던 단천엽의 시선이 문득 하늘을 향했다. 모닥불 주변을 제외하곤 칠흑 같은 어둠만이 장악하고 있는 산중이기에 자연스레 시선이 하늘로 향한 것이다.

"아!"

단천엽은 얼른 벌어졌던 입을 다물었다. 놀란 것에 비해 흘러나온 신음은 그리 크지 않았다. 그가 발견한 건 모닥불이 있는 산등성이로부터 일찍선으로 올라가면 보이는 산봉에서 움직이고 있는 은빛의 그림자였다. 그리 밝지 않은 잔월만이 자리 잡은 야천임에도 은빛의 그림자는 황홀한 움직임을 보이고 있었다.

"…그녀는 저곳에 있었군."

대번에 은빛 그림자의 정체를 알아본 단천엽은 나직한 한숨을 토해 냈다. 산봉까지의 거리가 만만치 않다는 점과 더불어 그곳을 아무렇지도 않게 오른 후 연무에 여념이 없는 모어언 때문이었다. 그녀를 걱정해 이곳까지 달려온 자신이 어리석게 느껴지는 순간이었다.

그러나 곧 단천엽은 씩 웃었다. 모어언이 무사하단 걸 확인했으니 일단 첫 번째 목적은 달성했다는 쪽으로 마음을 되돌린 것이다.

그는 한차례 숨을 들이키곤 상당히 경사가 가파른 산봉을 기어오르기 시작했다. 이곳까지 온 이상 오기로라도 모어언의 얼굴은 확인하는 게 마땅한 일이었다.

휘리릭!

철검의 크기는 어마어마했다. 어른의 손바닥을 한 뼘 반은 차지할 검면의 크기는 둘째 치고 검신의 길이만도 족히 오 척은 될 듯했다. 웬만한 철두동인(鐵頭銅人)이라 할지라도 감히 엄두를 낼 수 없을 정도의 대검이었다.

그런데 그렇게 무지막지한 크기의 철검이 지금 소리없이 움직이고 있었다. 그냥 그런 움직임이 아니라 검결에 따른 변화를 보이고 있었다. 철검이 스쳐 지나가는 곳에 연달아 피어오르는 검화(劍花)가 그 증거였다.

게다가 주변을 감싸고 도는 바람조차 건드리지 않고 스쳐 갈 정도로 철검은 섬세한 변화를 보였다.

그 자신의 주인을 검광으로 에워싼 채 철검은 마치 살아 있는 생명체처럼 움직이고 있었다. 주변의 어떤 것도 주인의 곁에 다가서지 못하게 하려는 듯.

'아!'

산봉을 기어오르는 동안 호흡을 멈췄던 단천엽은 일순 황홀한 얼굴이 됐다. 어렴풋이 보이는 철검의 그림자가 만들어낸 현란하면서도 섬세한 변화 때문이었다.

'산노의 말이 맞았다. 좋은 음악이나 시가(詩歌)는 술과 같이 사람을 취하게 만들고 좋은 무공이나 검법은 무인의 혼을 빼놓는다더니……'

단천엽은 일순 현기증을 느꼈다. 일시 눈앞에서 어릿어릿하게 움직이는 검 놀림에 취해 본래 자신의 목적을 잊을 정도였다. 달빛 아래 펼쳐진 검무(劍舞)는 그만큼 매력적이었다.

그때였다. 좁은 산봉 전체를 에워싸며 달빛을 산란시키던 철검의 움직임이 조금 변했다.

수십 수백 송이에 달하는 검화를 환상처럼 만들어내던 검인이 일순 노둔해졌다. 주변을 날아다니는 날벌레조차 잡지 못할 듯한 변화였다.

그런데 그렇게 느릿느릿 공간을 가로지르던 철검이 일순 벼락같이 빨라졌다. 노둔하게 변한 검결을 보려 단천엽이 숨어 있던 바위 너머로 머리를 내민 순간이었다.

철검은 매섭게 단천엽이 숨어 있던 바위를 꿰뚫어왔다.

쇄액!

단천엽은 계속 검에 취해 있을 수 없었다. 황급히 제정신을 차린 그는 옆으로 신형을 날렸다. 단단한 바위조차 자신을 보호해 줄 순 없단 판단이었다.

쩌엉!

단천엽의 판단은 옳았다. 그가 숨어 있던 바위는 마치 두부처럼 절반으로 쪼개졌다. 방금 전까지 놀라울 정도로 섬세하게 움직이던 철검이 행한 일이라곤 믿기지 않는 모습이었다.

'그렇지만 두 번째가 없다?'

얼른 신형을 일으킨 단천엽은 눈살을 찌푸렸다. 당연히 땅바닥을 뒹구는 자신의 요혈을 노리고 파고들었어야 할 검격이 없었기 때문이다.

'봐준 건가?'

과연 무시무시한 살기를 토해내던 철검은 어느새 뒤로 물러나 있었다. 그리고 은색 그림자와 더불어 황홀한 매화 향기가 단천엽의 코끝을 파고들었다. 지척까지 다가선 모어언에게서 나는 게 분명한 향기였다.

'이 향기는……'

단천엽의 표정이 기묘해지자 모어언의 얼굴에 얼음이 내려앉았다.

"강호에서 함부로 남의 연공을 훔쳐보는 건 최악의 행동이다. 너는 어째서 이렇게 함부로 행동하는 거지?"

단천엽은 대답 대신 힐끔 모어언의 얼굴을 살폈다. 은은한 달빛 아래 그녀의 이마에서는 땀 한 방울이 소리없이 흘러내리고 있었다.

'매화 향기의 정체는 바로 그녀의 땀이구나. 여태까진 이렇게 땀을 흘리며 연공하는 모습을 본 일이 없어 맡을 수 없었던 거고.'

내심 고개를 끄덕인 단천엽이 피식 웃었다.

"그런데 참 땀 냄새가 향기롭군요."

"뭣?"

모어언은 황급히 뒤로 물러섰다. 그녀의 냉막하던 안색이 처음으로 가벼운 파문을 일으키고 있었다. 아무리 오 척이나 되는 철검을 휘두르고 수백 근이나 되는 갑주를 걸친 채 아무렇지 않게 행동한다 해도 그녀 역시 한 명의 소녀였던 것이다. 남의 눈을 전혀 의식하지 않을 수 없는.

'그나 저나 오늘 난 죽었다고 봐야 하나?'

심혼을 얼려 버릴 듯 싸늘해진 모어언의 눈빛을 바라보고 다시 쏟아질 듯한 별빛만이 자리 잡은 하늘을 올려다본 단천엽이 나직이 한숨을 터뜨렸다.

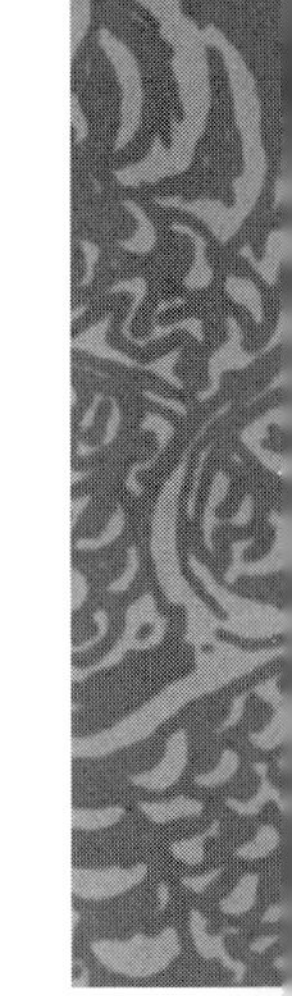

제4장

마검(魔劍)의 흔적

마검(魔劍)의 흔적 1

　새벽부터 대복반점을 빠져나온 단천엽은 장삼두의 대장간으로 향하며 얼굴을 손으로 더듬었다. 간밤 살기 어린 철검에 의해 검하고혼(劍下孤魂)이 될 뻔한 대신 얻어맞은 따귀의 아픔이 은은히 밀려왔다.

　'밤의 정령처럼 예쁘장한 모습과 달리 꽤나 아픈 손찌검이었다. 자칫 잘못했으면 어금니가 부러질 뻔했어. 뭐, 그녀의 연공을 훔쳐본 나에게도 잘못은 있지만……'

　단천엽은 새벽 공기를 들이마시며 씩 웃었다. 따귀를 올려붙인 후 마치 엄한 사부라도 된 듯 일장 훈시를 늘어놓던 모어언을 떠올리자 자연스레 미소가 흘러나왔다. 간밤의 일로 인해 그녀에 대해 가졌던 투쟁심은 이미 많이 옅어져 있었다.

　곽천수의 뒤를 좇아 마을의 주변을 돌았을 때완 달리 바로 산길을 가로지른 단천엽은 금세 장삼두의 대장간에 도착했다. 대복반점을 빠져나온 지 한 식경이 채 되지 않았을 때였다.

이른 새벽임에도 대장간의 지붕에서는 굵은 연기가 무럭무럭 솟아오르고 있었다. 아마도 밤새 화로의 불덩이에 풀무질이 그치지 않은 까닭이리라.

'장씨 아저씨는 진짜 하룻 새에 백련정강을 제련할 생각이셨구나.'

단천엽은 치솟는 연기를 일별하며 미미하게 고개를 끄덕였다. 그가 산노로부터 배운 것 중엔 철을 다루는 법도 포함되어 있었다. 능숙한 대장장이만은 못 돼도 견습 정도는 할 수 있는 지식이 있었기에 금세 장삼두의 훌륭함을 눈치 챘다. 장인의 경지에 오른 솜씨란 건 쇠스랑을 만들든 명검을 만들든 간에 별 차이가 없었다.

"그런데 장씨 아저씨는 솜씨만을 가진 게 아니었어."

단천엽의 중얼거림은 조그마했다. 자신이 대장간의 바로 앞까지 다가왔음에도 뚫어져라 화로의 불꽃만을 노려보고 있는 장삼두를 방해하지 않으려는 의도였다.

그때 장삼두가 활활 타오르고 있는 화로의 불꽃을 향해 입에 머금고 있던 무언가를 확 뿜어냈다. 한 모금만 마셔도 사나흘은 취해 몸을 가눌 수 없을 정도로 독한 주정(酒精)이었다.

화르륵!

순간 화로의 불꽃은 미친 듯 하늘로 솟구쳐 올랐다. 기름보다 오히려 더욱 휘발성이 강한 주정의 영향이었다. 그리고 그때를 놓치지 않고 장삼두의 손이 바삐 움직였다.

탕! 탕탕탕!

여태껏 불속에서 달구기만 했던 길쭉한 쇳덩이를 꺼낸 장삼두는 팔뚝의 근육을 돋우며 연신 망치질을 해댔다. 주정의 도움을 받아서야

벌겋게 달궈진 쇳덩이는 급격히 모양을 갖춰갔다. 끝이 뾰족한 세모꼴의 형태였다.

"그건?"

치이익!

한눈에도 창두(槍頭)가 분명해 보이는 세모꼴 쇳덩이를 물속에 담그며 장삼두가 이마의 땀을 훔쳤다.

마치 세수를 한 듯 그의 얼굴에서 땀방울이 떨어져 내렸다. 새벽의 기운이 아직 가시지 않아 선뜻한 날씨임에도 김이 무럭무럭 솟구쳐 오르는 그의 몸은 홀로 여름을 만난 듯했다.

"…창두는 어째서 만드신 겁니까?"

다시 단천엽이 묻자 그제야 장삼두가 묵묵히 입을 열었다.

"창에는 창두가 있어야 하는 법이니까."

단천엽의 시선이 장삼두의 발치를 바라봤다. 그의 발치에는 두 자루의 강철 단봉이 굴러다니고 있었다. 대충 눈대중해 봐도 어제 부탁했던 것과 일치하는 길이였다.

"그럼 제가 맡긴 단검은 어떻게 된 것입니까?"

"그건 너무 날카로워!"

한마디로 잘라 말한 장삼두는 충분히 식은 창두를 꺼내 드는 것과 동시에 품속에서 한 자루의 단검을 꺼내 들었다.

아무렇게나 땅바닥에 내동댕이쳐 둔 강철 단봉과 달리 단검은 섬세한 문양의 칼집까지 갖춰져 있었다. 어제 단천엽이 맡긴 평범한 단검과는 완전히 격이 다른 물건이었다.

그러나 마치 제것인 양 손을 뻗어 장삼두로부터 단검을 받아 든 단천엽은 눈살을 가볍게 찌푸렸다.

“제 단검에 칼집을 만들어주신 것은 고맙지만 다른 곳도 손을 보신 듯하군요.”

장삼두의 눈에 이채가 떠올랐다.

“어찌 칼을 뽑아 들기도 전에 알았지?”

단천엽은 장난스레 수중의 단검을 몇 차례 공중으로 던졌다가 손으로 받았다. 그 손놀림은 난화불혈수의 수법이었다.

일시 눈앞이 어질어질해지는 걸 느낀 장삼두가 눈살을 찌푸리자 단천엽이 단검 던지기를 그만두고 말했다.

“자신이 사용하는 병기의 무게조차 알지 못하고서 어찌 무림인이라 할 수 있겠습니까? 칼집의 무게를 대충 감안하고 나니 단검의 무게가 조금 줄어들었더군요.”

“그, 그렇군.”

장삼두는 그저 고개를 주억거릴 뿐이었다. 평생 철을 만지며 살아온 그조차 칼집이 없다면 몰라도 현 상황에선 단검의 무게를 가늠할 수 없을 터였다.

그런데도 그는 고개를 주억거렸다. 단천엽을 바라보다 보면 그냥 그렇게 되는 것이다.

한참 고개를 주억거린 그가 말했다.

“칼집을 빼보게.”

단천엽은 바로 칼집에서 단검을 뽑았다. 그러자 금세 한 가닥 예리한 검광이 대장간을 밝혔다.

그저 평범한 철검에 불과했던 단검은 지금 유리알처럼 투명할 뿐더러 찬연한 보광을 발하는 신기(神器)로 돌변해 있었다.

“이건?”

장삼두가 한숨을 푹 내쉬었다.

"철봉에 연결할 부분을 제련하기 위해 화로 속에 집어넣었더니 그리 변하더군. 호신을 하기엔 지나칠 정도로 예리하게 변하더란 말야."

단천엽은 맑고 투명한 검신을 바라봤다. 한눈에 평생 보기 드문 신병이기란 걸 알아볼 수 있었다.

그는 장삼두가 창두를 따로 만든 까닭을 짐작했다. 이런 물건을 창두로 써 강호를 주유한다면 피바람이 불어닥칠 게 분명했다.

'물론 다른 용도가 있겠지만, 이러한 점 역시 산노가 억지로 맡긴 이유일 것이다.'

다시 단검을 칼집에 꽂은 단천엽이 씩 웃어 보였다.

"그렇다곤 해도 날이 하나도 안 선 창두라니 너무하시는군요."

대복반점을 빠져나온 제운영의 아미가 하늘을 향해 상큼히 치켜 올라갔다. 배를 출렁이며 달려온 반점 주인이 이마의 땀을 닦으며 곤란한 목소리를 냈다.

"소, 손님, 곧 점심 시간입니다. 이런 걸 가게 앞에 두서선……."

찌릿!

자신을 향한 살벌한 눈빛을 대한 반점 주인의 얼굴이 누렇게 변했다. 평생 본 일이 없을 정도인 미녀의 눈빛임에도 지금 제운영이 발산하고 있는 살기는 성난 대호보다 두려웠다.

"저, 저는, 소, 소인은……."

제운영이 가늘게 떨리던 입꼬리를 살짝 치켜 올렸다.

"무언가 착오가 있었던 것 같아요. 곧 저딴 물건은 치우게 할 테니 잠시만 기다려 주세요."

“예? 아, 예, 예, 예. 그래만 주신다면…….”

휘릭 하는 소리와 함께 밀어닥친 바람에 반점 주인은 주춤 뒤로 물러섰다. 마치 거센 광풍이 밀어닥친 듯 그의 비대한 몸집이 휘청거렸다.

만약 그의 몸집이 보통 사람을 훨씬 능가하지 않았다면 뒤로 엉덩방아를 찧었으리라.

그때였다. 대복반점의 앞을 떡하니 가로막아 선 두 마리 황소가 매어 달린 우마차 앞에서 소란이 일었다. 우마차를 끌고 온 단천엽에게 냉큼 달려간 제운영이 빽 하고 소리를 지른 것이다.

“이게 뭐얏!”

단천엽이 뒤통수를 긁적였다.

“때마침 근처에서 말을 찾기 어려워서 튼튼한 소로 대신했습니다. 좀 남루하긴 하지만 지붕이 있고 튼튼하게 만들어진 마차니까 한중까지는 넉넉하게 갈 수 있을 겁니다.”

“이, 이딴 걸 타고 한중까지 가자고?”

“준마가 끄는 마차보다는 훨씬 남들의 눈에 띄지 않고 좋은 이동 수단이라고 생각합니다만.”

“이 녀석!”

제운영은 당장이라도 단천엽의 얼굴에 오선지를 그려 넣을 기세였다. 그만큼 대복반점의 앞을 가로막아 선 우마차의 모양새는 초라했다. 황소가 끄는 마차라기보단 그저 짚단이나 나르는 짐수레에 지붕을 씌운 것에 불과한 모양새였다.

그러나 졸지에 나이 많은 마누라에게 두들겨 맞는 모양새가 될 뻔한 단천엽을 구원한 건 의외의 인물이었다. 약속했던 것과 같이 정오가 되자마자 모습을 드러낸 모어언이 두 사람 사이에 끼어들었다.

"이게 무슨 소란이죠?"

제운영이 반색을 하며 그녀를 반겼다.

"언매, 밤새 무사했구나?"

"야영에는 익숙해요."

"그래? 하지만 이 언니가 보기에 모닥불을 피우는 솜씨는 영 서툴던데?"

일순 모어언의 표정이 가볍게 변했다. 그녀의 시선이 자신을 향하자 제운영에게 밀려 우마차에 바짝 붙어 서 있던 단천엽이 슬며시 시선을 피하며 말했다.

"운영 누나가 하도 걱정을 해서 얘기할 수밖에 없었습니다."

"……."

모어언은 뜻밖에도 화를 내지 않았다. 그저 한차례 단천엽을 바라봤을 뿐 그녀는 곧 제운영에게 시선을 돌렸다.

"마차 대신 우마차를 준비한 건가요?"

제운영이 흥분한 표정이 됐다.

"그래. 난 믿고 있었는데 이런 물건을 가지고 왔어. 저런 걸 타고 가느니 차라리 걸어서 한중까지 가는 게 낫지 어떻게 우리가……."

"나쁘지 않은 판단이군요."

"응?"

"한중까지가 아니라 섬서성을 벗어날 때까지 저 우마차를 이용하는 게 좋겠어요. 마침 마차나 소들도 튼튼해 보이니까."

"그게 무슨?"

제운영은 모어언을 한 번 바라보고 다시 단천엽을 곁눈질했다. 그녀의 눈빛이 슬슬 도끼눈으로 바뀔 기세를 보이자 단천엽이 다시 뒤통수를 긁적였다.

"한중쯤에서 갈아타도 나쁘진 않겠지만 역시 눈에 띄는 마차로 섬서성을 횡단하는 건 곤란한 것 같아서요."

제운영의 얼굴이 가볍게 굳었다.

"설마 반검맹이 천하맹의 주 거점인 섬서까지 추격대를 보냈다는 거야? 그런 거야?"

단천엽이 씩 웃었다.

"조심해서 나쁠 건 없겠지요. 만약 다소 겁이나 주자는 의도가 아니었다면 반검맹이란 곳에서 그 정도의 추격대만 보냈을 리 없으니까요."

"반검맹의 추격대는 반드시 온다. 저번의 조무래기들은 비교도 되지 않을 정도로 강한 자들이."

어느새 우마차 위로 올라탄 모어언이 제운영에게 손짓했다. 빨리 올라타길 종용하는 손짓이었다.

"그럼 어쩔 수 없네?"

제운영이 한숨을 폭 내쉬고 우마차로 올라탔다. 강호행의 경험이 많은 그녀로서도 이런 엉성한 모양의 우마차에 올라타 보긴 처음이었다.

'그럼 나는 슬슬 건량이라도 준비해 볼까?'

이곳으로 끌고 오기 전 적당할 정도로 여물을 먹인 터였다. 콧구멍을 벌름거리며 연신 콧김을 뿜어내고 있는 황소의 턱을 몇 차례 쓰다듬어 준 단천엽이 대복반점 안으로 들어갔다. 그의 등에는 과거 본 일이 없는 길쭉한 강철봉이 두 개나 매달려 있었다.

“형, 떠나는 거야?”

마부석에 앉아 황소들을 몰던 단천엽의 입가에 부드러운 미소가 매달렸다. 우가촌을 벗어나는 길목을 가로막고 나타난 건 새벽에도 대장간에 모습을 보였던 곽천수였다.

곽천수는 흘러내리는 콧물을 연신 소매로 닦으며 단천엽을 바라봤다. 만약 단천엽이 손짓이라도 하면 당장 우마차에 올라타 죽자 사자 따라붙을 기세였다.

하지만 단천엽은 손짓을 하지 않았다. 대신 그는 품속에 챙겨뒀던 건량 중 육포 몇 덩이를 꺼내서 곽천수에게 던져 줬다. 아이 하나가 간식으로 먹기엔 지나칠 정도로 많은 양이었다.

“골목대장을 하려면 따르는 아이들한테도 가끔 한턱 내야지?”

얼떨결에 육포를 받아 든 곽천수의 얼굴이 붉게 물들었다.

“난 이딴 걸 받으려고…….”

단천엽이 슬쩍 목소릴 높였다.

“골목대장은 아직 골목대장이다! 아직은 그 정도만 하는 것도 대단한 거야!”

“하지만…….”

“골목대장이 시시해질 때가 되면 또 다른 길이 열릴 테니까 마을을 떠나는 건 그때 가서 생각해도 늦진 않아.”

“형도, 형도 그런 거야?”

“글쎄?”

“에이, 그게 뭐야.”

“뭐, 이런 어정쩡한 대답은 나이 먹은 사람의 특권이란 거지.”

어깨를 으쓱해 보인 단천엽이 눈앞에서 살랑거리는 황소의 꼬리를 툭툭 때리며 곽천수에게 손짓했다.

"그만 가봐라. 골목대장이 없는 새 마을이 위험에 빠지면 곤란하잖아?"

"그럴까?"

"아무렴!"

단천엽은 눈빛으로 곽천수의 등을 떠밀며 씩 웃었다. 처음 곽천수의 머리를 때릴 때와 같은 표정을 한 채.

"천엽, 왜 멈춘 거야? 빨리 가자고!"

"이미 지나칠 정도로 시간을 허비했다."

단천엽의 뒤통수로 두 여인의 상반된 재촉이 쏟아졌다. 졸지에 마부, 아니, 우부(牛夫)가 된 단천엽이 '예예' 하며 대답하곤 황소들을 재촉했다.

그의 머리에는 곽천수로부터 뺏아 든 밀짚모자가 그럴듯하게 자리하고 있었다. 곽천수가 소를 몰고 다닐 때 쓰던 모자를 쓰고 목동이 된 것이다.

마검(魔劍)의 흔적 2

　단천엽은 목동 노릇을 그리 오래할 수 없었다. 그와 모어언의 예상 과는 달리 별다른 추격의 징후가 보이지 않자 제운영이 중간중간 시비 를 걸기 시작했기 때문이다.

　한중을 통과해 함양(咸陽), 홍평(興平)을 거쳐 장안(長安)으로 향하는 동안 제운영은 사사건건 단천엽의 일을 훼방 놨다. 진짜 목동이라도 된 듯 풀피리를 불며 소를 몰던 단천엽이 올라탄 소를 놀라게 만들고 밤중에 소란을 피웠다. 그동안 일행을 짓눌렀던 반검맹의 추격에 대한 염려가 사라지자 슬슬 타고난 본성을 드러내기 시작한 것이다.

　그러나 처음부터 목석 같던 모어언은 물론이거니와 단천엽 역시 제 운영의 행동을 그저 미소 지으며 바라볼 뿐이었다. 그녀는 이미 그에 겐 익숙해져 있었다.

　그렇게 후딱 십여 일이 지나갔다.

단천엽 일행을 태운 우마차는 대성시인 장안을 눈앞에 뒀다. 그곳에서 우마차를 마차로 갈고 화산(華山)을 거쳐 하남성으로 들어선다는 게 모어언과 제운영이 합의한 계획이었다.

장안에는 천하맹의 섬서지부와 대강남북에 걸쳐 세력을 떨치고 있는 구산 중 종남선파가 근처에 위치해 있었다. 만약 반검맹의 추격대가 아직 남아 있다 해도 장안에서 습격해 올 리 만무하다는 게 모어언과 제운영의 공통적인 의견이었다. 천하맹은 몰라도 구산의 세력권을 건드린다는 건 강남의 맹주 반검맹으로서도 무리수임에 분명했다.

장안성이 보이자 며칠 전부터 어린애처럼 들떠 있던 제운영이 우마차 안에서 기어 나왔다. 모습을 드러내자마자 그녀는 마부석에 앉아 황소를 몰고 있던 단천엽을 옆으로 밀치곤 손가락으로 장안성을 가리켰다.

"천엽, 저게 바로 장안성이야. 곤명지(昆明池)가 있고 남전(藍田)이나 곽거병묘 같은 구경할 거리가 잔뜩 있는 고도(古都)에 도착했으니 이 누님이 책임지고 관광시켜 줄게. 물론 그런 것들보다는 근처에 있는 종남산(終南山)에 올라서 기괴무쌍함으로 당세에 적수가 없다는 종남선파의 말코쟁이들을 골탕 먹이는 쪽이 훨씬 재밌을 테지만."

"……."

"으음, 그리고 보면 삼 년 전 종남선파의 장문인인 구양 선인(九陽仙人)의 칠순 잔치 이후 종남산에 오른 일이 없구나. 이번 기회에 천엽을 앞세우고 올라서 한번 날뛰어볼까나?"

단천엽의 얼굴이 단번에 곤란한 표정이 됐다. 제운영이 입 밖에 낸 말은 반드시 지키는 성미임을 알고 있었기 때문이다.

'어떻게든 화제를 돌려야겠는데…….'

단천엽이 고심하고 있자니 차양으로 가려진 우마차 안쪽에서 모어언의 목소리가 들려왔다.

"종남선파는 비록 구산에 속해 있다곤 하나 내심을 알 수 없는 자들이라 들었어요. 얕볼 만한 자들도 아니고요. 운영 언니는 지금 천하맹에 속한 사람이니 과거처럼 행동해선 곤란해요."

"예, 예."

제운영의 입가에 한숨이 매달렸다. 시어머니를 만나도 대단한 시어머니를 만났다는 표정이 그녀의 얼굴엔 완연했다. 그러나 이런 경우약자는 그녀였다.

괜스레 단천엽의 머리에 씌워져 있던 밀짚모자를 손가락으로 툭 쳐서 내려뜨린 제운영이 화제를 바꿨다.

"그런데 천엽은 밤마다 어딜 그렇게 쏘다니는 거야? 한중을 지날 무렵부터 밤마다 몰래 이 달구지를 기어 나갔잖아. 혹시 밤마다 밤이슬을 맞으며 양상군자(梁上君子) 노릇이라도 하는 거야? 그렇다면 난 천엽을 관부에 붙잡아 넘길 수밖에 없다구."

얼굴을 절반이나 가린 밀짚모자를 바로 하며 단천엽이 모른 척 시치미를 뗐다.

"본래 남자에겐 여자들에게 숨기고 싶은 비밀이 있는 겁니다."

"뭐?"

"모 소저처럼 그냥 한쪽 눈을 감아달란 겁니다."

"이 녀석이!"

제운영은 평소처럼 단천엽의 머리를 쥐어박으려다가 손을 멈칫했다. 단천엽의 말이나 태도 중 평소와 바뀐 점을 발견한 것이다.

"모 소저?"

단천엽이 어깨를 으쓱해 보였다.

"몇 번이나 얻어맞고 가르침까지 받았으니 이제는 깍듯하게 존대하는 게 도리겠지요."

제운영의 입가로 배시시 미소가 번져 나왔다. 그녀는 얼른 단천엽의 머리에서 밀짚모자를 뺏고는 퍽퍽 소리가 날 정도로 어깨를 두들겨 줬다.

"역시 천엽은 사내대장부구나. 그렇게 만신창이가 될 정도로 얻어맞아 놓고도 대범하게 용서를 하다니."

우마차 안쪽에서 모어언의 목소리가 들려왔다.

"언니, 그게 무슨 소리죠?"

제운영의 입꼬리가 살며시 치켜 올라갔다.

"천엽이 언매를 모 소저라 부르는데도 넌 그를 계속 그 사람이니 당신이니 하고 호칭하며 딱딱하게 굴 테니 대단하다는 거야. 사실 엄밀히 따지면 언매와 나는 천엽을 천하맹까지 호위할 임무를 부여받은 것인데 지금껏 그다지 좋은 일은 해주지 않았잖아?"

"그건……."

"그러니 이제부턴 언매도 천엽을 단 공자나 단 소협 등으로 호칭해야 하지 않을까? 천하맹까지 향하는 동안만이라도."

"……."

모어언은 잠시 침묵했다. 평소와 달리 제운영의 말은 타당했다. 쉽사리 반박하기 곤란했지만 이제 와서 단천엽에게 공대를 하고 싶지는 않았다.

'하지만 장안에 도착했으니 앞으로 맹까지 돌아가는 동안 천하맹 외의 무림인들을 만나지 않으리라곤 볼 수 없다. 계속 그를 무시하는 것

도 문제가 있어.'

모어언은 침묵을 깨고 말했다.

"생각해 보겠어요."

'지금으로선 그게 최선이겠지.'

제운영이 생글 웃으며 더 이상 화제를 끌고 가지 않았다. 대신 그녀는 눈앞으로 보이는 장안성을 향해 슬쩍 목소리를 높였다.

"너무 늦었어!"

단천엽의 시선이 자신을 향하자 제운영이 다시 손가락을 장안성 쪽으로 뻗어 보였다. 성의 규모만큼 커다란 장안성의 활짝 열린 성문 쪽에서 한 무리의 인영이 모습을 드러내더니 우마차를 향해 달려왔다.

"설마 늦은 이유가 있는 걸까나?"

제운영의 입가에 걸려 있던 장난스런 미소가 슬며시 사라지고 있었다.

장안성에서 달려온 사람들의 숫자는 대략 십여 명이 넘었다. 하나같이 옆구리나 등에 장검이나 패도(佩刀), 단창(短槍) 등을 차고 멘 그들은 모두 푸른 청삼으로 된 무복을 걸치고 있었다. 일견하기에도 동일한 무림 세력에 몸담은 무림인들임에 분명했다.

그들이 달려오길 기다려 우마차에서 뛰어내린 제운영이 품 안에서 푸른빛이 감도는 옥패를 빼 들었다.

둥근 모양의 청옥패에는 정교하게 순찰(巡察)이란 글귀가 양각되어 있었다. 천하맹의 외성에 속한 순찰당에서도 서열 오위 이내에 속한 사람만 지닐 수 있는 옥패였다.

"본인은 귀검참마도 제운영입니다. 혹시 일권단악(一拳斷嶽) 경 대

협께서도 오셨습니까?'

일권단악 경천기. 그는 강북무림의 중심 중 하나인 섬서성이 자랑하는 권법의 고수이자 천하맹의 섬서지부장이었다. 아무리 제운영이 외성에 속해 있다 해도 성 밖까지 마중 나올 만한 신분은 아니었다.

그런데 제운영의 말이 끝나기도 전에 무림인들 중 한 명이 쓱 앞으로 나섰다. 대략 마흔쯤 되어 보이는 나이에 양 주먹이 보통 사람의 두 배쯤 되어 보이는 오 척 단구의 장년인이었다.

한눈에 위압적인 박력을 느끼게 하는 눈빛과 단단한 체격을 장년인은 하고 있었다.

'그런데도 저런 호한을 내가 한눈에 알아보지 못한 건 저 작은 키 때문이겠지?'

제운영은 얼른 포권을 해 보였다.

"경 대협이시겠죠?"

뇌광처럼 번쩍이는 눈빛으로 제운영을 바라보던 장년인이 역시 자신의 큼직한 주먹을 모아 보이며 포권했다.

"섬서지부의 경천기가 순찰당의 부당주를 뵈오."

제운영의 입가에 미소가 번져 나왔다.

"경 대협은 말을 놓으세요. 제가 비록 외성의 순찰당에 속해 있다곤 하나 천하맹의 서열로 보나 무림에서의 위치로 보나 경 대협에겐 한참 후배가 됩니다."

경천기가 고개를 흔들어 보였다.

"맹의 서열상 본인이 위인 건 사실이나 순찰당의 귀인을 어찌 소홀히 대할 수 있겠소. 부당주가 남긴 표식으로 금일 도착한다는 걸 알고도 늦게 마중 나온 점, 이 사람의 불찰이니 용서하시오."

경천기의 말이 떨어지길 기다리고 있었으리라. 그의 뒤에 도열해 있던 섬서지부 소속 무사들이 일제히 제운영을 향해 허리를 숙여 보였다. 극단적인 중앙 집권적 권력 구조로 되어 있는 천하맹의 일면을 볼 수 있는 모습이었다.

그때 우마차의 차양을 걷어내고 모어언이 모습을 드러냈다. 중천의 태양 빛을 받아 눈부시게 번쩍이는 은색 갑주를 걸친 그대로 제운영 옆에 내려선 그녀의 시선이 경천기를 향했다.

"그동안 무슨 일이 벌어진 건가요?"

"무슨?"

"섬서성에 들어섰을 때부터 운영 언니가 남긴 표식은 열 차례가 넘어요. 그런데도 장안성에 도착할 때까지 별다른 내용이 없었어요. 섬서지부에 커다란 사건이 없고선 있을 수 없는 일이잖아요."

"소저는?"

제운영이 속삭이듯 작은 목소리로 말했다.

"언매는 내성에 속한 사람이에요."

"그런!"

경호성을 냈던 경천기는 재빨리 주변을 둘러봤다. 십여 명이나 되는 무림인들이 모인 까닭에 우마차가 멈춰 선 관도 주변엔 사람들이 모여들지 않았다. 평소 행인들의 발길이 빈번한 길이 갑자기 한가해져 버린 것이다.

'사정이 이러니 사람들이 무림인들을 싫어할 밖에.'

자신에게 무인(無刃)의 창두와 강철 단봉을 내밀며 몇 차례나 다짐을 받던 장삼두를 떠올리며 단천엽은 입가에 씁쓸한 고소를 매달았다.

장삼두 앞에선 스스로 무림인이라 자처하긴 했으나 눈앞에서 얘기를 나누는 사람들 틈에 자신은 끼어들 여지가 없다는 생각이 들었다. 천성적으로 맞지 않았다. 사람들을 놀라 도망치게 만드는 역할 따윈.

그때였다. 경천기가 말한 몇 가지 사실에 안색을 침중하게 굳히고 있던 제운영이 단천엽에게 소리쳤다.

"천엽, 아무래도 장안성 구경은 포기해야 할 것 같아!"

"아, 예."

"그리고 그 달구지도 이쯤에서 포기하는 것이 좋겠어."

"꼭 그래야만 하나요?"

"응."

제운영의 눈빛에는 한 가닥 강한 기운이 담겨 있었다. 과거 반검맹의 추격대를 향해 일월도검을 빼 들 때와 같은 얼굴이었다.

과거 한(漢)나라의 수도였던 장안성의 중심가를 동서남북으로 가르는 아홉 개의 큰길은 구맥(九陌)이라 불린다.

그 구맥의 중심으로부터 약간 떨어진 곳에 위치한 천하맹 섬서지부는 수십 채나 되는 고루거각과 높다란 담장으로 위용이 대단했다.

섬서지부의 담장 높이와 포정사사(布政使司:성의 민정 관장)나 도지휘사(都指揮使:성의 군사를 다룸)의 담장 높이는 한 치밖엔 차이가 나지 않았다. 관부의 힘이 막강한 대성시임에도 그저 형식상의 예의만을 차린 것이다.

그런 성안 비처의 한곳. 아직도 쌀쌀한 날씨임에도 온갖 기화요초(琪花瑤草)가 만발해 있는 별각을 배정받은 단천엽은 정원을 거닐며 생각에 잠겨 있었다.

'장안성에 도착한 지 사흘이 지났다. 그동안 운영 누나가 한차례 모습을 보인 외에 이곳을 찾은 사람은 매 끼니 때마다 식사를 가져다 주는 시비뿐이었다. 완전히 우리에 갇힌 맹수가 된 셈이야.'

스스로를 우리에 갇힌 맹수에 비교하곤 단천엽은 피식 웃었다. 자신의 생각을 제운영이 안다면 필시 깔깔거리곤 건방지다며 머리를 쥐어박히리란 생각이 들었다. 지금 자신이 걱정하는 일 따윈 상관없이. 그녀라면 설혹 목에 칼이 들이밀어진 상황이라 해도 먼저 웃고 볼 테니까.

'그래서 더 걱정이 된단 말야.'

단천엽은 굳은 의지로 반짝이던 제운영의 눈빛을 기억했다. 하나밖에 없는 목숨이라 해도 스스럼없이 내걸 수 있는 눈빛이었다. 벌써 그녀를 만나지 못한 지 꼬박 이틀이 다 되어갔다. 그냥 이대로 시간만 죽이고 있을 순 없었다.

슬슬 얌전한 손님 노릇은 그만 해야겠다고 마음먹은 단천엽은 얼른 별채로 발걸음을 옮겼다. 정오가 다 됐으니 점심 식사를 들고 시비가 올 것이다.

끼익!

귀빈이란 단단한 주의를 들었으리라. 단천엽이 별채의 거실에 앉아 있자니 조용조용 문 열리는 소리가 들렸다. 언제나와 똑같은 얼굴에 똑같은 시간이었다.

단천엽이 입가에 빙긋 미소를 지어 보였다.

"방 소저, 오늘도 고생을 끼쳤습니다."

방 소저라 불린 시비의 얼굴에 가벼운 홍조가 떠올랐다. 단천엽보다 다소 어린 십오륙 세쯤 되어 보이는 시비는 기억도 나지 않는 어린 시절 섬서지부에 팔려 왔다. 여태껏 소저라 불리기는커녕 단천엽 같은 귀빈에게 따뜻한 말 한마디 들어본 기억이 없었다.

단천엽이 얼른 몸을 일으켜 음식 쟁반을 받아 들자 시비는 당황해하면서도 안색을 더욱 발갛게 붉혔다.

단천엽의 손가락이 스친 손을 매만지며 그녀는 기어들어 가는 목소리로 말했다.

"고, 공자님, 이런 일은 저, 저 같은 천한 시비들이 하는 일이에요."

이미 시비에게서 쟁반을 뺏아 든 단천엽이 입가의 미소를 더욱 짙게 했다.

"전부터 공자라 부르지 말고 천엽이라 부르라고 했잖아요. 난 무슨 공자나 귀빈 같은 게 아니니까요."

"어, 어찌……."

"오늘은 홍소육에 마파두부로군요. 맛있겠는데요?"

단천엽은 자신의 식사가 끝나기 전에 시비가 물러갈 수 없다는 걸 알고 있었다. 평소와 달리 질문 공세를 펴지 않고 바로 식사에 들어간 그가 문득 시비를 향해 말했다.

"그런데 방 소저는 식사했나요?"

"예?"

"이렇게 맛있는 음식을 나만 혼자 먹는 게 아까워서요."

시비의 얼굴에 자신도 모르게 미소가 배어 물렸다. 이곳 섬서지부에 젊고 잘생긴 사내가 없는 건 아니지만 그녀 같은 시비에게 관심을 가져 주는 또래의 사내는 드물었다. 아니, 지금까지는 없었다. 단천엽의 부드러운 미소는 아직 어린 시비의 얼굴에 함박웃음을 만들어놓기에 충분했다.

　그때 시비에게 마주 웃어주곤 식사를 계속하던 단천엽의 안색이 가볍게 일그러졌다. 처음 보기 좋게 혈색이 감돌던 안색이 하얗게 질리더니 얼굴에서 식은땀이 흘러내리기 시작했다. 누가 보더라도 심한 고통을 참기 위해 이를 악문 모습이 된 것이다.

　시비가 놀라 다가왔다.

　"고, 공자님!"

　단천엽이 고개를 숙인 채 그녀에게 손을 흔들어 보였다.

　"괘, 괜찮아요."

　시비의 얼굴이 울상으로 변했다.

　"괜찮지 않아요! 공자님, 많이 아프시잖아요?"

　우당탕!

　단천엽이 바닥으로 쓰러졌다. 놀라 비명을 지른 시비가 앞으로 다가와 몸을 부축하자 단천엽이 고통스런 얼굴을 한 채 말했다.

　"아, 아무래도 의원이 필요할 것 같네요."

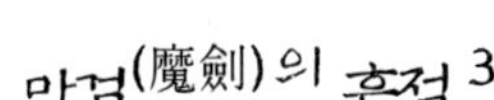

마검(魔劍)의 흔적 3

사흘 동안의 은인자중은 확실히 효과가 있었다. 시비의 부축을 받고 별채를 빠져나온 단천엽을 막는 무사는 아무도 없었다. 그동안 별채 앞을 지키고 있던 무사들의 형식적인 질문이 있었지만 시비의 울음 범벅이 된 얼굴로 무사 통과였다.

별채를 빠져나온 뒤 한동안 발을 동동 구르던 시비가 간신히 생각을 정리한 듯 더듬거리며 말했다.

"고, 공자님, 제가 곧 의원이 계신 곳으로 모실 테니 조금만 참으세요."

"이, 이곳에 의원이 있는 것입니까?"

"의국청(醫局廳)에 가면 여러 의원 분들이 계세요."

"그럼 부탁드리겠습니다."

"예, 저만 믿으세요."

단천엽의 어깨를 부축한 시비의 눈에 힘이 들어갔다. 그녀에겐 이제 단천엽의 안위만이 최고로 중요한 일이었다.

그런데 그때였다.

"으윽!"

"왜, 왜 그러세요? 고통이 심하신가요?"

갑자기 배를 붙잡고 신음을 토하는 단천엽을 바라보는 시비의 얼굴은 사색이 되어 있었다. 그저 자신이 모시던 귀빈에 대한 걱정이 아니라 친인이나 연인을 대하는 듯한 모습이었다.

얼굴 근육을 몇 차례나 푸들거리며 떨어 보인 단천엽이 조그맣게 중얼거렸다.

"바, 방 소저, 처음엔 쳇기가 있는 듯 윗배 쪽이 아프더니 이젠 아랫배가 바늘로 찔리는 듯 아파옵니다. 무척 고통이 심하군요."

"어떡해, 어떡해, 어떡해……."

시비는 발을 동동 굴렀다. 아직 나이가 어린 그녀로선 단천엽이 그럴듯하게 지어 보인 표정과 신음만으로도 반쯤 까무라칠 지경이었다.

그때 다시 '으윽' 하고 신음을 토해낸 단천엽이 조금 목소리를 높여 말했다.

"혹시 이 근처에 용변을 볼 만한 곳이 있을까요?"

"예?"

"금방이라도 쏟아질 것 같군요."

고통스러워하던 좀 전까지와는 달리 꽤나 분명한 어조였다. 귀빈에게 배속된 시비이니만큼 평소 같으면 이상함을 느꼈을 터이나 이미 혼이 완전히 달아난 상황이었다.

눈물로 범벅이 된 얼굴을 가볍게 붉힌 시비가 주변을 둘러보다 한쪽

방향을 가리켰다. 몇 개나 되는 전각들 틈으로 보이는 길이 연결되어
있는 방향이었다.

"저쪽으로 가면 용변을 볼 수 있는 곳이……."

"살았다! 그럼 급해서……."

단천엽은 자신을 부축하고 있던 시비의 손을 떼어내곤 비틀거리며
앞서 달려갔다. 조금 전까지 걸음도 못 내딛던 모습과는 달리 제법 빠
른 모습이었다.

'배탈이 났던 건가?'

눈물 범벅이 된 얼굴을 소맷자락으로 훔쳐 내는 시비의 얼굴로 가벼
운 의혹이 떠올랐다 곧 사라졌다. 이미 단천엽에게 혼이 반쯤 넘어간
그녀로선 다른 생각을 한다는 것 자체가 무리한 일이었다.

건물 그림자에 시비의 모습이 가려지자마자 단천엽은 표정을 바꿨
다. 하얗게 질려 있던 안색은 평온을 되찾았고 발걸음은 안정되었다.
전혀 어딘가가 아프다곤 볼 수 없는 모습이었다.

빠르게 주변을 둘러보곤 땅에서 집어 든 흙을 얼굴에 문지른 단천엽
은 근처에 나 있는 쪽문으로 달려가 귀를 갖다 댔다. 규모가 방대한 섬
서지부 내에서 길을 찾으려면 먼저 사람을 찾아야 했다. 자신에게 완
전히 넘어온 시비에게 길 안내를 부탁하면 쉬울 일이나 이후 그녀의
입장을 생각한다면 떼어놓는 게 옳았다.

'…제법 센 무공을 익힌 사람이 두 명.'

일시 허리를 살짝 굽힌 모습이 된 단천엽이 쪽문을 열고 앞으로 나
서다 비틀거리며 앞으로 엎어졌다. 문턱에 발이 걸린 듯 자연스런 동
작이었다.

그가 한참 엎어진 자리에서 일어서질 못하고 끙끙거리자 마침 쪽문 근처로 걸어온 청의무복 차림의 무사들 중 한 명이 눈살을 찌푸리며 다가왔다.

"칠칠치 못하게 다치기라도 한 것이냐?"

단천엽은 그제야 얼굴을 들어 올리며 바보처럼 입을 헤벌렸다.

"하하, 또 넘어졌네요."

"또?"

단천엽은 끙끙거리면서도 기운차게 일어섰다. 여전히 얼굴엔 흙먼지가 가득하고 허리는 구부정했다. 몸에 묻은 흙먼지를 몇 차례 툭툭 털어 보인 그가 하얀 치열을 드러내며 웃었다.

"이놈은 보름쯤 전에 이곳에 들어온 하인입니다. 이곳에 들어오기 전까진 주루에서 점소이 노릇을 하고 있었기에 제법 빠릿빠릿한 줄 알았는데 그것도 아니네요. 심부름 때문에 이곳까지 오긴 했는데 당최 어디가 어딘지 알 수가 없으니……."

"점소이 노릇을 했다고?"

"예, 보름쯤 전에 이놈이 몸을 담고 있던 주루에 일권단악 경 대협께서 들르셨는데 몇 가지 심부름을 잘했다고 이곳에 일자리를 마련해 주셨습니다."

"지부장님께서 직접?"

단천엽은 고개를 끄덕이곤 자못 어깨를 으쓱해 보였다. 그에게 질문을 던진 무사는 물론이거니와 그의 뒤에 선 채 관심이 없던 다른 무사마저 자신을 바라보는 시선이 느껴졌다.

'본시 거짓말이란 건 화끈하게 쳐야 효험을 보는 법!'

단천엽은 자랑하듯 말했다.

"경 대협께서는 저희 주루의 매향 소저와 평소 친하셨지요. 종종 주루에 들러 어떤 날은 술을 드시고 또 다른 날은 매향 소저의 칠현금 연주를 들으시는데……."

"됐다!"

단천엽의 말을 막은 건 뒤에 서 있던 무사였다. 처음 단천엽에게 다가온 무사가 흥미진진한 표정이 된 데 반해 그는 가볍게 눈살을 찌푸리고 있었다. 상관의 은밀한 연애담을 듣는다는 건 꽤나 즐거운 일이긴 하나 눈앞의 점소이처럼 입이 싼 녀석에게 듣는 건 문제가 된다고 판단한 것이다.

'지부장께서는 자신의 연애사를 수하들이 듣는 걸 좋아하지 않을 것이다. 설마 쥐도 새도 모르게 땅에 파묻히진 않는다 해도 더 이상 천하맹의 무사 노릇을 못하게 되지 않는다고 누가 장담하겠는가?

슬쩍 눈길을 던져 동료를 뒤로 물러나게 한 무사가 단천엽에게 다가서며 말했다.

"그래서 네 녀석은 어디로 가려던 길이었냐?"

"그게……."

단천엽은 부시럭거리며 품속에서 차곡차곡 접힌 한지를 꺼내 들고는 활짝 펴 보였다.

"황룡각(黃龍閣)?"

단천엽이 하얀 이를 드러냈다.

"분명 그런 이름이었습니다."

황룡각은 천하맹 섬서지부의 중심에 위치한 삼층 높이의 누각이다. 주변을 둘러싸고 있는 전각들 역시 그 크기가 결코 작지 않으나 황룡

각의 크기에는 비할 수 없었다. 황룡각은 섬서지부의 상징이며 중심이
었다.

　황룡각의 삼층에 마련된 지부장실엔 지금 묵직한 침묵이 흐르고 있
었다. 지난 사흘간 주변을 시끌벅적하게 만들던 제운영이 입술을 굳게
다문 게 가장 큰 까닭이었으나 그녀는 그리 생각하지 않았다.

　‘빌어먹을 말코 녀석! 더욱 빌어먹을 검객 녀석!’

　제운영은 널쩍한 지부장실의 한가운데를 차지하고 있는 팔선탁의
한쪽에 앉아 인상을 긁었다.

　도발적일 정도로 치켜 올라간 그녀의 눈꼬리는 맞은편에 자리 잡은
육십 세쯤 되어 보이는 노도인과 사십 대의 중년 검객을 한껏 흘겼다.
방금 전까지 나눈 대화로 인해 그녀의 심사는 꼬일 대로 꼬여 있었다.

　하지만 이틀 전 섬서지부로 들이닥친 그들은 구산 중 종남선파의 팔
대장로 중 한 명인 구공 도장(九空道長)과 화산검파의 십대검객 중 차
석을 맡고 있는 뇌망검협(雷網劍俠) 운청환이었다. 제운영 옆에 배석한
일권단악 경천기까지 합해 섬서무림의 십강(十强)에 들 만한 고수 셋이
모인 셈이었다. 평소 천방지축인 제운영이라 해도 쉽사리 난리를 피울
순 없었다.

　누구나 내심을 읽을 수 있는 얼굴을 한 채 한껏 욕설을 퍼부은 제운
영이 나직이 코웃음 쳤다.

　“섬서성은 구산 중 두 곳이 똬리를 틀고 있는 곳이고 천하맹의 총단
이 있는 하남성에서도 그리 멀지 않은 곳이에요. 그래서 강북의 다른
곳보다 섬서지부에는 무사들이 적게 배치됐다고 알고 있어요. 모두 위
대한 종남선파와 화산검파의 체면을 생각한 배려이지요.”

　“제 부당주, 말이 너무 지나치외다!”

경천기가 얼른 목소리를 높였으나 제운영은 한차례 쳐다보곤 살짝 웃어줄 뿐이었다. 그녀는 곧 경천기에 의해 끊긴 말을 처음과 똑같은 어조로 이었다.

"그런데 정작 섬서성에서 문제가 생기니 평소 천하맹과 별다른 내외 조차 없던 두 곳의 중요 인물들께서 냉큼 본 맹의 섬서지부로 찾아오 셨습니다. 이걸 이 후배는 어떻게 해석해야 하는 거죠?"

침묵이 길었던 만큼 제운영의 논조는 강경했다. 개인적으로 화가 났던 부분을 배제하고 순찰당 부당주의 역할에만 충실하는 데도 그랬다. 지난 이틀간 구공 도장과 운청환이 되풀이하고 있는 주장은 그만큼 천하맹 측에서 보면 황당하기 짝이 없었다.

그들이 섬서지부에 들이닥친 건 보름 전부터 섬서성 곳곳에서 벌어지기 시작한 일단의 살인 사건에 원인이 있었다. 처음 화산검파의 일대제자로 명성이 자자하던 철금(鐵琴) 진잔양의 목이 잘린 이후 차례차례 섬서무림의 고수들은 살해당했다. 자그만치 열 명이 넘는 숫자였고 절반 정도는 종남선파와 화산검파와 인연이 있는 자들이었다. 두 문파에서 당장 장로급 인사들을 파견한 것도 무리는 아니었다.

'하지만 어째서 너희는 냉큼 본 맹의 섬서지부로 달려왔고 제대로된 이유조차 설명하려 하지 않는 것이냐?

자신의 질문에 여전히 묵묵부답인 두 사람을 노려보며 제운영은 가슴이 답답해져 옴을 느꼈다. 강호에 알려진 대로 기괴한 술법으로 이름 높은 종남선파야 그렇다 쳐도 호쾌한 검법으로 이름 높은 화산의 검객조차 꿀 먹은 벙어리 노릇을 하니 복장이 터질 지경이었다.

그런데 그때였다.

심경의 변화라도 생긴 것일까? 제운영의 시선이 부담스러웠던지 연신 반백이 된 수염만 매만지고 있던 구공 도장이 결코 열릴 것 같지 않던 입술을 뗐다.

"원시천존, 누차 말했다시피 보름 동안 살해당한 섬서무림의 고수들 중 절반가량은 구산과 인연이 있는 사람들이외다. 아까운 사람들이 천수를 누리지 못했으니 진실로 애석한 노릇이오, 애석한 노릇이야. 하지만 천하맹에서 간과해선 안 될 사항이 있소이다."

"그게 뭐지요?"

제운영이 황급히 묻자 구공 도장의 눈에서 흐릿한 안광이 뿜어져 나왔다.

"살해당한 사람들 중 나머지 절반에 관한 것이오."

"나머지 사람들은 일반적인 섬서무림의 고수들이라 들었는데요?"

"그렇지 않소이다. 그들은 모두 특정한 무림 세력에 속한 자들이었소이다."

"아!"

신음을 토해낸 제운영과 달리 옆에서 입술을 한일 자로 만들고 있던 경천기는 위맹한 고리눈을 가볍게 경련했다. 천하맹의 총단도 모르게 수년 동안 자신이 계획했던 일을 눈앞의 구공 도장이 이미 눈치 챘다는 걸 직감한 것이다.

'어찌?'

장안성과 이웃한 종남선파였다. 평소 몇 차례 왕래가 있었던 두 사람의 시선이 맞부딪친 순간 구공 도장이 다시 도호성을 토해냈다.

"원시천존, 살해당한 사람들의 절반은 바로 천하맹 섬서지부와 연을 맺고 있는 자들이었소이다. 천하맹은 구산의 체면을 세워줬다 하나, 사실 천하맹의 체면을 세워준 건 구산이었던 것이오. 여기 경 대협께

서 섬서성 곳곳에 천하맹의 심복을 심는 것을 본 파와 화산검파에선
그동안 묵인해 왔소이다."

'그랬군, 그랬어.'

제운영은 그제야 경천기가 자신의 표식을 발견하고도 능청을 부린
까닭을 눈치 채곤 내심 고개를 끄덕였다.

확실히 처음 말했던 대로 일반적인 무림고수들의 연쇄 살인 사건이
아니라 섬서지부와 연관된 자들을 노린 살인 사건이라면 문제가 달랐
다. 어쩌면 천하맹 섬서지부의 존망이 걸린 일이 발생한 것이리라.

하지만 그렇다면 더욱 이상했다. 경천기는 어째서 그렇게 중요한 사
항을 천하맹 총단에 속한 자신에게 말하지 않은 것일까?

다소 눈빛이 싸늘해진 제운영과 안색이 시커멓게 변한 경천기를 무
심한 눈빛으로 살피던 구공 도장이 다시 말했다.

"게다가 빈도와 옆의 운 대협이 제자들과 함께 조사를 해보니 구산
과 관계있는 사람들관 달리 천하맹 측 인사들에게선 한 가지 공통점을
발견할 수 있었소이다. 그들이 살해당한 경로를 따져 추측해 보
면……."

"잠깐만요!"

느닷없이 목소리를 높여 구공 도장의 설명을 막은 제운영이 눈길을
운청환에게 던졌다. 산속에서 도행(道行)을 쌓는 사람이라곤 도저히 상
상이 안 갈 정도로 달변인 구공 도장보단 운청환 쪽이 좀 더 얘기하기
편하리란 판단이었다.

과연 도발적일 정도의 눈빛에 운청환이 다소 당황한 기색이 되자 제
운영이 그때를 놓치지 않고 질문을 던졌다.

"구공 도장님께서 하신 말씀은 저도 충분히 이해했습니다. 그런데

한 가지 궁금한 것이 있군요. 운 대협께서는 대답해 주실 수 있겠습니까?"

내심을 읽을 수 없는 구공 도장과 달리 운청환이 눈살을 가볍게 찌푸렸다.

"제 소저는 그동안 본인과 구공 도장님께 계속 설명을 요구해 왔소. 이제 도장님께서 전후의 사정을 일목요연하게 설명하고 계신데 또 무엇이 궁금한 것이오?"

제운영의 입가로 생글거리는 미소가 떠올랐다.

"확실히 구공 도장님께서 해준 설명은 무척 훌륭했어요. 진짜 그동안 품었던 의문이 몽땅 풀리는 기분이었어요. 정말 말 잘하시더군요. 하지만 제가 천하맹의 총단에 속한 몸인 이상 그냥 '예, 그렇군요' 하고 고개만 끄덕일 순 없잖아요?"

"무슨?"

"어째서 두 분은 지난 이틀 동안 굳게 닫고 있던 입을 이제야 여실 마음이 됐는지 궁금하다는 뜻입니다. 마치 지금 이 순간이 되기만을 기다렸다는 듯."

"그, 그건……."

"설마 선배님들은 이곳 천하맹 섬서지부에서 조용히 앉아 기다리다 보면 자 문파의 문인들을 살해한 범인을 찾아낼 수 있으리라 판단한 게 아닌가요? 놀랍게도 십여 명이 넘는 고수들을 일도양단의 수법으로 두 쪽을 낸 마검(魔劍)의 주인을?"

"……."

구공 도장과 마찬가지로 운청환은 대답하지 않았다. 하지만 이미 제운영의 얼굴에는 확신이 감돌고 있었다. 구산에 속한 두 문파의 절정고수들은 오늘 마검의 주인을 잡기 위해 이곳 섬서지부로 몰려온 것이었다. 주인인 경천기를 협박해서 집을 내어주게 만들 증거까지 확보한 채.

'하지만 애석하게도 총단에 속한 나와 언매가 이곳에 도착해 있었던 말씀이야.'

정체가 드러나는 것을 꺼려해 황룡각의 다른 방에 숨은 모어언을 잠간 떠올린 제운영이 한차례 어깨를 으쓱해 보였다.

"뭐, 그러니 늦어도 오늘 밤까진 그 대단하신 마검을 휘둘러 섬서성을 뒤집어놓은 마두를 볼 수 있겠군요? 물론 강호를 뒤흔드는 구산의 신공과 함께요."

"원시천존!"

"험험!"

슬그머니 자신의 눈길을 피하는 구공 도장과 운청환을 바라보는 제운영의 입가에서 미소가 사라졌다. 이러니저러니 해도 그녀는 천하맹 사람이었다. 그리고 자신이 속한 곳이 타 문파로부터 업신여김을 당하는 걸 두 손 놓고 지켜볼 정도로 마음이 좋은 사람도 아니었다.

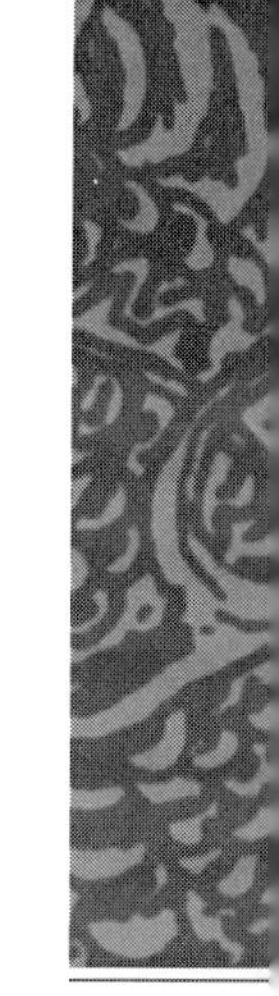

제5장

반검경혼(半劍驚魂) 여만해

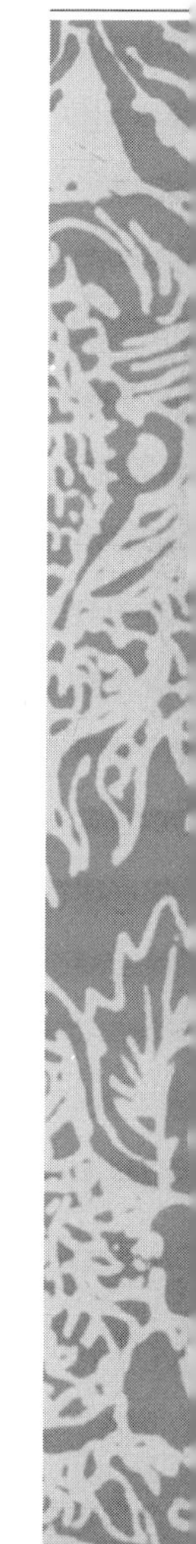

제운영은 경천기에 대한 추궁을 잠시 뒤로 미뤘다. 일단은 눈앞에 닥친 일부터 대비하는 게 옳았다. 구산의 둘이 발빠르게 움직일 정도로 대단한 고수의 습격이 눈앞에 닥친 상황에서 내부 분열은 있을 수 없는 일이었다.

'그렇긴 하지만 경 선배, 이번 일은 반드시 정확한 사정을 알아내야겠어요. 내가 천하맹의 순찰당에 속한 이상은.'

경천기에게 구공 도장과 운청환의 접대를 맡긴 후 지부장실을 벗어난 제운영의 눈빛은 차갑게 가라앉아 있었다. 평소 보이던 왈가닥의 모습은 흔적도 남아 있지 않았다. 지금 그녀는 천하맹 순찰당의 부당주였다.

지부장실이 위치한 황룡각의 삼층은 십여 개나 되는 방과 복도로 이루어져 있었다. 방의 크기와 모양은 하나같이 똑같아 내부의 사람이 아니라면 헷갈리기 쉬웠다. 혹시라도 있을지 모를 살수의 침입에 대한 대비였다.

이층으로 통하는 계단을 중심으로 기다랗게 이어진 복도를 제운영은 말없이 걸었다. 그러다 눈앞으로 이어진 십여 개의 문 중 하나의 앞에 선 그녀의 입술이 조그맣게 움직였다.

"언매, 들어가도 되겠어?"

방 안에선 아무런 대답이 없었다. 미리 약속했던 대로였다. 잠시 시간을 끌다 슬며시 방문을 열고 안으로 들어선 제운영의 눈에 이채가 떠올랐다.

'언매는 천엽을 만난 첫 번째 밤을 제외하곤 이때까지 천은마갑(天銀魔鉀)을 한 번도 벗지 않았었다. 그녀의 평소 성정을 보면 당연한 일이야. 그런데 어째서 갑자기?

천은마갑이란 모어언이 항시 착용하고 있던 갑주의 이름이다. 과거 무림에서 이름 높던 철갑마왕(鐵甲魔王)이란 마두가 걸쳤던 마갑에 특수하게 제련된 백은을 덮어씌운 천은마갑은 모어언의 상징이나 마찬가지였다. 십여 세를 넘기며 총단의 내성에 들어간 그녀는 남들 앞에서 천은마갑을 벗은 모습을 보인 일이 거의 없었기 때문이다.

그런데 놀랍게도 모어언은 지금 방의 한쪽에 천은마갑을 벗어놓은 채였다. 이곳 섬서지부의 무사들이 입는 것과 같은 청의무복을 걸친 그녀의 섬세한 몸매는 금방이라도 날아갈 것 같았다. 항시 걸치고 있던 묵중한 갑주 때문에 다소 비대해 보이던 것과는 완전히 대비되는 모습이었다.

잠시 짧은 머리로 인해 드러난 모어언의 아름다운 목덜미와 이목구비를 눈으로 훑던 제운영의 입가로 고양이 같은 미소가 떠올랐다.

"항상 생각했던 바지만 언매는 정말 천하의 미인이 될 자질을 갖췄단 말야? 그렇게 예쁜 모습을 항상 끔찍한 갑주로 감추고 다녀서 이 언니의 마음이 아팠는데, 지금 모습은 정말 보기 좋구나. 정말 보기 좋아."

흡사 사내처럼 웃어 보인 제운영이 달려들자 모어언은 재빨리 앉아 있던 침상에서 몸을 일으켰다. 슬쩍 뒤로 신형을 물리는 그녀에게 제운영이 손 그림자를 난무했다. 난화불혈수를 펼쳐 일시에 퇴로를 가로막은 것이다.

"언니한테 한번쯤 안겨준다 해서 나쁠 건 없잖아?"

순간적으로 제운영은 모어언과 숨결이 맞닿을 정도까지 거리를 좁히고 있었다. 당장이라도 모어언의 가녀린 몸은 제운영의 품 안에 안길 듯 보였다. 지금과 같은 상황에서 그녀가 제운영을 뿌리치려면 강력한 초식을 사용해 정면으로 치고 나설 수밖에 도리가 없었다.

그런데 갑자기 상황이 변했다.

'엇!'

막 모어언을 안으려는 순간 제운영의 입가에 감돌던 미소가 흔적도 없이 사라졌다. 바로 코앞에 서 있던 모어언은 어느새 그녀의 옆으로 이동해 있었다. 언제든 제운영을 제압할 수 있는 사각 지대였다. 제운영이 발휘한 난화불혈수의 바늘 끝만한 틈을 그녀는 뚫어버린 것이다.

"하아!"

한숨과 함께 양손을 하늘로 들어 올린 제운영이 고개를 가로저었다.

"졌다, 졌어! 방금 전에 나는 정말 최선을 다했는데 언매의 보법은 이미 이 언니가 감당할 수 없는 수준에 올라서 있구나. 난 정말 최선을 다했는데……."

모어언의 얼굴에 다소 미안한 기색이 떠올랐다.

"미안해요. 언니도 제가 누군가와 몸을 부딪치는 걸 싫어한다는 건 알고 계시잖아요."

제운영이 고개를 끄덕거렸다.

"그랬지, 그랬어. 확실히 언매는 천엽을 제외하곤 철이 든 후 타인과 살갗이 닿은 일이 거의 없었던 것 같아. 남녀를 불문하고 말야."

은근슬쩍 단천엽의 이름을 강조하는 제운영을 향해 모어언은 가볍게 아미를 찌푸려 보였다. 그녀가 단천엽의 이름을 강조하는 까닭을 잘 알고 있었기 때문이다.

'운영 언니는 여전히 내가 그를 찾아가지 않은 걸 못마땅하게 생각하는구나. 하지만 내가 어떻게 그를 아무렇게나 받아들일 수 있겠어? 그는 분명히 앞으로 내 마음을 계속 심난하게 만들 사람인 것을.'

모어언의 미간에 가벼운 수심의 기색이 떠올랐다. 평소 다른 사람들 앞에선 결코 보이지 않던 모습이었다.

'언매도 천엽을 완전히 무시하는 건 아니었구나.'

모어언의 마음을 슬쩍 넘겨짚은 제운영이 다시 입가에 장난스런 미소를 떠올렸다.

"그래서 말인데… 언매도 이젠 천엽을 한번 찾아가 보는 게 어때? 평소 하는 짓은 얌전하지만 야생마 같은 녀석인데 요 며칠 꼼짝없이 감금 생활을 했으니 지금쯤 답답해서 죽을 지경일 거야. 그러니 언매 같은 절세미인이 가서……"

탁!

모어언은 옆에 놓여 있던 탁자를 소리나게 때렸다. 내력을 담지 않았기에 탁자가 박살나는 참변은 일어나지 않았으나 제운영은 움찔하며 말을 멈췄다. 모어언의 표정이 심상치 않았기 때문이다.

　그 뒤 잠시 제운영을 빤히 바라본 모어언은 그녀의 뒤를 돌아 침상으로 걸어갔다. 처음과 똑같은 자세로 침상에 앉은 그녀의 얼굴은 딱딱하게 굳어 있었다. 말은 하지 않으나 제운영의 말에 기분이 상했음에 분명했다.

　'이크, 우리 공주님이 또 삐치셨구만!'

　내심 경호성을 발한 제운영이 슬그머니 그녀의 옆 자리에 엉덩이를 걸쳤다. 입가에 머금어져 있던 빙글거리는 미소를 지운 그녀의 표정은 처음 지부장실을 나설 때와 마찬가지로 변해 있었다.

　"그럼 천엽에 대한 얘기는 그만 하고 방금 전에 끝난 회의의 결과에 대해서만 말하기로 할게."

　모어언의 표정이 변했다. 그녀의 시선이 자신을 주시하자 제운영이 잠시 멈췄던 입술을 움직였다.

　"아무래도 천엽과 언매가 했던 말이 사실인 것 같아. 반검맹에서는 추격을 포기하지 않았을 뿐만 아니라 아주 막강한 고수를 보냈어. 언매도 알다시피 그동안 섬서성에서 벌어진 연쇄 살인 사건의 피해자 중 절반은 종남선파나 화산검파와 관계있는 자들이었어. 그런데 오늘 밝혀진 사실이지만 나머지 절반은 본 맹의 섬서지부와 관계있는 사람들이더군."

　"반검맹의 고수가 섬서성에 들어선 후 우리의 행적을 쫓는 동안 살인을 계속했단 건가요?"

　"현 상황은 그렇다고 보는 게 타당해. 우리가 섬서성에 들어서 얼마 되지 않아서 살인은 시작됐고 살인의 진행 방향이 이곳 장안성을 향해 이어졌거든."

모어언의 미간이 가볍게 찌푸려졌다. 자신들 때문에 섬서성에서 연쇄 살인 사건이 발생했다는 제운영의 말이 그녀의 심경을 어지럽혔다.

그때 느닷없이 모어언의 손을 잡은 제운영이 딱딱하게 굳은 얼굴로 말했다.

"그래서 말인데… 천하맹 순찰당 부당주로서 권고하건대 언매는 지금부터 천엽과 함께 이곳을 떠나줬으면 좋겠어. 아니, 순찰당 부당주란 직책이 소용없다면 그냥 언매의 언니로서 다시 부탁할게. 지금 당장 천엽과 함께 이곳을 떠나줘!"

"언니?"

"비록 이곳에 발이 붙잡히긴 했으나 본래 우리의 임무는 천엽을 총단까지 안전하게 데려가는 거야. 이곳에 구산의 고수들과 섬서지부의 고수들이 모여 있다곤 하지만 적의 세력이나 무공이 어떤 정도인지 도저히 가늠이 되질 않아. 그러니……."

제운영은 갑자기 말을 멈췄다. 처음 손을 잡히고 불편한 기색이 됐던 모어언의 눈빛이 변한 걸 깨달은 것이다. 묵묵히 그녀를 바라보는 모어언의 눈빛은 마치 다정한 어머나나 친자매를 대하는 듯 부드러웠다. 평소 보이던 모습이 아니었다.

제운영에게 잡힌 손을 마주 잡아 보이며 모어언이 말했다.

"문상께선 처음부터 이러한 일이 있을 것을 염려해 절 보낸 거예요. 언니는 전혀 걱정할 필요 없어요. 제가 언니와 다, 단 공자를 지킬 테니까요."

"언매?"

"제가 천은마갑을 벗은 이상 언니는 걱정할 필요 없어요."

"아니, 그게 아니라……."

“예?”

“언매, 지금 천엽을 단 공자라고 불렀잖아.”

“…….”

모어언은 슬며시 제운영의 손을 떼어냈다. 그리고 고개를 돌려 시선을 피하는 그녀를 바라보는 제운영의 눈가엔 어느새 장난기가 가득 번져 나오고 있었다.

낙조로 물든 장안성. 성곽 사이로 붉게 물든 노을이 밀려오자 고도의 이곳저곳에는 불빛이 넘실거리기 시작했다. 대도에서만 볼 수 있는 불빛의 행렬이었다.

그 즈음 천하맹의 섬서지부에도 이곳저곳 불이 밝혀지고 있었다. 수십 채가 넘는 전각의 곳곳은 물론이고 그 주변까지 대낮같이 밝히는 횃불의 숫자는 족히 수백을 넘겼다. 지난 보름여간 섬서성을 떠들썩하게 만든 연쇄 살인 사건의 범인을 대비하기 위함이었다.

황룡각의 바로 앞. 전각 주변을 밝히고 있는 횃불들 사이로 중간중간 보이는 무사들을 바라보는 경천기의 안색은 무거웠다. 황룡각 주변을 지키는 무사들은 섬서지부 최정예인 청의검수들이었다. 그 숫자가 삼십에 이르는 일류고수들의 호위를 받고 있는 상황임에도 그는 묘한 불안감에 사로잡혀 있었다.

무림 세력끼리의 분쟁에 있어 일류고수 이하는 그저 머리 숫자에 불과하다는 게 평소 경천기의 지론이었다. 군부의 병사들처럼 제대로 된 병진을 짜고 움직이는 게 아니므로 일류 이하의 무사들은 실제 싸움에선 전혀 도움이 되지 않았기 때문이다.

그래서 섬서지부에 속한 무사들의 숫자가 물경 이백 명에 이르지만 오늘 밤 그가 믿고 있는 건 황룡각을 에워싼 청의검수 삼십 명뿐이었다. 그의 풍부한 경험이 내린 판단이었다.

하지만 그는 과연 이 정도의 인원을 가지고 미지의 연쇄 살인범으로부터 오늘 밤 천하맹 섬서지부의 이름을 지켜낼 수 있는가에 대해선 자신이 없었다. 그만큼 연쇄 살인범이 보인 마검의 위력은 경악 그 자체였다.

내심 깊은 한숨을 토해낸 경천기는 슬쩍 시선을 앞으로 던졌다. 그의 시선이 향한 곳에서는 구공 도장과 운청환의 모습이 보였다.

황룡각 앞에 마련된 정원을 배회하는 두 사람의 모습은 일견 평온한 듯 보이나 삼엄한 예기가 감돌고 있었다. 소속 문파는 물론이거니와 섬서성에서 이름 높은 그들 역시 연쇄 살인범에 대한 경계심은 경천기와 마찬가지인 듯 보였다.

'하긴 살해당한 사람들이 하나같이 명성 높던 고수들인 건 둘째 치고 그 일도양단된 모습은 정녕 공포스러운 것이었다. 내 평생에 주먹을 쓰는 일로 단 한 차례도 패배를 경험해 보지 않았지만 그러한 마검을 막아낼 수 있을진 자신할 수 없다. 그러니 자존심만 드높은 저들 구산의 고수들 역시 마찬가지겠지. 직접 손속을 겨뤄보진 않았지만 내가 그들보다 약하단 생각은 전혀 들지 않으니까. 그나 저나 오늘 밤의 일을 총단에 보고해야 될 순찰당 아가씨는 꼭꼭 잘 숨어 있어야 할 텐데……'

복잡한 심경으로 염두를 굴리던 중 한 시진쯤 전부터 모습을 감춘 제운영을 생각하던 경천기의 어깨가 가볍게 움찔거렸다. 거의 순간적으로 일어난 반응이었다.

꿈틀!

황룡각으로 오르는 계단에서 신형을 일으킨 경천기의 주먹은 이미 불끈 쥐어져 있었다. 그의 몸에서 꿈틀꿈틀 발산되기 시작한 투기가 주변의 불빛을 받아 묘한 아지랑이를 만들어냈다. 짧은 순간 그의 전신 내공은 이미 모조리 개방되어 있었다.

밤의 기운을 소스라치게 만드는 강렬한 투기를 감지한 구공 도장과 운청환의 눈에 이채가 떠올랐다.

"원시천존!"

"경 대협?"

경천기는 일시 대답하지 않았다. 대신 그의 시선은 황룡각으로부터 섬시지부의 대문이 이어진 방향을 바라봤다. 마치 평생을 벼러왔던 생사대적을 만난 듯 그의 표정은 딱딱하게 굳어져 있었다.

스윽!

흐르는 물과 같은 청운신법(靑雲身法)을 펼쳐 경천기 옆으로 다가선 운청환의 눈빛이 삼엄해졌다.

"그자가 찾아온 것입니까? 본인에겐 별다른 소리나 변화가 느껴지지 않습니다만……."

경천기가 그제야 운청환을 바라봤다.

"운 대협은 혹시 전장(戰場)을 경험해 보신 바 있으시오?"

"전장이라면……?"

"피와 살이 튀고 사람이 사람이 아니라 악귀가 되는 곳을 말하는 것이오."

"……."

운청환은 조용히 고개를 흔들어 보였다. 검법으로 이름 높은 화산검파에서 잠심연무한 그에게 있어 검은 사람을 죽이는 흉기가 아니었다.

단지 검이란 쇳덩이를 빌었을 뿐 하나의 도(道)를 이뤄가는 연마의 수단일 뿐이었다. 전장의 처참함을 경험했을 리 없었다.

경천기가 미미하게 고개를 끄덕였다.

"구산과 같이 산속에 숨은 은자들에겐 확실히 전장이 어울리지 않을 것이오. 하지만 이 사람은 어려서 좋은 스승을 만나지 못했고 좋은 부모를 만나지도 못했소. 오로지 타고난 용력만으로 세상을 헤쳐 나가야 했기 때문에 용병이 되어 전쟁터를 전전했소이다. 때문에 그 당시 한 가지 몸에 체득한 것이 있는데 그건……."

"그건?"

"바로 죽음의 냄새올시다."

"죽음의 냄새?"

"그렇소. 사람과 사람이 죽고 죽이는 전장 같은 곳에서만 맡을 수 있는 역겨운 냄새를 나의 몸은 각인한 것이오."

말을 끝내고 다시 시선을 앞으로 옮긴 경천기를 바라보며 운청환은 미간을 가볍게 찌푸렸다. 그는 절정고수의 체통도 잊고 슬쩍 코를 벌름거렸다. 물론 여태껏 맡을 수 없던 죽음의 냄새란 것이 지금이라고 느껴질 리 없었다.

그때였다. 홀로 떨어져 두 사람의 대화에 관심을 보이지 않고 있던 구공 도장의 눈에 이채가 떠올랐다. 그가 몰래 자신의 그림자 속에 감춰뒀던 종이 인형이 파르르 떨더니 땅바닥으로 힘없이 고꾸라졌다.

"원시천존!"

"왔다!"

거의 동시였다. 구공 도장과 경천기의 외침에 놀라 손을 검 자루에 댄 운청환의 안색이 가볍게 변했다. 과연 두 사람의 시선이 향한 곳에서 한 명의 황포중년인이 모습을 드러냈다. 황룡각으로 들어서는 중문(中門) 쪽이었다.

파파팟!

황포중년인의 쌍수는 단숨에 중문 앞을 지키고 있던 청의검수 두 명을 짚단처럼 쓰러뜨렸다. 그가 중문을 통과하는 것과 동시에 벌어진 일이었다.

'하지만 연쇄 살인범 주제에 당당하게 천하맹 섬서지부를 정문으로 걸어 들어올 줄이야……!'

경악으로 물든 운청환의 귓전으로 노호와 같은 경천기의 대갈이 파고들었다.

"이놈! 여기가 어딘 줄 알고 찾아온 것이냐!"

황포중년인이 어깨를 으쓱해 보였다.

"천하맹 섬서지부가 아닌가?"

"그, 그걸 알면서도 네놈은……."

"하하, 오 척 단구에 불같이 화난 얼굴이라……. 자네는 천하맹 서열 오십육위인 일권단악 경천기가 분명하겠군!"

황포중년인은 이를 드러내며 웃었다. 하루에도 몇 번은 볼 수 있을 듯 평범하던 그의 인상이 완벽하게 바뀌는 순간이었다. 섬뜩하고 두려운 공포라는 이름으로.

육 척이 조금 못 되어 보이는 키였다. 헐렁해 보이는 장포는 황포중년인의 몸매가 다소 말랐음을 대변했다. 평범한 얼굴과는 달리 제법 잘 다져진 무인의 몸이라는 뜻이었다.

그는 두 자루나 되는 패검을 요대에 차고 있었다. 평범한 묵빛 검갑 안에 숨겨진 두 자루 패검은 쌍둥이처럼 똑같았다. 길이와 넓이가 동일하니 강호에서 쌍검을 사용하는 다른 사람들처럼 기병으로 득을 보려 함은 아닌 듯 보였다.

쌍검이나 쌍구(雙鉤)처럼 한 쌍을 이루는 병기는 제운영의 일월도검처럼 그 크기나 길이가 다를 때 더욱 상대방을 괴롭히기 쉬웠다.

'그렇다면 어째서 똑같은 검을 두 자루나 가지고 있을까? 설마 하니 격투 중 검이 부러질 걸 대비해서 똑같은 검을 한 자루 더 가지고 다니는 걸까?

황룡각의 담 그늘에 몸을 숨긴 채 단천엽은 눈을 빛냈다. 현재 그는 황룡각 곳곳에서 검을 빼 들고 있는 청의검수와 똑같은 복장을 하고 있었다.

청의무복에 청건을 머리에 두른 그의 모습은 누가 보더라도 섬서지부 최강이라 불리는 주변의 청의검수들과 동일했다. 황룡각에 도착한 후 벌인 몇 가지 농간의 결과였다.

주변은 이미 어둠이 깃들고 있었다. 곳곳에 횃불이 넘실거리고 있긴 하나 조금만 그늘로 숨어들면 흐릿한 그림자만이 넘실댔다. 그의 얼굴이 낯설다거나 등에 길쭉한 강철 단봉을 두 개나 매단 점 등은 충분히 상쇄되고도 남음이 있었다.

게다가 오늘처럼 대적이 정문을 통해 당당히 걸어 들어온 날은 주변의 이목이 온통 한쪽으로 쏠리게 마련이다. 철이 들자마자 산노로부터 간단한 방법으로 모습을 숨기거나 사람들 속에 스며드는 방법을 익힌 그의 존재를 의심하는 이가 있을 리 만무했다.

그런데 단천엽은 이때 마음의 동요를 느꼈다. 등장과 동시에 중문을 지키고 있던 두 명의 청의검수를 쓰러뜨린 황포중년인의 무위 때문이 아니었다. 그가 느닷없이 드러낸 무지막지한 살기 때문이었다.

오늘 밤 섬서지부의 경계 태세는 보통 삼엄한 게 아니었다. 야조 한 마리만 날아들어도 소란이 일어날 정도인데 황룡각에 들어서기까지 황포중년인은 별다른 소란을 일으키지 않았다. 필경 단천엽과 같이 자신의 존재감을 완벽히 없애고 황룡각까지 들어섰을 터였다.

그러니만큼 몇 명이나 되는 절정고수의 이목을 속이고 수백 명이나 되는 섬서지부의 무사들을 완벽하게 침묵시킨다는 건 불가능에 가까운 일이었다.

완벽에 가까운 경지!

황포중년인의 침투술은 단천엽으로서도 감히 상상조차 할 수 없을 정도로 완벽한 것이었다. 산노에게조차 이런 침투술은 들어본 바가 없었다.

하물며 그와 같은 침투술을 체득한 사람이 뭇 고수들 앞에서 느닷없이 살기를 폭출시키며 자신을 드러냈다. 아직 소년을 벗어나지 못한 단천엽의 마음이 흔들리지 않을 수 없었다.

'위험하다!'

단천엽은 어금니를 지그시 깨물었다. 황포중년인이 발산하는 살기에 휘말려 자신을 드러내지 않기 위함이었다. 아직 모어언이나 제운영의 위치조차 파악하지 못했으니 더욱 정체를 드러내선 곤란했다.

그때였다. 황룡각 주변에 모여 있던 삼 인의 고수 중 가장 먼저 나섰던 경천기의 입에서 강렬한 사자후(獅子吼)가 터져 나왔다.

"하앗!"

황포중년인이 일으킨 살기를 박살 내는 패도였다. 그 다음 한소리 대갈로 정체됐던 자신의 기세를 반전시킨 경천기의 눈에서 맹호와 같은 안광이 뿜어져 나왔다.

"천하맹 내의 서열은 대외비이다. 타 문파에서 알아서도 안 될 것이며 알기도 힘들 것이다. 그런데 어찌 네 녀석이 함부로 입에 담는 것이냐?"

우직!

경천기의 발 아래 깔려 있던 청색 벽돌이 단숨에 박살났다. 천적을 만난 맹수가 그러하듯 그의 본능은 잔뜩 털을 곤두세우고 있었다.

그러나 별무소용이랄까? 단천엽의 시선을 잡아끈 경천기의 투기를 황포중년인은 대수롭지 않게 받아넘겼다. 언제 살기를 발산했냐는 듯 어깨를 한차례 으쓱해 보인 그의 입술이 서늘한 미소를 만들어냈다.

"대외비란 건 어차피 말만 그럴싸한 비밀이 아닌가? 천하맹의 총단에 속하지 않은 자에 대한 정보쯤 못 얻어낼 건 없지. 아마 경천기 자네의 뒤에서 눈을 번뜩이고 있는 구산의 능구렁이들도 그쯤은 알고 있을걸?"

황포중년인은 잠시 말을 멈추곤 구공 도장과 운청환을 일별했다. 무심한 시선 속에 조소가 담겨 있었다. 그러나 경천기가 황포중년인을 어떻게 대처하는지를 살펴볼 생각인 듯 구공 도장과 운청환은 이렇다 할 움직임을 보이지 않았다.

"그건……."

황포중년인의 시선이 다시 경천기를 향했다.

"하지만 천하맹에서 섬서지부를 맡긴 자답게 자네는 제법이로군. 내 침입을 미리 눈치 챘을 뿐더러 살기조차 받아넘길 줄이야. 확실히 섬서성에 들어선 후 처음으로 만난 고수라 할 수 있겠어. 지금까지 상대했던 자들은 명성만 높을 뿐인 바보들이라 내심 한심스럽던 참인데 말야."

"그 뜻은……?"

"아, 섬서성에 들어선 후 하도 심심해서 이곳까지 오는 동안 주변에 명성을 떨치는 자들을 몇 상대했는데 하나같이 내 일검조차 받지 못하더군. 그 철금 진잔양이란 녀석은 간신히 반 초식은 받아냈었지만 말야."

경천기의 안색이 가볍게 변했다. 강인한 얼굴이 일그러져 보였다. 이미 예상하고는 있었지만 황포중년인이 속 시원히 연쇄 살인범임을 자인하자 긴장감이 더욱 상승했다.

'지금 당장 녀석을 쳐야만 한다! 하지만 녀석에게서 느껴지는 압박감은 공포스러울 지경이다.'

투사로서의 본능은 앞으로 달려들려 했지만 오랜 전장의 경험이 경천기의 결단을 잡아끌었다. 살기가 사라진 황포중년인에게서 그는 더욱 강렬한 압박을 느꼈다. 그가 황룡각에 모습을 드러내기 전 느꼈던 살육의 느낌이었다.

우직!

특별히 어떤 공격을 받은 것이 아님에도 경천기는 신중하게 뒤로 한 걸음 물러섰다. 일단 기호지세(騎虎之勢)와 같던 기세를 되돌리고자 함이었다.

'녀석은 강적이다! 내 권역(拳域)으로 잡아들인 후 승부를 내야만 한다!'

올바른 판단이었다. 그러나 이때 단천엽은 미간을 가볍게 찌푸렸다. 그가 보기에 이미 경천기가 뿜어내던 투기는 상당수 감소한 상황이었다. 호쾌한 공격을 주특기로 삼는 권법가인 그가 뒤로 물러섰다는 건 패배를 자인한 것이나 진배없다는 생각이 들었다.

'나라면 지체없이 공격해 들어갔을 텐데……'

단천엽은 아쉬움을 느꼈다. 자신도 모르게 주먹에 힘이 들어가고 있었다. 두 사람이 뿜어내는 강렬한 기운에 감응을 받은 것이다.

그때 뒤로 물러서는 경천기를 지그시 바라보던 황포중년인의 입가로 비릿한 조소가 번져 나왔다.

"확실히 그동안 무림은 너무 평화로웠어. 전장을 헤치고 다니던 맹호를 이런 황구(黃狗)로 만들었으니 말야."

"황구?"

"개새끼는 짖는 게 어울린다!"

스윽!

순간 황포중년인은 경천기가 물러선 만큼 앞으로 움직였다. 흡사 경천기가 바라는 바를 이뤄주려는 듯 그의 허리에서 패검 중 하나가 빠져나왔다.

그리고 최초의 일검!

번쩍!

상단에서 시작된 검의 궤적은 종에서 갑자기 횡으로 흘렀다. 황룡각에 모여 있던 사람들 중 누구라도 볼 수 있을 정도로 또렷한 변화였다.

경천기 역시 물론 확인할 수 있었다.

"으득!"

이가 악물린 순간이었다. 다시 한 차례 뒤로 신형을 뽑아낸 경천기의 권역에서 광풍이 일었다. 섬서 십대고수 중 한 명인 경천기의 뇌음십삼권(雷音十三拳) 중 맹호출호림(猛虎出虎林)이 일으킨 권풍의 회오리였다.

콰콰콰!

처음 발끝에서 시작된 회전은 주먹에 이르러 강력한 권압으로 변했고 곧 폭발적으로 터져 나왔다. 권력은 잔뜩 웅크리고 있었던 만큼 더욱 막강했다.

지잉!

황포중년인의 검봉은 순간 반대 편으로 되튕겨졌다. 경천기에게 일권단악이란 외호를 선사한 맹호출호림의 위력은 그만큼 대단했다.

그러나 그때였다. 두 사람의 대결을 지켜보고 있던 구공 도장의 입에서 나직한 도호가 터져 나왔고, 운청환이 신음을 토해냈다.

"원시천존!"

"위험하다!"

두 사람의 외침이 터져 나온 순간 상황이 급변했다. 경천기의 권압에 가로막혀 잠시 움직이지 않던 황포중년인의 검에서 갑자기 한줄기 섬광이 일었다. 눈을 멀게 만들 정도의 핏빛 혈광이 폭출한 것이다.

푸아악!

파육지음과 동시에 경천기의 좌권은 폭발했다. 황포중년인의 혈광검이 맹호출호림의 권경(拳勁)을 파괴한 것과 동시였다. 그리고 그때 이미 검을 뽑아 들고 있던 운청환의 신형이 바람처럼 두 사람 사이로 파고들었다.

파파파팟!

움직이자마자 운청환의 신형은 일보칠변(一步七變)했다. 화산검파가 자랑하는 청운신법 중 칠성둔형(七星遁形)이었다. 경천기의 목숨이 경각에 처하자 무림에서의 신분도 잊고 그는 황포중년인을 합공해 들어갔다.

그러나 일검으로 경천기의 좌권을 박살 낸 황포중년인은 전혀 당황하지 않았다. 홀로 칠성검진과 같은 변화를 보이며 파고드는 운청환의 검기를 향해 그는 다시 혈광검을 휘둘렀다.

콰직!

변화는 힘을 당해내지 못했다. 한 호흡이 흐르기도 전에 사십구변하던 운청환의 칠성둔형은 혈광검 일식을 감당치 못했다. 검식의 변화가 이뤄지던 근본이 단숨에 박살나자 운청환은 황급히 뒤로 물러섰다. 삼십 년을 하루같이 손에서 떼어본 일이 없던 애검 청빙(靑氷)이 이미 절반으로 꺾여 있었다.

"크윽!"

이미 바닥에 주저앉은 경천기의 등을 바라보는 운청환의 안색이 가늘게 떨렸다. 명분은 경천기를 구하기 위함이었으나 그가 황포중년인를 합공한 건 검객의 본능이었다. 평생 본 일이 없는 기괴한 검력에 매혹된 것이었다.

'그런데 이토록 무참하게 당할 줄이야! 이토록 처참하게……'

반 토막 난 청빙을 바라보며 운청환은 피를 토하고 싶은 심정이었다. 자신이 익힌 칠성둔형과 반양의검법(反兩儀劍法)이라면 천하의 누구와 붙어도 자신이 있었다.

그런데 동수의 고수인 경천기와 합공을 했음에도 황포중년인의 일검지적이 되지 못했으니 그 충격은 이루 말할 수 없을 정도였다.

그때 다시 혈광검이 움직이자 전광석화와 같이 펼쳐진 삼인일합의 대결에서 몸을 빼고 있던 구공 도장이 도포 자락을 펄럭이며 황포중년인에게 다가들었다.

"원시천존! 천하에 혼을 놀라게 하는 자 둘이 있으니 북(北)의 뇌정경혼이 첫째요 남(南)의 반검경혼이 둘째라! 뇌정은 조용히 침묵하나 반검은 천인(千人)의 혈(血)로 목을 축이며 홀로 천하를 주유하노라!"

"……."

"빈도의 눈이 흐려진 게 아니라면 귀하는 십여 년 전 천인혈검의 난을 일으킨 반검경혼 여만해란 마두가 맞는 듯한데 어찌 강남을 떠나 이곳 섬서 땅까지 왕림한 것이외까?'

단 몇 보를 움직였을 뿐이나 구공 도장은 어느새 경천기의 앞을 가로막고 서 있었다. 검은 꺾였으나 마음은 꺾이지 않은 운청환보다 경천기가 위험하단 판단이었다.

황포중년인이 이를 드러냈다.

"첫째가 북의 뇌정경혼이라… 언제부터 천하맹의 애송이가 내 윗줄에 서게 됐지? 산속에서 기괴한 기공이나 연마하는 종남산의 말코들이 모조리 죽어봐야 정신을 차리려나 보군."

"……."

구공 도장은 내심 침음을 삼켰다. 당금의 강북무림을 거의 장악하다시피 한 천하맹을 대표하는 십대고수 중 수위를 다투는 사람이 뇌정경혼 단백경이었다.

혹자들은 현 천하맹의 맹주인 창천무극검제 모문환이 몇 년 전부터 폐관에 들어간 까닭을 단백경에게서 찾기도 했다. 천하맹과 강북무림에서 단백경이 차지하는 위치는 그러했다.

그런데 눈앞의 반검경혼 여만해는 이미 십수 년 전부터 강남무림에서 단백경보다 더한 명성을 날렸던 절대고수이며 마두였다.

설사 경천기와 운청환이 완전한 상태로 도와준다 해도 구공 도장으로선 승부를 자신할 수 없는 데다 그가 손속에 사정을 두기를 바랄 수도 없는 상황이었다. 여태까지 무림 중에서 여만해와 맞붙어 살아남은 자는 아무도 없었기 때문이다.

'마두를 잡으러 나섰다가 사신(死神)을 만났도다!'

말없이 도포 속에서 수백 장이나 되는 지편(紙片)을 꺼내 드는 구공 도장을 바라보며 여만해가 코웃음을 쳤다.

"흥, 종남선파의 말코들이 제법 신기한 재주를 익혔다고 하더니 오늘 내가 안목을 넓힐 수 있겠군."

"정녕 구산과 피를 보려 함이시오?"

"글쎄?"

여만해의 말이 끝나기가 무섭게 구공 도장의 주변으로 수백 장이나 되는 지편들이 팔랑거리며 날아올랐다. 죽은 혼령을 위로하기 위해 지전(紙錢)을 태우는 듯한 모습과 달리 지편에서 뿜어져 나오는 섬뜩한 검기는 살을 에일 정도였다.

밀려드는 검기를 피해 옆으로 한 걸음 이동한 여만해의 눈에서 신광이 일었다.

"신기한 재주로군. 확실히 겉모양만 그럴듯하던 화산검파의 검법보다는 상대할 만하겠어. 하지만 어째서 그만한 실력을 가지고서 방금 전 합공하지 않았지? 만약 그 당시 말코도장이 합공했다면 난 십 년 만에 반검을 빼 들 수밖에 없었을 텐데 말야."

구공 도장이 침중하게 도호성을 발했다.

"원시천존, 빈도는 산을 내려오며 자신이 있었소이다. 그리고 경 대협과 운 대협이 합공할 때 역시."

여만해가 미미하게 고개를 끄덕였다.

"확실히 그만한 능력을 지녔다면 자신할 만도 하겠군. 하지만 말코도장은 내게 패한 자들의 시신을 봤을 때 이미 대비를 했어야 했다."

"후회하고 있소이다."

"그렇겠지."

운청환에게 시선을 던진 여만해가 차갑게 외쳤다.

"이미 이곳 주인은 끝장났지만 네 녀석은 아직 덤벼들 수 있잖아? 여기 말코도장과 함께 덤비는 게 좋을 거야. 오늘 나는 누구도 살려둘 생각이 없으니까."

"으!"

눈에서 불똥을 튀기며 운청환은 절반밖에 남지 않은 청빙을 부르르 떨었다. 순간적으로 일어난 분노가 방금 전까지 지배하고 있던 절망을 걷어냈다. 청빙은 아직 그의 손에 쥐어져 있었고 싸우길 갈구하고 있었다.

'피할 수 없다면 검객답게 죽으리라!'

언제 흥분했냐는 듯 차갑게 가라앉은 표정을 한 채 운청환은 경천기를 뒤로하고 구공 도장의 옆으로 걸어갔다.

파라락!

목숨을 건 운청환의 검기에 놀랐음인가? 구공 도장의 주변을 철벽같이 에워싸고 있던 지편들이 가벼운 떨림을 보였다. 거의 미동조차 없이 여만해만을 노리고 있던 수백 개의 검기에 일시 조그만 틈이 생겨났다.

"역시 말코답게 싸움에는 미숙하군."

여만해의 목소리는 스산했다. 삭풍이 이는 겨울 들판 같았다. 생명을 가진 듯 자신을 향해 파고드는 지편들과 운청환의 자색 검기를 일별한 그의 검이 바로 움직였다. 구공 도장의 간섭으로 잠시 멈췄던 두 번째 검투의 시작이었다.

그 순간 황룡각의 요소요소를 지키고 있던 청의검수들이 무거운 짐이라도 내려놓은 듯 일제히 경천기에게 몰려들었다. 여만해가 뿜어내던 살기가 구공 도장과 운청환에게 돌려지고서야 쓰러진 상관의 안위에 생각이 미친 것이리라.

삼인검투의 폭풍은 당장 넓은 황룡각의 정원을 초토화시켰다. 그 같은 아수라장을 뚫고 경천기를 빼내온 청의검수들은 얼른 몇 개의 검진을 펼쳤다. 간신히 정신을 차리고 박살난 좌수를 스스로 지혈한 경천기를 보호하기 위함이었다. 줄곧 불빛이 미치지 않는 그늘에 몸을 숨기고 있던 단천엽으로선 난감한 상황이 된 셈이다.

그러나 그때 단천엽의 정신은 딴 곳에 팔려 있었다. 여전히 대다수의 청의검수들과 조금 거리를 둔 채 그는 터져 나오려는 탄성을 억지로 짓눌렀다.

그의 시선은 검기의 폭풍 속에서 처음과 달리 시간이 지날수록 빨라지고 패도적으로 변해가는 여만해와 구공 도장의 공수를 좇기에 바빴다.

몇 합 겨뤄보지도 못하고 운청환이 뒤로 물러설 정도의 속전(速戰)이나 집중한 그의 시선을 떨쳐 낼 순 없었다. 두 사람의 대결이 앞서의 경천기나 운청환이 보였던 무위와 격이 다르다는 걸 그는 본능적으로 감지하고 있었다.

그때였다. 검투가 가속될수록 어깨와 열 손가락을 미묘하게 움직이고 있던 단천엽의 미간이 가볍게 꿈틀거렸다. 예민한 그의 육감이 배후로 다가드는 기운을 감지한 순간이었다.

스팟!

재빨리 신형을 옆으로 비튼 단천엽의 눈앞으로 어릿한 청영이 덮쳐들었다. 어둠 중의 움직임이라곤 해도 끔찍할 정도로 빠른 공격이었다.

'빠르다!'

만약 단천엽이 여만해와 구공 도장의 전광석화 같은 속전을 줄곧 지켜보지 않았다면 단숨에 제압됐을 것이다. 그만큼 청영의 움직임은 빨랐다.

어릿한 그림자가 덮쳐 오는 것과 동시에 신형을 옆으로 비튼 단천엽의 쌍수가 초식 명도 모르는 난화불혈수의 동작을 연속해서 펼쳐 냈다. 흐릿한 그림자로 변해 요혈을 파고드는 청영의 완맥과 관절을 직접 노리는 수법이었다.

그런데 그 순간 정직하리만치 정면으로 파고들던 청영이 다시 신형을 움직였다. 돌격하던 걸음을 되돌려 뒤로 물러서더니 단숨에 단천엽의 좌우를 노리며 파고들었다. 단천엽으로 하여금 팽이처럼 회전하게 만드는 공격이었다.

과연 청영을 쫓아 같은 자리를 몇 차례 맴돌던 단천엽의 신형이 순간 휘청 하고 균형을 잃었다. 시력과 달리 그의 몸은 청영의 빠르기를 따라잡을 수 없었다.

휘릭!

누구도 아닌 자신의 힘을 이기지 못한 탓이었다. 하늘을 보고 땅으로 쓰러지기 직전 단천엽은 신형을 재빨리 반대 편으로 뒤집었다. 공중제비를 돌아 뒤로 나뒹구는 몸의 균형을 잡으려는 의도였다.

“…….”

간신히 땅바닥을 나뒹구는 걸 모면한 단천엽이 고개를 든 순간 그의 눈앞으로 청영이 다가들었다. 무학의 금기를 범하고 적에게서 시선을 뗀 당연한 결과였다.

“그게 무슨 멍청한 짓이죠?”

단천엽의 눈앞에는 자신과 똑같은 복장을 한 청의검수가 서 있었다.

보통의 사내와 비교가 안 되는 왜소한 체격은 당장 야풍에 날아갈 듯
하고 밤의 정령이 뭉쳐진 듯 아름다운 얼굴은 가볍게 찌푸려져 있었다.
청영의 정체는 단천엽처럼 청의검수 차림을 하고 반대 편 담 그늘에
은신해 있던 모어언이었다.

단천엽의 입가에 씩 미소가 떠올랐다.

"모 소저는 적이 아니니 내가 굳이 땅바닥을 뒹굴 필요는 없겠지
요."

"처음 내 공격을 피해낸 것도 놀라운데 설마 내 정체를 짐작하고 있
었다는 뜻인가요?"

"공격이 아니라 암습이었지요."

슬쩍 모어언의 말을 정정한 단천엽의 눈에 이채가 떠올랐다. 문득
모어언의 말투가 바뀐 걸 깨달은 것이다.

"모 소저 말투가……."

"운영 언니의 조언을 따랐을 뿐이에요. 그보단 어떻게 날 알아본 거
지요?"

"그야……."

어색한 미소와 함께 단천엽이 코끝을 한차례 실룩거려 보였다. 백
마디 말보다 확실한 대답이었다.

"으음."

신음과 함께 모어언은 미미하게 고개를 끄덕였다.

"확실히 그런 방법이 있었군요. 냄새로 내 정체를 간파할 줄이야.
격전을 벌이는 순간 냄새를 맡을 수 있다니, 당신은 시력뿐만 아니라
후각도 놀랍군요."

'말투만 변했을 뿐 제멋대로인 성격은 여전하군. 마치 타고 다닐 말

을 고르는 것 같은 말투잖아?"

내심 쓴웃음을 지은 단천엽이 목소리를 낮췄다.

"그런데 운영 누나는 어디에?"

모어언이 얼굴에 힐난의 기색이 떠올랐다.

"어디로 갔을 것 같나요?"

"설마……?"

"당신이 생각하는 그대로일 거예요. 운영 언니는 얼마 전 당신을 보호하기 위해 황룡각을 떠났어요. 이곳을 내게 맡기고서."

더 이상 말은 안 했지만 모어언의 얼굴엔 '그런데 어째서 당신이 이곳에 있는 거죠?' 란 표정이 떠올라 있었다. 단천엽으로선 혀를 찰 수밖에 없는 상황이었다. 그와 제운영은 완전히 길이 어긋나 버리고 만 것이다.

"그렇군요."

"그래요."

고심하는 표정이 된 단천엽을 지그시 바라보던 모어언이 얼른 그에게 다가가 손을 잡아끌었다.

"무슨?"

"본래 당신은 이곳에 있어선 안 돼요. 그래서 별채에 숨겨놨던 건데 엎질러진 물이 됐군요. 어차피 지금부터 오늘 밤 나타난 대마두의 앞에서 도망친다는 건 불가능한 일이니 당신은 지금부터 절대 내 곁을 떠나지 말아요. 지금부터 당신은 나 모어언이 지킬 테니까."

마치 갓 태어난 병아리를 품는 어미 닭처럼 단천엽을 자신의 뒤로 돌려세운 모어언이 허리에 매달려 있던 청강장검을 빼 들었다. 평소 애용하던 강철대검은 천은마갑과 같이 놔뒀기에 그녀가 믿을 수 있는 병기는 그뿐이었다.

그런데 그때였다. 선수필승(先手必勝)이란 강호의 고언에 충실하게 줄곧 여만해를 몰아쳐 가던 구공 도장이 일순 뒤로 물러섰다. 그리고 하나하나가 검기를 뿜어내며 여만해를 몰아쳐 가던 지편들이 일시 공중에서 힘을 잃고 흩어졌다. 느닷없이 튀어나온 혈광검의 폭풍이 일으킨 변화였다.

게다가 혈광검이 일으킨 변화는 거기서 끝난 게 아니었다. 구공 도장이 뒤로 물러선 순간 자색 검기를 뿜으며 달려들던 운청환의 몸에서 확 핏물이 솟았다. 사선을 이루며 떨어져 내린 혈광검의 검기 중 하나가 반 토막 난 청빙을 날려 버림과 동시에 그의 가슴을 가르고 지나갔다.

"쿨럭!"

최후의 순간 일어난 붉은 기운의 도움을 받아 뒤로 물러선 운청환의 얼굴엔 이미 핏기가 가셔 있었다. 화산비전 자하강기(紫霞罡氣)를 일으켰음에도 단지 심장 부위를 보호할 수 있을 뿐이었다.

이를 악문 채 흉측하게 갈라진 가슴을 손으로 가린 운청환을 향해 여만해가 이를 드러냈다.

"나 외에 반검을 사용하는 녀석은 본래 살려두지 않거든."

"원시천존!"

도호성과 함께 일시 뒤로 물러섰던 구공 도장이 지편들을 휘몰고 달려들었다. 무방비 상태인 운청환을 향해 들어 올려진 혈광검을 막기 위함이었다.

그러나 이미 짐작하고 있었으리라. 운청환을 향해 들어 올려졌던 혈광검은 순간 회전을 일으키더니 구공 도장의 지편들을 갈가리 찢어버렸다.

한차례 회전만으로 혈광검은 수백 개가 넘는 검기 성광을 만들어냈다. 처음 운청환이 펼쳤던 칠성둔형이 우스워질 정도의 변화였다.

'여태까지 전력을 다하지 않았었단 말인가?'

구공 도장은 천지사방으로 흩어지는 지편들을 향해 양손을 들어 올리곤 노구를 부르르 떨었다. 태풍을 만난 노송이 된 그의 안색은 연신 변화했다.

검기를 뿜어내던 지편 하나하나엔 구공 도장이 평생 연마한 대천강진기(大天罡眞氣)가 실려 있었다. 지편이 찢긴다는 건 그의 생명력이 깎이는 것과 다름없었다.

이윽고 공중을 부유하던 지편들이 하나둘 힘을 잃고 떨어져 내렸다. 종남비전 대천강진기가 파괴된 것이다.

"여기까지군."

여만해의 이가 다시 드러났다. 그리고 더 두고 볼 것도 없다는 듯 공중에 멈춰 있던 혈광검이 운청환의 목젖으로 떨어지려는 찰나,

위잉!

수백 근이 넘는 바윗덩이가 날아드는 소리였다. 소리가 일자마자 후끈한 바람이 여만해의 면전을 덮쳤다. 그가 황룡각에 들어선 후 처음으로 당한 직접적인 공격이었다.

카캉!

옴짝달싹도 못하고 있던 운청환의 목젖을 떠난 혈광검에서 폭발에 가까운 소음이 일었다. 쇠와 쇠가 부딪쳐 생사를 결판 짓는 소리였다. 거의 직각에 가깝게 움직인 혈광검이 막아낸 건 바윗덩이가 아니었다.

그것은 섬광처럼 날아든 한 자루의 청강장검이었다.

'재밌군.'

혈광검에 부딪쳐 비산하는 검편들을 힐끔 바라본 여만해의 시선이 구공 도장의 어깨 너머를 향했다.

상관인 경천기를 보호하고 있던 청의검수들에게 접근하는 호리호리한 청영 하나가 그의 시야에 들어왔다. 방금 전까지 단천엽의 앞을 지키고 있던 모어언이었다.

"잠깐 검 좀 빌릴게요."

"엇!"

경천기를 지키는 검진의 한 축을 담당하고 있던 청의검수의 얼굴에 당황의 기색이 떠올랐다. 흐릿한 그림자가 다가왔다고 느낀 순간 모어언에게 목숨같이 여기던 검을 빼앗긴 것이다.

게다가 검을 빼앗긴 건 그뿐이 아니었다. 연달아 몇 명이나 되는 청의검수들이 똑같은 꼴을 당했다. 그저 흐릿한 그림자를 볼 수 있었을 뿐 그들은 자신들이 어떤 수법으로 검을 빼앗겼는지조차 알 수 없었다.

일곱 개나 되는 검을 옆구리에 낀 채 단숨에 검진을 통과한 모어언이 어느새 구공 도장의 곁으로 다가섰다.

"소협은?"

모어언이 구공 도장을 별빛 같은 시선으로 바라봤다.

"삼십 년 전 한 명의 기재가 나타나 구산 중 가장 끝에 위치했던 종남선파를 당당한 강북의 오대강파(五大强派)에 들게 만들었다고 들었어요."

"……."

"아무리 상대가 반검경혼이라 해도 종남선파 이백 년 내 최강의 고수라 불리는 분께서 이만치나 당하고 그냥 물러서시겠다는 건 아니겠지요?"

구공 도장의 창백하게 질렸던 안색이 슬쩍 변했다. 그저 미미한 변화였다. 그러나 찰나간에 두 번이나 생사지간을 넘나든 운청환의 얼굴엔 경악에 가까운 기색이 떠올랐다. 익히 안면이 있던 구공 도장에게서 낯설음을 느낀 것이다.

"서, 설마……?"

모어언의 등장을 유심히 지켜보고 있던 여만해가 운청환을 향해 냉소를 터뜨렸다.

"흥, 멍청한 녀석! 네 녀석은 설마 구공 따위 말코에게 이 몸이 도장이란 존칭을 붙이리라 본 것이냐? 얼간이들이 모인 구산에서 내 검을 이만치나 막아낼 수 있는 자는 파불소림(破佛少林)의 회심(悔心) 땡초와 아미신창(峨嵋神槍)의 심수(心樹) 비구니를 제외한다면 종남산의 일엽(一葉) 말코밖엔 없는 게 당연하지!"

"역시!"

넋 잃은 표정이 됐던 운청환의 고개가 저절로 끄덕여졌다. 그는 그제야 자신이나 경천기와 비슷한 무위를 지녔다고 생각했던 구공 도장이 여만해와 격전을 벌일 수 있었던 내막을 알 수 있었다.

그때 모어언이 옆구리에 끼었던 청강장검들을 바닥에 우르르 떨구곤 차가운 시선을 여만해에게 던졌다.

"듣던 바와 같이 광오하군요. 설마 일엽 진인께서 여태까지 최선을 다했다고 생각하는 건 아닐 텐데요?"

"그럴까?"

여만해의 입가에는 여전히 매마른 조소가 매달려 있었다.

'흐흐, 늙은 말코가 꾀를 부리다가 난처한 상황에 처했군. 여차하면

구공이란 말코를 버리는 걸로 자파의 명예를 지키려고 했을 터인데.'

'으음, 지금까지 본도가 전력을 기울이지 않았던 건 사실이나 마두 역시 아직 반검을 뽑아 들지 않았다. 그래서 섣불리 정체를 드러내지 않으려 했거늘, 느닷없이 나타난 어린아이 때문에 이젠 뒤로 물러서지도 못하게 됐구나.'

'그래서 어쩔 텐가? 일이 재미없게 됐는데 그래도 계속 싸우려는가? 이제부터 우리 둘이 제대로 붙으면 적당히는 끝나지 않을 터인데?'

'곤란하게 됐도다.'

찰나간에 두 사람의 절대고수가 나눈 시선 속에선 수많은 밀어들이 오고 갔다. 오직 그들과 같은 위치에 오른 극소수의 사람들만이 공감할 수 있는 밀어였다.

그때 두 사람의 눈빛 교환을 냉연히 지켜보던 모어언의 눈빛이 더욱 차가워졌다.

"싸우다 말고 두 사람, 뭐 하는 거죠?"

"험험, 별로."

"원시천존!"

두 사람은 얼른 끈끈하게 교차되던 시선을 거둬들였다. 다만 표정이 침중하게 변한 일엽 진인과 달리 여만해는 모어언을 흥미롭다는 듯 바라봤다.

"어린아이의 악력이나 배포가 보통이 아니다. 네가 바로 사천과 섬서의 접경에서 반검맹의 월영(月影)들을 박살 낸 녀석이냐?"

"그들이 반검맹의 특수 암살 부대인 월영전단(月影戰團)에서 나온 자들이었나요?"

"시인하는 것이냐?"

모어언이 미미하게 고개를 끄덕였다. 그녀는 바닥에 떨궈놓은 청강
장검들을 일별한 후 수중의 장검을 들어 올렸다. 이미 검봉에는 찬연
한 검기가 맺혀 있었다.

"당신은 날 찾아 장강을 건넌 것일 테지요?"

"어쩌면."

"그럼 뭘 망설이나요? 일엽 진인께선 더 이상 끼어들 생각이 없는
듯하니 당신은 사양할 필요가 없어요."

"……."

모어언은 수중의 청강장검으로 가볍게 검결(劍訣)을 만들어 보였다.
전날 단천엽이 목격했던 검법의 기수식이었다. 본능적으로 일엽 진인
의 망설임을 느낀 그녀는 자신이 전력을 다해 여만해를 상대하기로 결
정한 것이다.

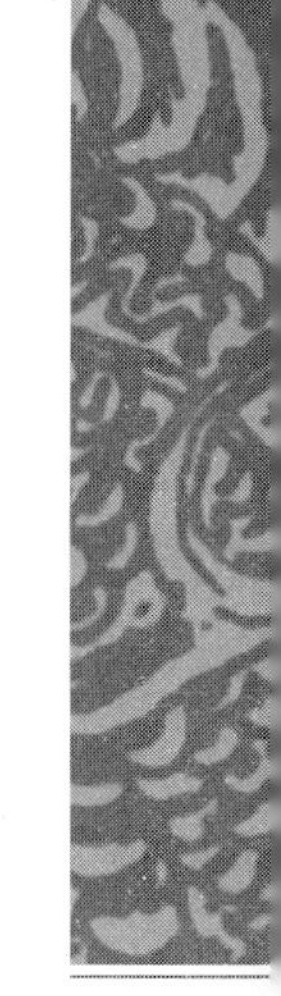

무인창(無刃槍)

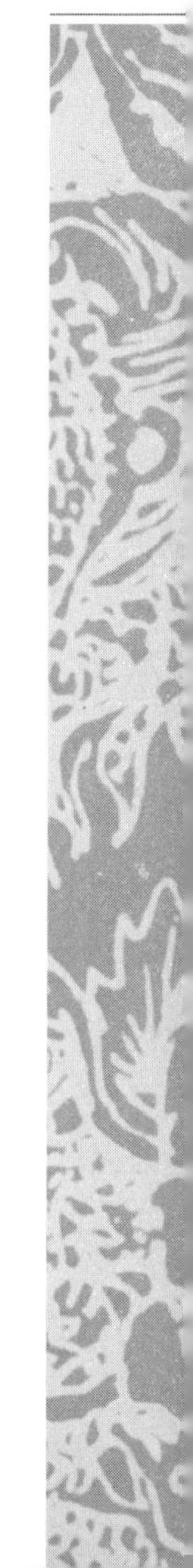

무인창(無刃槍) 1

　　제운영의 얼굴은 딱딱하게 굳어 있었다. 평소 어떤 일이 있어도 떠나지 않던 입가의 미소조차 사라진 채 보이지 않았다. 단천엽이 기거하던 별채를 발칵 뒤집어놓고 나서던 중 조그만 얼굴이 온통 눈물로 범벅이 된 시비를 만난 직후의 변화였다.

　　'간교하고 징글맞은 애늙은이 녀석! 처음부터 그냥 얌전만 떨고 있진 않으리라고 생각했지만 이렇게 중요한 때에 모습을 감추다니, 내 찾기만 하면 반쯤 죽도록 패놓고 다신 이런 짓을 하지 않겠단 서약을 받고 말 테닷!'

　　내심의 투덜거림과는 달리 골목을 따라 신형을 날리는 제운영의 얼굴엔 근심이 서려 있었다. 오늘 밤 섬서지부는 길보단 흉이 넘쳐 났다. 지금으로로선 한시라도 빨리 단천엽을 찾아 보호하는 게 급선무란 생각이 그녀의 발걸음을 재촉했다.

그때였다. 꼼꼼히 주변을 살피며 신형을 날리던 제운영의 발길이 일순 멈칫했다. 그녀의 눈앞에 평소와 달리 골목 구석구석을 환하게 밝히고 있던 횃불이 보였고 그 주변에는 두 명의 무사들이 쓰러져 있었다.

'응?'

제운영은 재빨리 그들에게 다가갔다. 그리고 무사 중 한 명의 코끝에 손가락을 갖다 댄 순간 그녀의 눈가에 가벼운 파문이 일었다. 마치 잠이라도 든 듯한 얼굴을 한 채 무사는 숨이 끊겨 있었다.

'난 이곳으로 오는 동안 조그만 소리도 듣지 못했다. 그러니 이들은 미처 경호성조차 발하지 못하고 죽었다는 건데……'

제운영은 오늘 섬서지부를 방문한 흉수가 자신으로선 상대할 수 없는 수준의 고수라고 생각했다. 눈앞의 이, 삼류급 무사들을 제압하는 건 그녀 역시 어려운 일이 아니나 이렇게 삼엄한 경계 속에서라면 얘기가 달랐다. 죽이기는 고사하고 소란없이 침투하는 것도 쉽지 않을 터였다.

재빨리 다른 무사의 숨결 역시 확인하고 신형을 일으킨 제운영의 마음이 다급해졌다. 흉수에 대한 경계심이 높아지자 행방불명된 단천엽에 대한 걱정이 치솟았다.

채챙!

번개같이 일월도검을 뽑아 든 제운영의 신형이 순간 바람처럼 날아올랐다. 평소 그녀의 눈가에 머문 채 떠나지 않던 짓궂은 눈웃음이 자취를 감춘 것과 동시에 벌어진 일이었다.

파파팟!

출수와 더불어 여만해의 혈광검에 뒤로 밀려난 모어언은 연달아 검을 바꿔 들곤 용맹하게 달려들었다. 일검일식(一劍一式)을 펼칠 때마다 그녀의 검이 자지러지는 비명과 함께 박살났기 때문이다.

거대한 철검에 익숙해진 그녀의 패도적인 힘을 일반의 청강장검이 얼마 감당치 못한 건 당연한 일이랄까?

그렇게 다섯 번째 검이 부서진 순간 일시 뒤로 물러섰던 모어언의 검법이 바뀌었다.

검을 내지를 때마다 대기를 찢어발기던 패도가 씻은 듯 사라지고 유성과 같은 빛무리가 일어났다. 패도를 일시 쾌(快)로 바꾼 것이다.

번쩍!

모어언의 손을 떠난 빛무리는 순식간에 여만해의 전신 삼백육십 개 대혈을 모조리 노리고 파고들었다.

보통 강호의 검객들이 펼치는 검기(劍氣)나 검기(劍技)를 전혀 찾아볼 수 없는 단순한 찌르기이나 놀라운 속도였다.

검영(劍影)이 파고들기도 전에 여만해의 황포무복은 폭풍에 휘말린 듯 펄럭거렸다. 마치 거센 광풍에 휘말린 듯한 모습이었다.

그러나 일시 황포무복인의 움직임이 멈춘 순간이었다.

쩌쩡!

너무나 빨라 오히려 느리게 보이던 모어언의 쾌검이 찔러가는 모습 그대로 불꽃을 일으켰다.

한 치의 오차도 없이 전개된 그녀의 찌르기를 가로막은 붉은 섬광!

그것은 바로 뒤늦게 전개된 혈광검의 검기였다.

지이익!

미처 뒤로 물러설 틈도 없었으리라. 손아귀가 폭발하는 듯한 압력을 느낀 것과 동시에 뒤로 밀려난 모어언의 수중엔 이미 검 자루만이 쥐어져 있었다.

'손이 쓰리다!'

모어언은 지독한 통증을 느꼈다. 그동안 부러뜨린 다섯 자루의 검은 그녀 자신의 힘을 이기지 못한 것이나 이번만은 사정이 달랐다. 여만해의 혈광검과 정면으로 맞부딪쳤기에 검은 박살나고 호구는 찢어져 피가 흘렀다. 완벽한 패배였다.

그러나 다소 창백해진 안색을 한 채 모어언은 마지막 검을 집어 들었다. 오늘 밤의 상황은 그저 고하(高下)나 정하는 강호의 일반적인 비무가 아니었다. 누군가 한 명이 죽어야만 끝나는 검투였다. 상대의 압도적인 힘을 깨달았다 하여 뒤로 물러설 순 없었다.

여만해가 슬쩍 충천하던 혈광검의 검기를 거둬들이더니 입가에 빙글거리는 웃음을 담았다.

"방금 전의 일검은 훌륭했다."

"칭찬인가요?"

"칭찬이라면 즐거울 텐가?"

순간 모어언은 아랫입술을 살짝 깨물었다. 분했던 것이다. 하지만 자신이 여섯 자루의 검을 박살 내고 바꿔 드는 것을 안 여만해가 전혀 선공을 가하지 않았다는 걸 그녀는 알고 있었다.

모어언이 곧 평정을 되찾자 여만해의 입가에 매달려 있던 조소가 슬며시 자취를 감췄다.

"대개 화산검파의 검법은 기(氣)를 먼저 수련하고 검식을 나중에 익힌다. 중후한 맛은 있으나 변화와 세기가 약할 수밖에 없지. 그런데 너는 연달아 정통 화산검법을 펼치면서도 전혀 검의(劍意)에 사로잡히지 않더구나. 그 나이에 벌써 그만한 경지에 올랐으니 천하에 보기 드문 기재라고 해도 무방할 것이다."

"……."

"하지만 너는 어째서 오늘 내가 이곳을 방문하리란 걸 알면서도 도망가지 않았던 것이냐? 나는 어차피 네 얼굴을 모르니 몰래 도망쳤다면 네가 지닌 무위와 그동안 보인 재지로 볼 때 섬서성을 넘어 하남성까지 도망가는 것도 불가능하지만은 않았을 텐데?"

질문은 모어언에게 던졌으나 여만해의 시선은 근처에서 넋을 놓고 있던 운청환을 바라보고 있었다. 모어언의 검을 받는 동안에도 정신을 분산해 주변을 살핀 탓에 그는 운청환의 시시각각 변해가는 얼굴 표정을 놓치지 않고 있었던 것이다.

"그건……."

모어언은 입을 열자마자 닫아야만 했다. 언제 넋을 잃고 있었냐는 듯 복잡한 얼굴을 한 운청환이 몸을 일으키곤 버럭 소리를 질렀다.

"마두야, 마두야! 그녀는 절대 화산검파의 제자가 아니다! 너는 잘못 생각한 거야! 그녀는……."

"원시천존!"

찰나의 순간이었다. 일엽 진인에게서 흘러나온 도호성에는 웅혼한 내력이 담겨 있었다. 일시 혼란한 상태로 소리치던 운청환의 뒷말이 씻은 듯 사라졌다. 그리고 그 순간,

펄럭!

어지러이 땅바닥에 떨어져 있던 지편 중 하나가 날아오르더니 운청환의 마혈(麻穴)에 소리없이 내려앉았다. 순간적으로 마혈을 점혈한 것이다.

“진인?”

“빈도의 무례를 용서하시오!”

파팟!

다시 지편을 날려서 운청환의 아혈(啞穴)마저 점혈한 일엽 진인의 신형은 어느새 모어언의 옆에 다가서 있었다. 언제 뒤로 물러서 있었냐는 듯 그의 도포 자락은 태풍을 만난 듯 크게 펄럭거렸다. 구공 도장으로 불리던 때완 완전히 격이 달라진 듯 막강한 기도가 그의 노구를 중심으로 넘실거렸다.

여만해의 안색이 슬쩍 변했다.

“말코, 기어코 해보자는 것인가?”

일엽 진인의 눈에서 맑은 정광이 일어났다.

“빈도는 이미 대천강진기를 십이성 성취했고 옆의 여아(女兒)는 화산검파의 정묘한 검법에 정통하다. 마두의 검법이 비록 천하를 떨어 울리지만 이겨낼 수 있겠는가?”

“또 합공을 하겠다는 뜻인가?”

“사람을 구하려는 일이니 빈도는 일신의 조그만 명성에 구애받지 않을 것이다.”

여만해의 눈에 괴이한 기운이 떠올랐다.

‘그런 말을 하려거든 눈앞의 계집애가 앞으로 나서기 전에 했어야 했다. 방금 전까지 전혀 나설 마음이 없던 말코가 느닷없이 앞으로 나선 것도 이상한데 자신의 체면조차 돌보지 않으려 하니 정말 이상한 일이로구나. 말코도 나 여만해가 그만한 협박에 뒤로 물러설 인간이 아니란 것쯤은 알고 있을 텐데……’

슬쩍 운청환을 바라보며 염두를 굴린 여만해의 이가 드러났다.

"말코도장에게 무언가 다른 뜻이 있는 듯하구나. 설마 나더러 시세가 불리함을 알고 물러나란 뜻이더냐?"

"……."

일엽 진인은 대답 대신 두 손을 슬쩍 모아 보였다. 포권이나 불가의 합장과 비슷한 모습이나 그의 몸에선 한 가닥 상서로운 기운이 일어났고 그 순간 기경이 벌어졌다.

파라라라락!

얼마 전의 대전 시 주변으로 산개됐던 지편들이 다시 생명이라도 얻은 듯 일엽 진인의 곁으로 날아들었다. 게다가 그렇게 모여든 지편들은 몇 차례 회전을 일으키더니 서로서로 합쳐지기 시작했다.

"검?"

신음처럼 내뱉은 모어언의 탄성대로였다. 지편들은 삽시간에 공중에서 커다란 검의 모양을 형성했다. 보통의 장검을 적어도 몇십 배는 능가하는 거검이었다.

"……."

당장이라도 자신의 정수리를 향해 떨어질 듯 위용이 대단한 거검을 바라보던 여만해의 입이 일시 한일 자로 굳어졌다. 종남선파의 무공이 독특하다는 건 무림에 널리 알려진 사실이나 이와 같은 기경을 보게 되리라곤 짐작조차 못했으리라.

지그시 눈을 반개한 일엽 진인이 입술을 열었다.

"옆의 여아가 분전하는 동안 빈도는 손상됐던 대천강진기를 다시 완벽하게 복구했다. 마두는 빈도의 파사검(破邪劍)을 받아낼 수 있겠는가?"

"그게 말로만 듣던 도가의 파사검이란 말인가?"

"완벽하게 연성하진 못했으나 능히 마두의 반검을 꺾을 정도는 될 것이다. 그러니……."

"뒤로 물러나라?"

일엽 진인이 미미하게 고개를 끄덕였다.

"옆의 여아가 익힌 화산검법은 운 대협보다 훨씬 윗길이다. 빈도의 파사검을 막아낸다 해도 마두에겐 승산이 없을 터, 오늘의 일전으로 이름에 오점이 남는 건 상관없으나 일세의 검인(劍人)이 덧없이 사라지는 건 빈도 역시 바라지 않는다. 마두는 헛된 생각을 버리고 좋게 말할 때 강남으로 물러가는 게 좋을 것이다."

우웅!

일엽 진인의 거검이 하늘을 향해 울었다. 마치 용이 우는 듯했다. 그에 따라 자신의 황포무복이 당장이라도 갈가리 찢길 듯 펄럭거리자 여만해의 입가에 사라졌던 조소가 다시 떠올랐다.

"흐흐, 연달아 합공이라니!"

"……."

"그래도 주제는 아는 말코로군."

"원시천존!"

일엽 진인의 입에서 다급한 도호성이 터져 나온 것과 동시였다. 차가운 냉소와 더불어 여만해의 옆구리에서 섬뜩한 혈전광(血電光)이 솟아올랐다. 드디어 천하에 짝을 찾을 수 없다는 반검이 뽑혀진 것이다.

'하! 저러기 위해 검을 두 자루나 갖고 있었구나!'

여만해와 모어언이 대결하는 동안 몰래 근처로 다가들던 단천엽은 내심 신음을 삼켰다. 여만해의 손을 떠난 혈광검이 일엽 진인의 파사검과 뒤엉킨 순간 일어난 반검일섬(半劍一閃) 때문이었다.

입가에 비웃음을 지우는 것과 동시였다. 마치 이기어검(以炁馭劍)처럼 혈광검을 날린 여만해는 벼락처럼 일엽 진인의 가슴을 반검으로 갈랐다.

찰나의 순간 벌어진 변화였다.

그러나 무림 중에 종남선파의 무공이 괴이하다 알려진 건 파사검이나 대천강진기만으로 기인한 것이 아니었다.

가슴이 혈전광에 갈리기 직전 일엽 진인의 주변에서 수백 개나 되는 불꽃이 일어났다. 파사검을 이루고 있던 지편들 중 일부가 불꽃으로 변해 그의 전신을 에워쌌다.

파파팟!

중간에 벼락처럼 변한 검식 덕분에 산 채로 몸이 두 쪽 나는 걸 면한 일엽 진인의 안색이 창백하게 질렸다. 혈전광은 피해냈으나 그 속에 담긴 살기는 막아낼 수 없었다.

그의 입가로 핏물이 배어 나왔다.

"이미 심맥이 진동했다! 빨리 뒤로 물러나 운기하지 않으면 평생의 공력이 물거품이 될 것이다!"

공중으로 날아올랐던 혈광검을 왼손으로 받아 들고 이죽거리던 여만해의 신형이 순간 맹렬히 회전했다. 말과는 달리 일엽 진인의 목을 노리고 파고들던 방향과 반대였다. 어느새 옆으로 다가든 모어언의 찌르기를 피하기 위함이었다. 일엽 진인과 같은 절대고수를 기습하는 와중에도 그는 모어언의 기습을 대비했던 것이다.

파팟!

여만해의 머리카락 몇 올이 하늘로 날아올랐다. 그리고 다시 자신의

목젖을 노리며 파고든 모어언의 검봉을 손가락으로 튕긴 여만해의 혈
광검이 그녀의 마혈을 찔렀다.

"검기점혈(劍氣點穴)!"

"시끄럽다!"

쓰러지는 모어언을 옆구리에 꿴 여만해는 뒤도 돌아보지 않고 혈광
검을 집어 던졌다.

파아앗!

일엽 진인은 부랴부랴 만들었던 파사검으로 혈광검을 막고 다시 입
가에 핏물을 보았다. 이미 심맥이 흔들린 상태이기에 혈광검조차 그에
겐 막아내기 힘들었다.

몇 차례 회전 끝에 주춤거리며 뒤로 물러서는 일엽 진인을 바라보며
신형을 땅에 고정시킨 여만해가 차가운 비웃음을 던졌다.

"흐흐, 종남선파 이백 년의 명성이 오늘 땅에 처박히는구나!"

"워, 원시천존!"

되돌아온 혈광검을 왼손으로 낚아채곤 도로 반검을 검갑에 집어넣
은 여만해의 눈에 살기가 번들거렸다. 처음 그가 호언했던 것처럼 오
늘 천하맹 섬서지부에서 살아나갈 수 있는 사람은 아무도 없어 보였다.

그런데 그때였다. 살기만으로도 사람을 죽일 수 있을 것 같던 여만
해의 눈살이 가볍게 찌푸려졌다. 그리고 슬쩍 자신의 옆구리에 꿰인
모어언을 바라본 그의 고개가 미미하게 흔들렸다.

'아니다, 아니야. 무언가 잘못됐다. 이 여아가 꽤 괜찮은 재질을 지
녔긴 하나 이렇게 쉬울 리가 없다. 상대는 그 뇌정경혼 단가 녀석의 한
쪽 눈을 빼앗은 녀석과 동격인 녀석이라 했다!'

털썩!

쓸모없어진 물건을 버리듯 모어언을 바닥에 내동댕이친 여만해의 눈이 흉맹하게 황룡각 주변을 훑어갔다. 격전 중 자리를 뜬 사람이 없었기에 주변에는 운청환과 일엽 진인을 제외한다면 경천기를 보호하고 있는 청의검수들뿐이었다.

'그리고 보면 이 계집애도 청의무복을 차려입고 있었다.'

대뜸 여만해의 시선이 청의검수들에게 집중되며 문득 그의 입가로 차가운 미소가 번져 나왔다. 그의 시선은 여태껏 전혀 눈길을 끌지 않고 있던 한 명의 청의검수에게 멈춰져 있었다.

"제법 괜찮은 은신술이었다."

'아아!'

단천엽은 일순 어깨를 움찔 떨었다. 여만해의 시선은 영혼을 꿰뚫듯 강렬했다. 더 이상 숨어만 있을 순 없었다.

"들켜 버렸군요."

담 그림자 속에서 슬그머니 모습을 드러낸 단천엽의 좌수에는 칠 척이 넘는 강철창이 쥐어져 있었다. 수중의 강철창을 힐끔 바라보곤 뒤통수를 긁적이는 그를 바라보는 여만해의 눈에 괴이한 기운이 번뜩였다.

"네 녀석은 천하맹의 총단으로 가는 중이었겠지?"

"예, 맞습니다."

단천엽은 천천히 고개를 끄덕여 보였다.

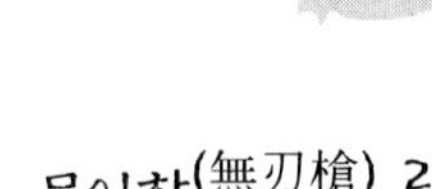

'저 바보!'

쓰러진 자세 그대로 모어언은 입술을 가늘게 떨었다. 가전(家傳)의 이혈신공(移穴神功)을 발휘해 막힌 혈도를 풀고 있던 그녀는 단천엽이 모습을 드러낸 순간 크게 놀랐다. 그의 은신술로 볼 때 이렇게 쉽게 정체가 발각되리라곤 생각지 않았기 때문이다.

게다가 그녀가 무리를 해가며 여만해에게 도전한 건 본래 단천엽이 도망칠 시간을 벌어주자는 의도가 적지 않았다. 여만해와 나란히 명성을 떨치고 있는 단백경의 무위를 알고 있기에 취한 조치였다. 그녀가 아는 바 일엽 진인은 단백경의 상대가 될 수 없었다.

그런데 여만해의 한마디 부름에 스윽 모습을 드러낸 단천엽의 손에는 평소 등에 매달고 다니던 강철 단봉이 연결된 채 들려 있었다. 이곳까지 오는 동안 밤마다 몰래 연습하던 무인창이었다. 처음부터 상황이

다급해지면 홀로 도망가라던 자신의 명령을 그는 전혀 들을 생각이 없었던 것이리라.

'이크!'

자신을 쏘아보는 모어언의 눈길을 슬쩍 바라본 단천엽이 찔끔 놀란 표정을 지어 보였다. 절로 어깨가 떨려왔다.

그녀의 명령대로 도망치지 않은 걸 후회하진 않지만 차후에 당할 일을 생각하니 끔찍했다. 외강내유(外剛內柔)하여 의외로 속이 좁은 모어언의 성격을 알고 있었기 때문이다.

'뭐, 하지만 일단 나중 일은 나중에 생각해 볼까?'

수중의 무인창에 한차례 힘을 쥐어 보인 단천엽의 시선이 자신을 향하자 여만해의 표정이 가볍게 변했다.

자신의 부름에 순순히 걸어나온 것이나 여유있게 주변을 살피는 모습은 이미 충분히 괴이했다.

그런데 순간적으로 쏘아 보낸 살기에도 단천엽이 아무런 동요를 보이지 않자 놀라지 않을 수 없었다.

갈수록 차가워지는 여만해의 눈빛을 직시하며 단천엽이 먼저 입을 열었다.

"저는 이번이 강호 초출입니다. 그래서 선배님의 고명한 이름은 물론이거니와 무림 중의 위치 역시 알지 못합니다. 적절한 예를 차리지 못하니 양해해 주십시오."

"적절한 예?"

"일테면 포권 같은……."

"푸핫!"

생각 이상으로 단천엽의 출현에 긴장하고 있었던 것이리라. 날카롭

게 벼려진 검인이 되어 있던 여만해는 자신도 모르게 헛웃음을 터뜨렸
다.

근처에 일엽 진인이 호시탐탐 기회를 노리고 있음에도 그는 개의치
않았다. 일시 단천엽을 갈가리 찢어 죽일 듯하던 살기가 현저히 감소
했다.

그 순간 단천엽이 크게 한숨을 터뜨렸다.

"푸하! 죽는 줄 알았네!"

"죽어?"

"선배가 쏘아 보내는 기운 때문에 방금 전까진 가슴이 폭발하는 줄
알았거든요."

'이 녀석?'

일시 동공을 작게 수축시킨 여만해의 눈빛이 다시 차갑게 가라앉았
다.

"그런 주제에 전혀 떨고 있지 않구나. 설마 손에 든 통화봉을 가지
고 내게 대항하겠다는 건 아닐 테지?"

'통화봉?'

슬쩍 수중의 무인창을 바라본 단천엽이 씁쓸한 표정을 지었다. 확실
히 날도 세워지지 않은 창두는 통화봉이란 말이 무색하지 않았다.

"통화봉은 너무하군요. 그냥 무인창이라 불러주시면 좋을 텐데요."

"무인창?"

"예, 사람을 해치지 않는 창이랄까요?"

통화봉이라 칭한 창두를 바라보던 여만해가 수중의 혈광검을 떨쳐
보였다. 그저 한차례 떨치는 동작일 뿐인데 그의 주변으로 삼엄한 검기
가 일어났다. 단천엽이 들고 있는 무인창을 시험해 보려는 의도였다.

스으!

자신에게로 검기가 밀려들자 한 걸음 옆으로 움직인 단천엽이 미간을 가볍게 찌푸려 보였다.

"설마 선배같이 이름 높은 분이 저같이 까마득한 후배에게 선공을 하려는 건 아닐 테지요?"

"……."

순간 단천엽을 노리고 파고들던 검기가 순식간에 흔적을 감췄다. 처음부터 발출되지 않았던 것같이 감쪽같은 변화였다. 그러나 여만해는 여전히 자신의 전신을 에워싼 검기를 거둬들이지 않은 채 눈빛을 번뜩였다.

"물론 나는 널 먼저 공격하지 않을 것이다."

"역시 그렇군요."

단천엽이 고개를 주억이자 여만해의 목소리가 퉁명스러워졌다.

"너는 삼 초를 먼저 공격해라!"

"제가 삼 초를 공격할 때까지 전혀 반격을 하지 않겠다는 뜻인가요?"

"네 녀석이 날 선배라 불렀으니 그만한 대접은 해주겠다. 삼 초가 끝날 때까지 난 네게 손도 대지 않고 반격하지도 않을 것이다."

단천엽의 입가에 웃음이 매달렸다.

"그건 너무 제게 잘해주시는 게 아닙니까?"

"잘해줘?"

"예, 선배님은 무림에 명성이 자자한 분인데도 저 같은 애송이를 잡기 위해 강남을 떠나 이곳까지 오셨다고 했습니다. 필시 중대한 사정이 있었을 텐데 절 일부러 놔주려 하시니 후배는 감사할 따름입니다."

말을 끝내자마자 허리까지 숙여 보이는 단천엽을 바라보는 여만해의 이마에 굵은 주름살이 생겼다. 도통 그가 무슨 말을 하는 건지 이해할 수 없었기 때문이다.

"내가 언제 네놈을 놔주겠다고 했더냐?"

여만해의 싸늘한 추궁에 허리를 편 단천엽이 오히려 되물었다.

"선배는 방금 전에 제가 삼 초를 공격하기까지 손을 쓰지 않고 반격도 하지 않겠다고 하셨지요?"

"……."

여만해가 말없이 고개를 끄덕이자 단천엽의 입가에 매달려 있던 미소가 짙어졌다.

"그러니 제가 공격하지 않는 한 선배는 절 절대 건드리지 않겠다고 하신 거잖아요?"

"으음!"

여만해는 자신도 모르게 신음을 토했다. 확실히 단천엽의 얘기를 듣고 보니 자신이 한 말은 그를 건드리지 않겠다는 공언과 다름없었던 것이다.

"그래서 네 녀석은 날 공격할 의향이 없다는 뜻이냐?"

"예."

"이 녀석!"

자신을 향해 빙글거리며 웃고 있는 단천엽을 바라보는 여만해의 눈에서 차가운 살기가 일어났다. 한 자루 검을 들고 위진강호(威震江湖)하는 동안 그는 자신 앞에서 이렇게 능글맞게 구는 자를 본 적이 없었다. 세상의 어떤 절정고수라 해도 그를 대할 땐 어느 정도 두려움을 나타냈던 것이다.

부르르!

분노로 어깨를 가볍게 떤 여만해의 주변에 머물러 있던 검기가 일시 단천엽에게 몰려갔다.

'녀석에게선 특별한 기운이 느껴지지 않는다. 마음만 먹으면 나는 당장 녀석을 죽일 수 있다.'

그러나 여만해는 곧 검기를 뒤로 물렸다. 심중의 분노는 하늘을 찌를 정도이나 그대로 양손을 내려뜨리고 있는 단천엽의 태연자약한 얼굴을 보자 일순 마음 한구석이 뜨끔했다.

파앗!

되돌린 검기를 애꿎은 청석 바닥에 쏟아낸 여만해의 눈에서 일순 괴이한 기운이 떠올랐다. 근처에 아무렇게나 내버려 뒀던 모어언의 체내에서 혈행이 원활하게 움직이기 시작했음을 눈치 챈 것이다.

'혈도를 풀었다?'

순간 그의 수장이 번개같이 모어언의 천령혈(天靈穴)로 떨어져 내렸다.

파팟!

"아!"

단천엽은 자신도 모르게 입을 크게 벌렸다. 여만해의 기습적인 일격에 놀란 것이다. 하지만 그 순간 천령혈로 떨어져 내린 일수를 피해 몸을 옆으로 굴린 모어언은 어느새 신형을 일으켜 세우고 있었다.

"모 소저!"

"이 멍청이!"

평소답잖게 화가 난 표정으로 소리친 모어언의 몸에서 일순 노을과 같은 자색 기운이 번뜩였다. 곧바로 후수(後手)가 이어진 여만해의 수장에 대항하기 위함이었다.

파지직!

충돌의 순간 뒤로 몇 걸음이나 물러선 모어언은 어느새 단천엽의 앞을 가로막고 서 있었다. 만약 여만해가 연달아 수장을 떨쳐 내거나 검기를 쏟아냈다면 다시 대결 전에 들어갔을 터였다.

그러나 자신의 후수가 노을빛 강기에 가로막힌 후 여만해는 비단 이초를 펼치지 않았을 뿐더러 오히려 뒤로 한 걸음 물러섰다. 순간적으로 자신의 수장을 화끈 달아오르게 만든 모어언의 강기에 놀란 것이다.

"자하신기?"

'이런!'

'역시… 그랬던가!'

'원시천존!'

경천기는 물론이거니와 운청환과 힘겹게 절반 넘게 흩어진 대천강 진기를 수습하고 있던 일엽 진인의 안색이 대변했다. 대충 모어언의 신분을 짐작하고 있던 그들은 여만해가 앞으로 어떤 짓을 벌일지 걱정이 된 것이다.

'어떻게 해서든 막아야 한다!'

'모 맹주의 영애가 반검맹 사람에게 살해당한다면 무림은 피바다로 변하고 말 것이다!'

순간적인 판단이었다. 더 이상 운기하길 포기한 일엽 진인이 모어언을 덮쳐 가던 여만해의 앞을 가로막은 순간 역시 운기를 포기하고 신형을 일으킨 경천기가 버럭 소리를 질렀다.

"청의검수들은 일제히 마두를 공격하라!"

"존명!"

삼십 명에 달하는 청의검수들이 일제히 시퍼런 검기를 일으키며 여만해에게 달려들었다. 그들은 목숨을 건 일엽 진인의 파사검에 일시 앞을 가로막힌 여만해를 검진으로 에워싸고 미친 듯 검기를 발산해 댔다.

그러나 경천기는 청의검수들의 검진이 얼마 못 버티리란 걸 잘 알고 있었다. 잠시 그들을 일별한 경천기가 모어언을 향해 창백한 표정으로 소리쳤다.

"모 소저, 달아나시오!"

"경 대협……."

"어서!"

경천기는 성한 손을 내저어 보였다. 그리고 어느새 일엽 진인의 파사검을 밀어내고 청의검수들을 도살하기 시작한 여만해를 향해 달려들었다. 성난 사자와 같은 사자후와 더불어.

휘잉! 휙!

귓전을 스치고 지나가는 차가운 바람에 단천엽은 가볍게 진저리쳤다. 평소 쉽게 추위를 타는 체질이 아니나 지금은 왠지 추위가 느껴졌다. 그를 업고 연신 신형을 날리고 있는 모어언에게서 흘러나오는 기묘한 냉기 때문이었다.

경천기와 일엽 진인의 희생을 뒤로하고 여만해에게서 달아난 모어언은 단천엽을 업은 채 장안성을 빠져나왔고, 다시 몇 개나 되는 산을 넘었다.

평소 걸치고 다니던 천은마갑과 강철대검을 착용하지 않은 상태라 해도 지치는 게 당연한데 그녀는 전혀 쉴 생각을 하지 않았다. 조금이라도 발길을 멈추면 쓰러져 다시는 몸을 일으킬 수 없으리란 판단이었다.

그때 묵묵히 추위와 맞서고 있던 단천엽의 안색이 흐려졌다.

'더 이상 매화 향기가 나지 않는다?

모어언은 땀에 매화 향기가 배어 나오는 독특한 체질이었다. 그런데 체력을 한계까지 소모한 이때 땀이 멈췄다는 건 탈진을 의미했다. 이런 상황을 그대로 방치한다면 심한 병에 걸릴 수도 있었다.

"모 소저……."

"알아요."

"……."

"난 이제 한계예요."

그 말이 끝나기도 전에 모어언은 신형을 멈춰 세웠다. 장안성에서 한참 떨어진 이름 모를 산 중턱이었다. 평소 보인 일이 없는 가냘픈 얼굴이 된 모어언의 입에서 거친 숨결이 흘러나왔다.

"하아, 하! 단 공자……."

"싫습니다."

"당신……."

"난 혼자 도망가지 않을 겁니다."

고집스런 말과 더불어 단천엽은 모어언의 어깨를 지그시 눌렀다. 엉거주춤한 모습으로 서 있던 그녀를 땅에 주저앉힌 것이다. 그리고 냉정히 등을 돌린 그를 향해 모어언이 가벼운 한숨을 토해냈다.

"이곳까지 오는 동안 나는 전력을 다했어요. 장거리를 단거리처럼 달린 거예요."

단천엽이 뒤도 돌아보지 않고 말했다.

"지금부터 운기조식에 들어가도 회복하는 데 대충 반 시진 정도가 필요하겠지요?"

모어언의 얼굴에 가벼운 놀람이 스쳐 갔다. 단천엽이 자신의 운기조식에 필요한 시간까지 파악하고 있을 줄은 몰랐기 때문이다.

모어언이 아랫입술을 살짝 깨물었다.

"반 시진은 긴 시간이에요. 그는 반드시 우리 뒤를 쫓아올 거예요."

"압니다."

"단 공자는 경 대협과 일엽 진인의 희생을 헛되이 하려는 건가요?"

단천엽의 어깨가 가볍게 흔들렸다.

"내가 어찌 그분들의 희생을 잊을 수 있겠습니까?"

"그렇다면 어째서 내 말을 듣지 않는 거죠? 그에게서 우리 두 사람이 모두 도망친다는 건 불가능하단 말예요!"

"그건……."

신형을 돌리던 단천엽은 일순 움찔한 얼굴이 됐다. 어느새 발갛게 물든 모어언의 눈에 맺힌 물기를 발견한 것이다.

"모 소저……."

모어언이 얼른 소맷자락으로 눈가를 훔쳤다.

"난 당신을 구하기 위해 운영 언니까지 버리고 왔어요. 언니와 난 친자매나 다름없었는데도. 그런데 당신은 이렇게 고집을 부리고 있군요."

단천엽이 한숨을 토해냈다.

"고집을 부리는 게 아닙니다."

모어언이 소리쳤다.

"고집 부리는 거 맞아요! 운영 언니는 언제나 당신을 고집 센 어린애라고 했어요!"

"그랬단 말입니까?"

"그런 건 중요한 게 아니잖아요!"

"내겐 중요한 문제인 것 같습니다만?"

"어서 꺼져 버려요!"

단천엽이 완강하게 고개를 가로저었다.

"싫습니다!"

"……."

"난 모 소저를 놔둔 채 떠날 수 없는 겁니다."

"……."

단천엽은 더 이상 말하지 않고 얼른 신형을 돌려세웠다. 무척 부끄러운 말을 내뱉었다는 생각이 든 것이다. 만약 제운영이 옆에 있었다면 족히 몇 달간은 두고두고 놀림을 당했을 만한.

무인창(無刃槍) 3

단천엽을 빠히 쳐다보던 모어언은 나직한 한숨을 토해냈다. 자신이 무슨 말을 한다 해도 눈앞에 보이는 등은 절대 움직이지 않을 듯 보였다. 그냥 그렇게 느껴졌다.

'바보……'

모어언은 지그시 눈을 감았다. 포기한 것이다. 어차피 이렇게 된 바에야 한시라도 빨리 흐트러진 내력을 가다듬는 편이 낫다는 생각이 들었다.

여만해와 일장을 교환한 이래 그녀의 몸을 철통같이 보호하던 자하신기는 심하게 손상된 상태였다. 계속 체력만으로 버티기엔 이미 한계에 도달한 상황이었다.

"후우!"

바른 자세로 가부좌를 틀고 앉은 모어언의 입에서 가는 숨결이 흘러나왔다. 이미 육성의 경지를 넘어선 자하신기였다. 몇 차례 호흡만으로 그녀는 어느새 무아지경에 빠져들고 있었다.

문득 코끝을 스치는 매화 향기에 고개를 돌린 단천엽의 눈에 이채가 떠올랐다. 지금이라도 당장 여만해가 추격해 올지도 모르는 절박한 상황인데 운기조식에 들어간 모어언의 얼굴은 지극히 평온해 보였다. 칠흑같이 어두운 산중이 일시 세상에서 가장 안전한 곳인 듯 느껴질 정도였다.

'어쩌면 그녀에게는 지금의 내가 걸리적거리는 존재일지도 모르겠군.'

잠시 취한 듯 모어언을 바라보던 단천엽은 탈출 시 분리해 놨던 무인창을 다시 조립했다. 그저 몇 차례 손을 움직였을 뿐인데 키릭 하는 소리와 함께 무인창은 다시 본래의 위용으로 돌아갔다.

묵직한 느낌.

단천엽은 수중의 무인창을 몇 차례 만지작거리다 불현듯 앞으로 찔렀다. 아무런 준비 동작 없이 이뤄진 것을 제외하면 그저 그런 평범한 찌르기였다.

그런데 찌른 상태 그대로 잠시 멈춰 있던 창두가 미세하게 비틀린 순간이었다.

휘오오!

일순 무인창의 창두를 중심으로 매서운 돌개바람이 일었다. 무인창에 꿰뚫린 산중의 바람이 뒤늦게 진저리를 일으킨 것이다. 그리고 그것이 바로 시작이었다.

회창(回槍)과 동시에 연달아 십여 차례나 똑같은 찌르기를 반복한 단천엽이 흐릿한 달빛을 받으며 현란한 창무(槍舞)를 추기 시작했다.

찌르고, 때리고, 훑고, 돌리고…….

마치 실체가 없는 그림자라도 된 듯 단천엽은 모어언의 주변을 빙글빙글 돌며 무인창을 휘둘렀다.

사천과 섬서의 경계에서 모어언이 방천화극으로 펼쳤던 것과 비슷한 듯 비슷하지 않은 창술이 그에게서 연달아 펼쳐졌다. 이미 그와 무인창은 한 몸이 되어 둘이 될 수 없을 듯 보였다.

그렇게 한 식경가량이 흘렀다.

한차례 창영난무(槍影亂舞)를 끝낸 단천엽이 문득 움직임을 멈췄다. 광포할 정도의 움직임이었음에도 그의 숨결은 전혀 거칠어져 있지 않았다. 우가촌에서 무인창을 얻은 후 밤마다 이와 같은 수련을 반복한 덕분이었다.

"……."

단천엽은 완전히 무아지경에 빠져든 모어언의 안색을 유심히 바라봤다. 이미 조금이나마 남아 있던 의식조차 그녀에게는 보이지 않았다. 주변을 진저리치게 만들던 창영난무가 그녀에겐 부드러운 자장가나 다름없었으리라.

'시간이 됐다!'

모어언에게서 시선을 뗀 단천엽은 한차례 하늘을 올려다보곤 재빨리 신형을 날렸다. 모어언의 등에 업혀 올라왔던 산길을 도로 내려가기 시작한 것이다.

'상대는 자부심 강한 절대고수인데다 산노를 능가하는 은신술과 추적술을 지닌 사람이다. 우리가 도망친 뒤 일엽 진인이나 경 대협이 목숨을 걸고 막았다면 한 시진이 아니라 반나절가량은 시간을 벌 수 있

었을 테지만······.'

산길을 달리며 단천엽은 슬그머니 고개를 흔들었다. 모어언과 나눴던 대화완 달리 천하맹에 속한 경천기는 몰라도 일엽 진인이 목숨을 걸리란 생각은 들지 않았다. 그 정도쯤 되는 고수라면 물러설 때와 나아갈 때쯤은 알 것이란 판단이었다.

그래서 단천엽은 대충 남은 시간을 일각에서 이각 사이로 봤다. 여만해 정도의 무공을 익혔다면 자신 역시 충분히 그 시간 안에 추격할 자신이 있었다.

대충 모어언과 거리를 벌린 단천엽은 방향을 꺾었다. 일부러 몇 가지 흔적을 남기며 그는 시간이 지날수록 모어언이 있는 곳에서 멀어져 갔다. 그러다 산의 반대 편 중턱에 도달한 단천엽의 눈에 이채가 떠올랐다.

'이건······.'

문득 발길을 멈춘 단천엽의 앞에는 몇 개나 되는 동굴(洞窟)이 보였다. 일부러 숲이 우거진 곳으로부터 멀어졌기 때문에 주변은 온통 황량한 암석투성이였다. 특별히 기후가 돌변할 만한 요소가 보이지 않는 걸 보면 숲의 침습을 거부하고 있는 건 돌밭을 이룬 토질에 있을 듯 보였다.

슬그머니 땅에서 흙 한 줌을 쥐어 입가에 갖다 댄 단천엽의 고개가 미미하게 끄덕여졌다.

"역시 흙에서 신맛이 나는구나."

신맛이 난다는 건 토질에 석회 성분이 많이 섞여 있다는 뜻이다. 물에 잘 녹는 성질인 석회석이 많은 지형엔 식물이 자라지 못하고 동굴 역시 흔하게 만들어졌다.

눈앞에 보이는 것 말고도 주변에 동굴이 더 많으리라 생각한 단천엽은 멈췄던 발걸음을 더욱 빨리했다. 동굴을 발견한 순간 한 가지 생각이 뇌리를 스친 것이다.

그렇게 주변을 한 바퀴 돈 끝에 단천엽이 멈춰 선 곳은 암흑을 벗삼아 고독을 즐기는 듯 음산하게 입을 벌리고 있는 동혈 앞이었다.

주변의 제법 규모가 큰 동굴들과 달리 동혈의 입구는 꽤 작았다. 간신히 사람 하나가 들어갈 수 있을 정도의 크기인데다 위에는 기형적으로 큼지막한 바윗덩이가 튀어나와 있었다. 만약 지진이나 산사태라도 난다면 흔적도 없이 사라질 게 분명했다.

휘익!

성큼 동혈 위에 튀어나온 바위로 뛰어오른 단천엽의 입가로 흐릿한 미소가 번져 나왔다. 만 근이 넘어 보이는 크기를 제외하곤 그다지 볼품이 없어 보이는 바위가 지금 그에겐 천군만마보다 더욱 든든하게 느껴졌다.

'이젠 승부를 걸어볼 수 있겠다!'

내심 환호성을 터뜨린 단천엽은 손바닥으로 바위의 이곳저곳을 매만져 미세한 균열이 있는 곳을 찾아냈다. 오래된 바위라면 한두 군데쯤 있기 마련인 틈새였으나 지금으로선 사막의 감로수와도 같은 발견이었다.

"늦었습니다."

살갗을 바늘로 찌르는 듯한 살기를 느낀 순간 단천엽은 누워 있던 자리에서 펄쩍 뛰어 일어섰다. 별을 바라보기를 그만둔 것이다. 그러나 당당한 목소리나 태도와 달리 수중의 무인창을 아무렇게나 내려뜨린 그의 모습은 허점투성이 그 자체였다.

단천엽을 발견하자마자 한 가닥 살기를 화살처럼 쏘아 보낸 여만해의 눈살이 가볍게 찌푸려졌다.

'날 기다리고 있었단 말인가?'

여만해는 두어 걸음 만에 단천엽 앞에 모습을 드러냈다. 야풍에 옷자락을 펄럭이는 그에게선 이미 살기가 보이지 않았다. 애초에 자신의 등장을 알리기 위한 살기였기 때문이다.

단천엽이 슬며시 고개를 숙여 보였다.

"원로에 고생이 많으셨습니다. 생각했던 것보다 늦게 도착하셔서 약간 걱정했습니다."

"내가 늦어서 걱정했다?"

"예, 선배의 실력으로 볼 때 제가 있는 이 곳에 이제야 도착했다는 건 다른 사람들이 위험해진다는 것과 마찬가지라서요. 선배가 살육을 좋아하는 사람이 아니란 건 알고 있었지만 좀 걱정이 됐습니다."

"그렇다는 건 네 녀석 스스로 날 유인하기 위해 이곳에 남았다는 것이냐?"

"예, 그렇습니다."

순순히 고개를 끄덕여 보이는 단천엽을 바라보는 여만해의 눈에서 일순 괴이한 빛이 번뜩였다. 왜소하진 않지만 장대하다고도 할 수 없는 단천엽이 일순 크게 느껴졌기 때문이다.

'역시 평범하진 않은 녀석이군.'

내심 고개를 끄덕인 여만해가 슬쩍 코웃음을 쳤다.

"흥, 말은 정말 잘하는 녀석이구나. 어차피 날 떨치고 달아날 수 없었을 뿐인 것을. 하지만 내 앞에서 그런 건방진 말을 내뱉는 녀석을 만난 것도 오랜만이니 처음 말했던 대로 삼 초를 봐주겠다."

"……."

"물론 목숨을 건지고 싶으면 끝까지 날 공격하지 않아도 좋다. 난 허언은 하지 않을 테니까."

말을 끝낸 여만해는 양 수장을 아무렇게나 늘어뜨렸다. 처음 쏘아 보낸 살기가 무색할 정도로 광명정대한 모습이었다. 그러나 단천엽은 오히려 마음이 다급해지는 걸 느꼈다. 그가 파악한 여만해란 사람은 타고난 승부사였다. 스스로 자신없는 행동을 할 사람이 아니었다.

'무언가 노림수가 있다!'

잠시 염두를 굴린 끝에 여만해의 노림수를 깨달은 단천엽이 슬그머니 뒤로 한 걸음 물러섰다. 어느새 무인창은 가슴까지 들어 올려져 있었다.

"…따로 잡아둔 사람이 있는 겁니까?"

여만해의 입가로 싸늘한 미소가 번져 나왔다.

"제법 괜찮은 수법이었다만 내 추종술(追蹤術)은 강호에서도 따를 사람이 드물다. 이미 창천무극검제 모문환의 여식이 있는 곳쯤은 파악한 상태다. 네 녀석이 끝내 꾀를 부린다면 나는 당장 그곳으로 달려갈 것이다."

"……."

단천엽은 내심 한숨을 푹 터뜨렸다. 여만해가 지닌 끝 모를 능력에 두려움을 느낀 한편 모어언이 아직 안전하다는 안도감 때문이었다.

'하지만 잔꾀는 이걸로 끝이다!'

수중의 무인창에 슬쩍 시선을 던진 단천엽이 정중히 고개를 숙여 보였다.

“그럼 살살 부탁드리겠습니다.”

‘엇!’

여유만만해하던 여만해의 입가에서 미소가 사라졌다. 여태껏 순진한 소년과 같던 단천엽에게서 일어난 기괴한 기운을 느낀 것이다. 그리고 그 순간 과거 천은마갑을 입은 모어언에게 달려들 때와 같은 얼굴을 한 채 단천엽이 움직였다.

파앗!

바람처럼 무인창을 중단에서 상단으로 옮긴 단천엽은 여만해의 안면을 그대로 찔러갔다. 평소 가장 많이 연습했던 무변(無變)의 찌르기였다.

변화를 배제한 만큼 맹렬한 일격!

게다가 무변으로 보이던 무인창은 여만해의 눈앞에서 순간 몇 개나 되는 동심원을 만들며 변화했다. 만약 창두가 도착하기 전에 먼저 움직임을 보였다면 동심원의 변화가 바로 그 뒤를 쫓았으리라.

그러나 여만해는 끝까지 움직이지 않았다. 자신의 안면으로 파고든 무인창을 바라보던 그는 창두가 동심원을 만들어낸 순간 고개를 살짝 옆으로 움직였을 뿐이다. 그것만으로도 무인창의 일격을 피해내는 데는 충분했다.

“일 초!”

지옥 염왕과 같이 무거운 목소리였다. 하지만 단천엽은 떨지 않았다. 그는 회창과 동시에 무인창을 크게 휘둘렀다. 그의 허리가 크게 굴신하며 휘둘러진 무인창이 벼락같이 여만해의 단전(丹田)을 노리고 파고들었다.

역시 별다른 변화가 담기지 않은 일초!

'전보다 힘이 있다!'

처음의 일 초보다 동심원은 훨씬 작아져 있었다. 때문에 벌 떼와 같은 소리를 내기 시작한 무인창을 피해 재빨리 철판교(鐵板橋)를 펼친 여만해의 목소리가 더욱 무거워졌다.

"이 초!"

역시 단천엽은 떨지 않았다. 그는 이미 끈적한 핏물이 배어들기 시작한 무인창에 더욱 많은 피를 뿌렸다. 찔러간 동작 그대로 펄쩍 뛰어오르며 철판교 상태인 여만해의 머리를 일도양단의 기세로 내려친 것이다.

파악!

여만해는 앞의 두 초식 때와 달리 삼 초라 말하지 못했음은 물론이거니와 결국 뒤로 한 발짝 물러서야만 했다. 예상을 뛰어넘는 단천엽의 초식 운용 때문이었다.

'하지만 그것만으로 내가 뒤로 물러난 것일까?'

자신의 눈앞에서 부르르 떨고 있는 무인창을 바라보며 여만해는 복잡한 기색이 됐다. 그저 손을 뻗어 공수입백인(空手入白刃)을 펼치기만 하면 무인창을 뺏을 수 있었다. 그 뒤 단천엽을 제압하는 것 또한 별로 어려운 일이 아니었다.

그런데 그는 순간 망설였다. 무인으로서 평생 본 바가 없는 종류의 움직임을 보이는 단천엽을 좀 더 지켜보고 싶다는 생각이 든 것이다. 그리고 그 잠깐의 망설임은 무인창의 새로운 변화를 불러일으켰다.

휘릭!

잠시 멈칫했던 단천엽의 무인창은 다시 맹렬한 기세를 품고 여만해의 전신 요혈을 노리며 파고들었다. 드디어 본격적인 실력을 드러내기 시작한 것이다.

파파팟!

최초의 삼 초처럼 극단적인 공격은 더 이상 없었다. 단천엽은 장병의 능력을 십분 살린 공수 전환을 보이며 연신 주변을 뛰어다녔다. 그는 직감적으로 여만해의 머뭇거림을 눈치 챘고, 그것을 최대한 활용하려 했다.

'최대한 동굴 쪽으로 끌어들여야 한다.'

내심을 숨긴 채 단천엽은 들판에 풀어놓진 야생마처럼 뛰어다니며 무인창을 휘둘렀다. 공격을 하는가 하면 뒤로 물러섰고 때리는가 하면 어느새 옆을 훑어 들어왔다.

짧은 순간 단천엽은 자신이 여태껏 배워왔던 모든 것을 여만해에게 쏟아냈다. 오로지 그를 동굴 쪽으로 유인하려는 의도를 숨기기 위함이었다.

그렇게 시간이 흘러 단천엽은 결국 여만해를 동굴 부근까지 유인해 오는 데 성공했다. 밀고 당기던 와중 두 사람은 동굴 부근까지 밀려와 있었다. 이제 조금만 더 힘을 쏟으면 그의 의도는 성공할 수도 있어 보였다.

그런데 그때였다.

'응?

무엇엔가 홀린 듯 단천엽의 무인창에 무기력한 대응을 반복하던 여만해의 눈에서 일순 싸늘한 안광이 폭사됐다. 순간적으로 그의 등쪽으로 날카로운 기운이 파고든 것과 동시였다.

파팍!

마침 찔러 들어온 단천엽의 무인창을 손끝으로 튕겨낸 여만해의 신

형이 바람처럼 뒤로 회전했다. 어느새 코앞까지 파고든 노을빛 강기에
대응하기 위함이었다.

파지직!

두 번째 격돌이었다. 가볍게 모어언의 자하신기를 튕겨낸 여만해의
얼굴에 잔인한 표정이 떠올랐다.

"모문환이 대단한 딸을 낳았구나. 감히 나 여만해를 두 번이나 공격
해 들어오다니!"

"당신 따위가……."

모어언은 말을 채 끝맺지 못하고 왈칵 피를 토해냈다. 처음과 달리
그녀의 자하신기에 대비하고 있던 여만해의 일장에는 적지 않은 힘이
담겨 있었다.

여만해의 입가에 살소가 떠올랐다.

"흐흐흐, 그럼 다시 한 번 내 일격을 받아봐라!"

"……."

자신을 향해 수장을 들어 올리는 여만해를 바라보는 모어언의 안색
이 창백하게 질렸다. 그녀에겐 이미 그의 일장을 다시 받을 만한 힘이
남아 있지 않았다.

그런데 그때였다. 무인창을 타고 파고든 한 가닥 거창한 기운에 밀
려 뒤로 물러났던 단천엽이 버럭 소리쳤다.

"선배, 아직 저와의 싸움이 끝나지 않았습니다!"

"뭐?"

어느새 무인창을 동굴 어귀에 박아넣은 단천엽의 수중에는 한광(寒
光)을 번뜩이는 이기(利器)가 들려져 있었다.

생사를 건 내기

단천엽이 손에 든 이기. 그것은 장삼두가 칼집을 만들어준 예의 단검이었다. 투명한 검광이 범상치 않으나 자루를 제외하면 고작해야 한 뼘을 조금 넘을 정도의 크기이니 단검이라기보다는 비수에 가까운 형태였다. 보통의 무인이라면 신체의 일부처럼 자유자재로 다루던 무인창을 버리고 선택할 만한 무기는 아니었다.

그런데 단천엽의 손에 들린 단검을 일별한 순간 여만해는 주춤 뒤로 물러섰다. 마치 자신을 노리고 날카로운 검기가 파고드는 듯한 위협을 느꼈기 때문이다.

'스스로 검기를 뿜어낼 정도의 이기란 건가? 일이 예상외로 귀찮게 됐군.'

여만해의 입가에 이지러진 주름이 생겼다. 느닷없는 모어언의 등장으로 단천엽의 상궤를 벗어난 움직임을 관찰할 기회를 잃은 건 애석한 일이었다. 한시라도 빨리 모어언을 처리하고 다시 단천엽을 도발하려 했는데 느닷없이 모습을 드러낸 단검의 범상치 않은 모습이 마음에 걸렸다. 수많은 대결에서 승리를 거둔 승부사의 감각이 위험 신호를 보내왔다.

"꽤나 좋은 물건을 가지고 있지 않은가? 왜 창에다 매달지 않았지?"

여만해의 질문에 단천엽이 단검을 역수로 쥐어 보이며 대답했다.

"본래는 그리할 생각이었습니다만 꽤나 꼬장꼬장한 대장장이를 만나서 무인창으로 만족할 수밖에 없었습니다."

"꼬장꼬장한 대장장이를 만났다?"

"창두로 삼기엔 지나치게 날카롭다고 하더군요."

여만해가 차갑게 코웃음 쳤다.

"흥, 역시 어린애라는 것이냐? 돈을 쓰든가 완력을 써서라도 너는 그 물건을 창두로 삼았어야 했다."

"그분은 돈에 움직일 분이 아니었고 무림인을 혐오하는 분이었습니다. 무림인을 혐오하는 분께서 손수 자신의 신념을 꺾었는데 어찌 거기서 더 많은 걸 바라겠습니까?"

"신념? 대장장이에게 무슨 신념이 있다는 것이냐?"

"절대 사람을 살상하는 무기는 만들지 않겠다는 신념입니다."

"……."

여만해의 시선이 처음으로 움직임을 보였다. 그는 모어언과 단천엽에게 노림을 당하고 있는 상황임에도 동굴 바닥에 박혀 있는 무인창을 바라봤다. 고집스레 무인창을 만든 대장장이도 대장장이지만 그걸 신체의 일부처럼 몸에 익힌 단천엽의 외골수적인 성질이 가슴을 때려왔다.

'역시 녀석은 관찰할 만한 값어치가 있겠어!'

이지러져 있던 여만해의 입술이 한일 자가 됐다가 순간 입꼬리를 묘하게 치켜 올렸다. 황룡각에 처음 모습을 드러냈을 때 보였던 것과 똑같으면서도 어딘가 다른 웃음을 만들어낸 것이다. 그리고 바로 그 순간이었다.

파팟!

아무런 준비 동작도 없이 뒤로 휘둘러진 여만해의 손끝에 모어언이 걸려들었다. 마치 솔개의 발톱에 걸린 병아리처럼 그녀는 여만해의 품 안으로 딸려 들어갔다.

그야말로 순식간에 벌어진 변화!

"엇!"

놀라 입을 벌린 단천엽에게 징그러운 웃음을 던진 여만해가 품 안의 모어언을 그에게 집어 던지며 바람처럼 앞으로 달려들었다.

파파팟!

순간적으로 모어언을 끌어안은 채 단천엽은 동굴 속을 뒹굴었다. 이미 수중의 단검을 휘둘러 여만해에 맞선다는 생각 따윈 저만치 날아가고 없었다. 그는 모어언을 끌어안은 채 여만해의 악마 같은 공격을 피하는 데 사력을 다했다.

그때 단천엽의 가슴을 손으로 밀치고 반대 편으로 신형을 굴린 모어언이 다시 자하신기를 일으켜 여만해를 때렸다. 평소 발휘했던 것의 십 분지 일도 안 되는 힘이었으나 무시하기 쉽지 않은 공세였다.

파팍!

막 단천엽을 잡으려던 수장을 돌려 모어언을 동굴 벽으로 날려 보낸 여만해의 눈앞에서 섬뜩한 검광이 번뜩였다. 어느새 그의 배후로 다가선 단천엽이 단검을 휘둘러 공격해 온 것이다.

"건방진!"

짓씹는 분노성과 달리 여만해는 황급히 뒤로 물러서야만 했다. 그저 서늘한 기운을 느꼈을 뿐인데 일시 눈앞이 캄캄해지는 걸 느꼈다.

이미 그는 동굴 속에 들어서 있었기에 뒤로 물러서는 수밖에 도리가 없었다. 동굴에 들어선 이후 처음으로 그가 단천엽과 모어언보다 동굴 안쪽에 위치한 순간이었다.

'됐다!'

단천엽은 거의 천우신조(天佑神助)로 얻은 기회를 놓칠 수 없었다. 연달아 검광을 일으켜 거짓 공격을 가하곤 모어언에게 다가선 그의 손에 불끈 힘이 들어갔다.

"단 공자?"

"동굴 밖으로!"

모어언의 가녀린 몸이 동굴 밖으로 날아갔다. 호리호리한 편인 단천엽의 몸을 생각한다면 믿을 수 없는 괴력이었다. 그리고 바닥을 연달아 굴러 무인창을 꽂아뒀던 곳에 이른 단천엽이 어느새 코앞까지 다가선 여만해에게 검광을 뿌리며 소리쳤다.

"더 이상 다가오면 동굴을 무너뜨리겠습니다!"

"뭣?"

여만해는 어느새 뒤로 대여섯 걸음을 물러서 있었다. 그 정도 거리쯤은 촌각 안에 단축할 수 있다는 자신감의 발로였다. 그러나 그 짧은 거리가 단천엽에겐 크게 느껴졌다. 무인창을 짚고 선 그의 모습은 자못 당당해져 있었다.

"무인창이 꽂힌 곳은 동굴 위에 튀어나와 있는 만근거암의 뿌리에

해당하는 장소입니다. 선배가 오기 전 뿌리와 이어진 틈을 크게 벌려 놨기 때문에 제가 이곳에 박아 넣은 무인창을 뽑아 든다면 곧 동굴의 입구는 무너져 내리고 말 겁니다."

여만해의 눈에서 괴이한 빛이 번뜩였다.

"너는 산에서 자랐느냐?"

"철이 들 무렵부터 산을 뛰어다니며 놀았더랬습니다."

"그냥 놀기만 한 것은 아니겠구나?"

"예, 그냥 놀기만 하진 않았습니다. 산을 경험하고 산의 이치를 깨닫는 세월이었습니다."

단천엽은 말을 하는 동안에도 여만해를 바라보는 시선을 흩트리지 않았다. 믿을 수 없을 정도로 순식간에 모어언을 제압한 그의 무위를 눈앞에서 목도했기 때문이다.

천근추(千斤墜)를 펼치듯 슬그머니 양발을 정(丁) 자로 벌려 보이는 단천엽에게서 묵직한 기운이 느껴졌다. 백 마디 말을 뛰어넘는 의지가 그 속에는 담겨 있었다.

'괴물 같은 녀석……'

나직이 투덜거린 여만해가 단천엽의 등 뒤로 보이는 동굴 밖을 바라 봤다. 연달아 자신에게 얻어맞고 안색이 백지장처럼 변한 모어언의 모습이 보였다. 달빛을 받아 한 떨기 고고한 매화와 같이 아름다운 그녀의 미모를 보자니 단천엽의 마음이 이해가 됐다.

"동굴을 무너뜨리면 너 역시 죽는다. 네 녀석은 젊은 나이에 미색을 탐해 목숨을 내놓으려는 거냐?"

"미색?"

"호호, 네 녀석은 모문환의 여식에게 마음을 빼앗겨 목숨을 걸려는 것이잖느냐?”

“저는 그런 것이…….”

단천엽은 변명을 끝맺지 못했다. 동굴 밖에서 들려온 분노한 목소리가 그의 말을 끊었다.

“허, 헛소리는 하지 마세요!”

“…….”

말을 하는 동안 연달아 피를 토해내는 모어언의 가냘픈 외침에 처음으로 단천엽의 시선이 흔들렸다. 일반인이라면 일어났는지조차 간파할 수 없을 만한 변화였으나 여만해 같은 절대고수에겐 충분하고도 남음이 있었다.

스윽!

여만해는 노호와 같이 단천엽을 덮쳤다. 여태껏 의식적이든 무의식적이든 보였던 망설임이 전혀 보이지 않는 벼락같은 기습이었다.

파파파파팟!

갈고리처럼 변한 여만해의 수영은 단천엽의 전신 혈도를 벼락같이 쓸어갔다. 살려면 무인창을 놓고 옆으로 몸을 굴릴 수밖에 없는 수법이었다.

그러나 그 순간 단천엽이 택한 건 삶이 아니었다.

“모 소저, 동굴에서 멀어지시오!”

여만해의 수영이 자신의 전신 사혈을 찍으려는 찰나 단천엽은 주저 없이 무인창을 빼 들었다. 그는 처음부터 여만해의 공격을 피할 생각 같은 건 하고 있지 않았던 것이리라.

“이… 녀석!”

우르르!

귀청을 울리는 굉음을 들은 순간 여만해는 이를 악물었다. 당장 눈앞의 단천엽을 찢어 죽이고 싶었으나 그에게 화를 내고 있을 여유가 없었다.

파앗!

단천엽을 놔둔 채 그는 바람처럼 동굴 밖으로 신형을 뽑아 올렸다. 만근거암이 입구를 막기 전에 동굴을 빠져나가야만 했다.

그런데 그때였다. 막 동굴을 벗어나려던 여만해가 잠시 신형을 주춤거렸고, 그 순간 암경(暗勁)으로 변한 자하신기가 파고들었다. 동굴 입구가 붕괴되는 순간 모어언이 앞뒤를 가리지 않고 안으로 뛰어든 것이다.

"악!"

가냘픈 비명 소리를 들은 순간 단천엽은 어둠 속을 달렸다. 모어언의 몸에서 나는 매화 향기로 그는 쉽사리 그녀를 찾아낼 수 있었다.

'정신을 잃었다!'

한눈에 모어언의 상태를 파악한 단천엽은 재빨리 그녀를 들쳐 업고 동굴 안쪽으로 뛰었다. 만근거암이 떨어져 내린 충격으로 동굴 천장에서는 돌덩이가 떨어져 내렸고 등 뒤에선 분노에 찬 여만해의 부르짖음이 칼날처럼 파고들었다.

한참을 달린 끝에 단천엽이 발길을 멈춘 곳은 천장에서 물방울이 조금씩 떨어져 내려 호수를 이룬 곳이었다. 어둠 중에 그의 감각을 자극한 건 물방울이 호수에 떨어질 때 들리는 맑은 소리뿐이었다.

호수 한 켠에 모어언을 내려놓은 채 바닥에 귀를 갖다 댄 단천엽은 한동안 정신을 집중했다. 여만해가 살아 있음을 알기에 한시라도 주의를 게을리 할 수 없었다.

시간이 흘러 한참을 바닥에 붙어 있던 단천엽은 문득 어깨를 부르르 떨었다. 찾고 있던 여만해의 움직임 대신 그의 귓전을 때린 건 금방이라도 끊어질 듯 가녀린 신음성이었다.

"으음!"

'모 소저!'

황급히 모어언에게 다가간 그는 손을 그녀의 머리에 갖다 대곤 안색이 굳어졌다. 그녀의 상세가 자신의 생각 이상으로 심각하다는 걸 깨달은 것이다.

그때 열에 들떠 신음하던 모어언이 단천엽의 손을 잡아 끌며 흐느끼기 시작했다.

"오라버니! 오라버니!"

"모 소저……."

"어, 어째서, 어째서……."

단천엽의 손을 끌어안은 채 모어언은 흐느꼈다. 그녀의 목소리는 당장이라도 끊어질 듯 가냘팠고 몸은 불덩이처럼 뜨거웠다. 제정신이 아닌 게 분명했다.

"……."

그런 모어언에게 팔을 맡긴 채 단천엽은 불현듯 불가사의한 감정을 맛봤다. 여행을 함께하는 동안 누이와 같은 정이 든 제운영에게선 한 번도 느껴보지 못한 종류의 감정이 불쑥 고개를 쳐들고 있었다.

"흑흑, 오라버니……."

"언매!"

결국 모어언에게서 손을 빼내길 포기한 단천엽은 외려 그녀를 강하게 끌어안았다. 폭발할 듯 뜨겁게 달아오른 불덩이 같은 몸을 끌어안은 채 그는 한동안 가만히 있었다. 지금 이곳엔 그녀의 다정한 오라버니만이 필요하다는 걸 알고 있었기 때문이다.

시간이 흘렀다. 당장이라도 끊어질 듯 급하던 모어언의 숨결이 서서히 진정되어 갔다. 연달아 여만해에게 당한 내상에도 불구하고 육성에 도달한 자하신기는 그녀의 심맥을 철통같이 지켜내고 있었다.

'하지만 모 소저의 내상은 극심하다. 이대로 자연 치유되기만을 기다리고 있을 순 없다.'

단천엽은 심한 초조감을 느꼈다. 여만해를 앞에 두고 서슴없이 무인창을 뽑아 들었던 그가 지금은 자신도 모르게 몸을 떨고 있었다. 자신의 품 안에서 이대로 모어언이 죽을지도 모른다는 공포심 때문이었다.

그런데 문득 단천엽의 가늘게 떨리던 어깨가 동작을 멈췄다. 몇 차례 경험한 바 있는 살기가 이미 근처까지 다가왔음을 직감한 순간이었다. 모어언에게 정신이 팔려 있는 동안 여만해가 근처까지 다가온 것이다.

'하필이면 이럴 때……'

내심의 동요와 달리 단천엽은 품 안의 모어언을 살며시 바닥에 내려놨다. 마치 보옥을 다루듯 조심스런 동작이었다. 조금이라도 충격을 받으면 모어언의 숨이 끊어질 가능성이 있다는 판단이었다.

스윽!

신형을 돌린 순간 단천엽의 몸이 부르르 떨렸다. 살기의 강도가 갑자기 두 배로 증가해 있었다. 일시 숨이 끊어질 듯한 고통이 그의 신경을 타고 내달렸다. 하늘에서 떨어지는 벼락에 얻어맞은 듯 그의 몸은 경련을 일으키다 못해 비명을 질러대기 시작했다.

우드득!

쏟아지는 살기에 대항하는 것만으로 단천엽의 전신 골격은 해체될 듯 요동쳤다. 이대로 조금만 더 시간이 흐르면 전신의 뼈마디가 모조리 토막 날 것 같았다. 단천엽은 터져 나오려는 비명을 참기 위해 이를 악물었다.

그때 갑자기 살기가 씻은 듯 사라졌다. 그리고 어둠 속에서 분노를 억누른 여만해의 목소리가 들려왔다.

"어째서 비명을 지르지 않는 것이냐?"

"……."

"그리고 어째서 살려달라고 엎드려 빌지 않는 것이냐? 네 녀석은 어째서……."

단천엽이 힘겹게 입을 열었다.

"선배, 그냥 협상이나 하죠?"

"뭣?"

"선배가 당장에 절 죽이지 않은 건 무언가 필요한 게 있어서가 아닙니까? 저 역시 선배에게 원하는 게 있으니 협상이나 시작하자는 겁니다. 더 이상 시간 낭비 할 것 없이."

휘청거리며 여만해의 목소리가 들려온 쪽으로 걸어간 단천엽이 털썩 주저앉았다. 그리고 죽일 테면 죽여보란 표정을 한 채 그는 이마의 땀을 훔쳤다.

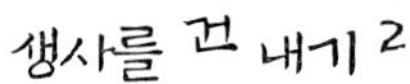

생사를 건 내기 2

"우선 모 소저를 치료해 주십시오."

"싫다!"

"그렇다면 전 협상에 응하지 않겠습니다."

"뭐?"

"협상에 응하는 조건 중 첫 번째를 들어주지 않겠다니 협상의 여지가 없는 것 아닙니까?"

여만해의 입에서 으득 하고 이가 갈리는 소리가 일어났다. 만약 칠흑 같은 어둠 중이 아니라면 그의 얼굴이 잔뜩 일그러져 있는 모습을 볼 수 있었으리라. 번쩍 치켜 올려져 당장이라도 단천엽의 천령개(天靈蓋)를 부술 듯 힘이 들어가 있는 수장과 더불어.

'하지만 이 녀석은 어째서 이렇게 당당한 건가?'

여만해는 동굴에 갇힌 후 줄곧 눈에 힘을 주고 있었다. 눈에 내공을 주입해 어둠을 꿰뚫어 보는 괴물 같은 짓이었다. 그래서 그의 눈에는 흐릿하게나마 첫 번째 조건을 내건 단천엽의 당당한 모습이 보였다. 사실 시력에 의지하지 않더라도 피부로 와 닿는 느낌이란 게 있다. 처음 무인창을 들고 자신 앞에 모습을 드러냈을 때와 지금의 그는 전혀 달라진 점이 없었다.

'하긴 그래서 나는 줄곧 녀석을 상대하는 손에 사정을 뒀고 오늘 이 꼴이 되고 만 것이지. 이성적으로는 도저히 설명할 수 없는 녀석의 기이한 태도에 이끌려서.'

잠시의 침묵 끝에 여만해는 들어 올렸던 수장을 도로 내려놨다. 어둠 중에 그의 괴이하게 번뜩이던 눈이 두 개의 광구(光球)를 만들어냈다.

"도대체 네 녀석은 어째서 그렇게 당당한 것이냐?"

"예?"

"저기 쓰러져 당장이라도 숨이 끊어질 것 같은 모가 계집애는 물론이거니와 네 녀석 역시 내가 마음만 먹으면 당장 동굴 박쥐들의 먹이가 될 판이다. 내가 네 녀석에게 조금쯤 흥미가 동했던 건 사실이나 이런 창피를 당하고 보면 인정을 베풀고만 있을 순 없다는 말이다."

"확실히 선배같이 명성이 드높은 분이 나이 어린 후배에게 실수를 펼치고도 모른 척한다는 건 강호제위들의 지탄을 받을 일이로군요. 그러나……."

"누가 강호 떨거지들의 지탄을 두려워한다는 것이냐!"

버럭 노성을 터뜨려 단천엽의 말을 끊은 여만해는 주변을 향해 몇 차례나 수장을 휘저었다. 그의 수장을 따라 맹렬하고 음산한 기운이 연신 주변을 휩쓸어갔다. 심중의 분노를 그런 식으로라도 해소하지 않고선 가슴이 답답해서 견딜 수 없었던 것이다.

그러나 단천엽의 태도는 요지부동(搖之不動)이었다. 광란에 가까운 여만해의 손짓이 끝나기를 기다려 그는 끊겼던 말을 이었다.

"선배는 너무 걱정하지 마십시오. 본래 저는 꽤 입이 무겁습니다. 선배가 모 소저를 치료해 주시면 절대 오늘 밤 있었던 일에 대해선 함구하겠습니다. 사실 저는 오늘 밤 처음으로 선배를 만났으니 다른 사람에게 말할 만한 것도 없긴 하지만요."

"이 녀석……."

"아, 그리고 제가 어째서 당당하냐고 물으셨던가요?"

마치 눈앞의 여만해가 보인다는 듯 어둠을 향해 지걸여 댄 단천엽의 입가에 빙긋 미소가 떠올랐다.

"확실히 저나 모 소저의 목숨은 현재 선배의 손에 달려 있습니다. 하지만 선배 역시 동굴에 갇힌 이상 삶을 자신할 수 없을 겁니다."

"그러니 내가 쓸데없이 체면을 잃고 너희들을 죽이진 않을 거라 생각한 거냐?"

"물론 그런 점도 있지만 선배가 굳이 저희를 찾아온 건 바라는 게 있어서가 아닙니까? 제가 그런 사실을 알고 있으니 어찌 선배를 두려워할 것이며 협상을 주저하겠습니까?"

"허어!"

여만해는 결국 혀를 차고 말았다. 말을 하면 할수록 영활해지는 단천엽의 삼촌설에 기가 막혔다. 하지만 단천엽의 말이 틀린 것도 아니었다. 확실히 그가 서둘러 단천엽과 모어언의 뒤를 쫓아온 건 아쉬운 점이 있어서였다.

여만해는 결국 치밀어 오르는 노화를 억눌렀다.

“그래, 네 녀석 말이 맞다고 치자!”

“그냥 인정하시면 안 됩니까?”

“시끄럽다!”

“예.”

사람이 미우면 발 뒤축이 못생겼다고 트집을 잡기 마련이다. 순순히 입을 다문 단천엽을 매섭게 한차례 쏘아본 여만해가 드디어 속에 있던 말을 끄집어냈다.

“너는 나보다 먼저 이곳에 도착했다. 날 매장시킬 계획을 짜놓은 네 녀석이 설마 동굴 안쪽을 살피지 않은 건 아니겠지?”

“대답 여하에 따라 제 목숨이 달린 건가요?”

“너뿐 아니라 저기 모가 계집애 역시 마찬가지다.”

“하지만 저항할 능력이 없는 소녀에게 손을 쓴다는 건 선배의 명성을…….”

“시끄럽다! 이런 상황에서 명성 따윌 생각할 것 같으냐?”

“설마 선배는 상황에 따라 태도가 변하는 분이십니까?”

“흥! 나는 상황에 따라 태도가 변하는 게 아니라 남의 눈치를 보지 않는 사람일 뿐이다. 더 이상 네 녀석의 말장난을 듣고 싶지 않으니 질문에 대한 대답이나 하거라.”

여만해에게선 예의 살기가 전혀 느껴지지 않았다. 목소리에 다소 화난 기색이 느껴지긴 했으나 단지 그뿐이었다. 그런데 단천엽의 피부엔 어느새 닭살이 돋아 있었다. 그의 본능이 지독한 살기에 압박을 당할 때보다 지금 더욱 위기의식을 느끼고 있었다.

‘하지만 이럴 때야말로 진짜 협상의 묘를 발휘할 수 있는 때이다. 상대가 진심이 됐으니까.’

일순 단천엽의 입가로 평소 보인 바 없을 정도로 강인한 미소가 떠올랐다.

타닥! 탁탁!

몇 차례 부싯돌이 부딪치는 사이 어둠만이 지배하고 있던 공간에 환한 빛이 일어났다.

나뭇가지가 바짝 마른 것도 아닌데 불꽃은 곧 제자리를 잡았고 훌륭한 모닥불이 피워지기까지는 시간도 얼마 걸리지 않았다. 부싯돌로 불꽃을 일으키기 전에 모아놓은 나뭇가지 위에 뿌린 얼마 안 되는 가루가 일으킨 마법이었다.

여만해의 눈에 이채가 떠올랐다.

"…어떻게 그런 걸 가지고 있는 거냐?"

불기운을 조절하느라 몇 차례 콜록거린 단천엽이 고개를 돌리며 어깨를 으쓱해 보였다.

"산 생활을 하다 보면 이것저것 호기심이 많이 생기잖습니까? 야장 기술을 익히는 동안 세상에 화약(火藥)이란 게 있다는 말을 듣고 염초(焰硝)를 약간 만들어뒀었지요."

"그렇다면 네 녀석은 화약을 만들 수 있다는 거냐?"

"그저 조금밖엔 못 만들었고 대량으로 만들어낼 자신도 없습니다. 동굴 입구를 폭파시킬 자신은 더 더욱 없고요."

"끄응!"

여만해는 신음을 참지 않았다. 확실히 그는 단천엽이 불을 피우는 걸 보며 그런 생각을 하고 있었다.

'의외로 순진한 구석이 있는 선배란 말야?'

　　모어언을 모닥불 근처로 옮기곤 옆 자리에 털석 주저앉은 단천엽이
여만해에게 고개를 숙여 보였다.

　　“먼저 모 소저를 치료해 주서서 감사드립니다. 선배의 치료를 받은
이후 거칠던 숨결이 많이 부드러워진 것 같습니다.”

　　“난 모가 계집애를 치료한 게 아니다!”

　　“예?”

　　“네 녀석이 극구 고집을 부려서 최심장(崔心掌)의 공력을 일시 움직
이지 않게 억눌러 놓긴 했다만 여섯 시진을 넘지 않고 다시 움직일 것
이다. 그리고 다시 최심장의 공력이 움직이기 시작하면 저 계집애를
살릴 수 있는 건 세상에 아무도 없을 것이다.”

　　“그 말씀은…….”

　　“더 이상 네 녀석의 말장난에 놀아나지 않겠다는 뜻이다.”

　　말을 끝낸 여만해는 모닥불 옆에 잔뜩 쌓여 있는 나뭇가지 몇 개를
손으로 툭툭 잘랐다. 하는 짓만 보아선 장난감을 빼앗긴 어린애가 투
정을 부리는 것과 다름없었으나 그가 내뱉은 말이 뜻하는 바는 무겁게
단천엽의 가슴을 짓눌렀다.

　　‘슬슬 얘기가 통하게 됐다고 생각했는데…….’

　　내심 한숨을 내쉰 단천엽이 눈살을 찌푸려 보였다.

　　“앞서 말했다시피 이 동굴에는 물이 있고 사냥꾼들이 겨울을 나려고
마련해 둔 장작과 말린 고기가 꽤 많이 남아 있습니다. 적어도 세 사람
이 한 달은 견딜 수 있는 분량이지요. 그것들을 모두 선배와 나누겠다
고 했는데도 부족하단 겁니까?”

　　“부족하다!”

　　“설마 모 소저가 죽기를 바라시는 겁니까?”

"그 모가 계집애가 죽으면 두 명이서 적어도 한 달 반은 버틸 수 있을 것이다. 어째서 네 녀석은 내가 반 달이란 시간을 포기할 거라 생각한 것이냐?"

"그건……."

"왜, 내가 어째서 네 녀석은 살려두기로 했는지 궁금한 것이냐?"

단천엽은 말없이 고개만 끄덕였다. 평소 같으면 이렇게 호락호락 여만해에게 대화의 주도권을 내주지 않았겠지만 모어언의 생명이 걸린 일이었다. 여만해의 내심을 알기 위해 단천엽은 침묵을 선택했다.

잠시 단천엽을 바라보던 여만해의 입가에 조소가 매달렸다.

"사실 맨 처음엔 네 녀석 역시 살려둘 필요가 없다고 생각했다. 천하맹의 섬서지부에 내가 나타났고 모문환의 딸이 사라졌으니 한 달 정도면 충분히 추격대가 몰려올 테니까."

"…거기까지 생각하신 겁니까?"

"내가 그런 것도 생각하지 못할 정도의 바보로 보이는 것이냐?"

단천엽이 고개를 가로저었다.

"제가 산을 내려온 후 만난 어떤 사람보다 선배는 대단합니다. 섬서지부에서 본 일권단악 경 대협이나 뇌망검협 운 대협 역시 대단했지만, 선배와 비교할 순 없었습니다."

"일엽 말코는 어째서 쏙 빼놓는 것이냐?"

"일엽 진인은……."

"설마 하니 그 말코는 나와 비교될 수 있단 것이냐?"

여만해의 얼굴엔 노골적인 으르렁거림이 담겨 있었다. 한마디만 잘못하면 당장 주먹이 날아올 분위기였다.

'하지만 거짓말을 할 순 없으니…….'

내심 쓰게 웃은 단천엽이 말했다.

"제가 보기에 일엽 진인은 구공 도장 흉내를 그만두고서도 선배와의 싸움에서 전력을 다하지 않았을 겁니다. 선배 역시 마찬가지겠지만요."

"그건 어째서 그렇지?"

"만약 섬서지부에서 일엽 진인과 선배가 전력으로 맞붙었다면 적어도 제 눈에 파악될 정도는 아니었으리라 생각됩니다. 선배가 모 소저를 잡았을 때 전 전혀 그 움직임을 파악할 수 없었으니까요."

"흥, 그렇다면 네 녀석은 그때 나와 일엽 말코가 나눈 손속을 볼 수 있었다는 거냐?"

"그저 형태만 보았을 뿐입니다."

뒤통수를 긁적이는 단천엽을 여만해는 다소 황당한 기분으로 바라봤다. 확실히 그나 일엽 진인이 섬서지부에서 전력을 다한 건 아니지만 웬만한 절정고수도 쉽사리 초수를 알아볼 수 없을 터였다. 그만큼 그와 일엽 진인이 나눈 초수는 수준 높은 것이었다.

'그런데도 그저 형태만을 봤을 뿐이라?'

잠시 단천엽을 뚫어지게 바라본 여만해의 입에서 스산한 괴소가 흘러나왔다.

"흐흐흐, 그래서 네 녀석은 처음부터 내가 쫓아올 걸 알고 치밀한 대비를 하고 있었던 것이구나. 동굴의 입구를 무너뜨리는 함정을 준비하고, 혹시 자신 역시 갇힐 것을 대비해서 장기간 버틸 수 있는 준비까지 했어. 보통의 애송이라면 그저 도망가는 것만으로도 정신이 없었을 텐데 말이다."

"……."

"그러니 네 녀석은 사실 당장 동굴을 빠져나갈 수 있는 방법 역시 알고 있는 게 아니냐? 네 녀석의 이유 모를 당당함은 죽음 중에서 삶을 구할 수 있는 열쇠를 알고 있는 자만이 가질 수 있는 것이고?"

타탁!

순간 모닥불 속에 들어가 있던 나뭇가지 중 하나가 큼지막한 불똥을 튕겨냈다. 일순 밝아진 불빛에 비추인 여만해의 얼굴에 짙은 음영이 드리워졌다.

'역시 그 이유였던가?'

여만해를 바라보고 다시 모닥불을 바라본 단천엽이 천천히 고개를 가로저었다.

"선배는 제가 자신있게 모닥불을 켜는 걸 보고 지레짐작하셨군요."

"지레짐작?"

"예, 선배의 예상은 틀렸습니다. 확실히 저희가 갇힌 동굴 안에는 몇 군데 빗물이 스며드는 공간이 통풍구 역할을 해서 숨이 막혀 죽을 염려는 없습니다. 아주 다행스런 일이지요. 하지만 그뿐 사람이 빠져나갈 정도로 큰 공간은 없습니다. 만약 그런 공간이 있었다면 전 절대로 이 동굴을 선택하지 않았을 테니까요."

"결국 네 녀석이 모닥불을 마음대로 켠 건 아무런 의미가 없는 행동이었다는 것이냐?"

"예, 그렇습니다."

스팟!

순간 단천엽의 천령혈에 여만해의 수장이 닿았다가 떨어졌다. 반 푼 정도만이라도 내력이 발출됐다면 한 사람의 생명을 끊어놓을 수 있을 정도의 수법이었다. 그리고 번개가 무색할 동작으로 수장을 거둬들인 여만해의 입꼬리에 차가운 냉소가 매달렸다.

"최심장 중 무영무흔(無影無痕)의 일초이다. 네 녀석은 초식의 변화를 보았느냐?"

"보지 못했습니다."

"다시 전개한다면 볼 수 있겠느냐?"

"역시 보지 못할 것 같습니다."

"빌어먹게 정직한 놈!"

여만해는 털썩 뒤로 누워버렸다. 몇 차례 시험해 본 결과 단천엽이 거짓말로 자신을 속이는 게 아니란 확신이 들자 일시 만사가 귀찮아졌다. 단천엽이나 모어언을 때려죽이는 것도 지금은 별 관심이 없었다.

그런데 잠시 후 쌕쌕거리며 숨을 고르고 있는 모어언에게 다가가 앉아 있던 단천엽이 슬그머니 여만해에게 다가왔다.

"역시 선배는 모 소저를 이대로 죽이시려는 겁니까?"

"맞다, 그럴 작정이다. 모문환과 나는 철천지원수지간으로 한 하늘을 이고 살 수 없을 정도인데 내가 어째서 녀석의 딸을 살려주겠느냐? 나는 웃으면서 모가 계집애가 최심장의 기운에 괴로워하며 죽는 꼴을 구경할 생각이다."

"그렇지만……."

"그렇지만은 또 무슨 그렇지만이냐? 귀찮으니까 너는 얼른 한쪽 구석에 처박혀 있어라. 네 녀석이 벌인 짓을 생각하면 당장 찢어 죽여도 시원치 않겠지만 제법 특이한 구석이 있는 녀석이라 살려놓고 있는 것이다. 만약 마음이 바뀌면 제일 먼저 때려죽일 생각이지만."

여만해는 슬쩍 몸을 돌려 누웠다. 단천엽이 다가온 쪽과 반대 방향이었다. 만약 다시 그를 돌아눕게 만들려면 목숨을 걸어야 할지도 몰렸다.

'그렇지만 이대로 시간만 보내다간 모 소저의 생명이 위험하다!'

모어언 쪽을 한차례 바라본 단천엽은 여만해가 돌아누운 쪽으로 다가갔다. 그리고 눈을 감은 채 잠을 청하고 있는 그에게 말했다.

"선배, 저와 내기 하나 하지 않으시겠습니까?"

"내기?"

"예, 생사를 건 내기입니다."

여만해의 감겨 있던 눈이 슬며시 뜨여졌다. 단천엽이 내뱉은 말보다는 그의 손에 들린 단검에서 뿜어져 나오는 검기를 무시할 수 없다는 판단에서였다.

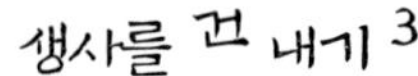

생사를 건 내기 3

여만해의 눈에는 살기가 깃들어 있었다. 당장 손을 쓰지 않는 게 용할 정도였다. 그러나 단천엽은 조금도 굴하지 않는 눈빛을 한 채 수중의 단검을 동굴 바닥에 박아 넣었다.

팍!

"선배에게 말했다시피 저는 산에서 자랐고 손에는 바위를 깎을 수 있을 정도로 예리한 단검이 있습니다. 지금부터 동굴 속의 지형을 천천히 더듬어가다 보면 이곳을 벗어나는 방법 역시 찾아낼 수 있다고 생각합니다."

여만해의 눈에서 살기가 조금 걷혔다.

"동굴 입구를 무너뜨렸듯 다시 바위의 혈을 찾겠다는 것이냐?"

"예, 선배가 제게 최심장의 요결을 가르쳐 주신다면 전력으로 시도해 볼 작정입니다."

“뭐?”

“처음 말했다시피 생사를 건 내기입니다. 제가 지금부터 여섯 시진 이내에 선배의 최심장 요결을 깨달아 모 소저를 구하지 못하거나 이후 동굴을 빠져나갈 방도를 구하지 못하면 지는 조건인.”

“……”

여만해의 시선이 동굴 바닥에 자루까지 박혀 있는 단검을 향했다. 확실히 저렇게 예리한 단검과 한 치의 오차도 없이 동굴 입구를 무너뜨린 단천엽의 능력이 합쳐진다면 동굴을 빠져나갈 가능성도 있다는 생각이 들었다. 내색하진 않았지만 그 역시 단천엽의 괴물 같은 능력에 대해선 이미 인정하고 있었다.

'하지만 내가 수십 년에 걸쳐 연성한 최심장의 공력을 단 여섯 시진만에 깨달아 저 모가 계집애를 살리겠다고?'

단천엽을 쏘아보는 여만해의 입꼬리가 치켜 올라갔다.

“생사를 건 내기라 했으니 여섯 시진 이내에 최심장 공력을 파악해 저 모가 계집애를 살리지 못하면 네 목숨이라도 대신 내놓겠다는 뜻이렷다?”

“한 달 이내에 동굴을 빠져나갈 방도를 강구하지 못하더라도 그렇게 할 작정입니다. 그러니……”

“그러니?”

“만약 제가 운이 좋아 모 소저를 구하고 동굴을 벗어날 방도를 강구하게 되면 선배께서도 저희를 그냥 놓아주셨으면 합니다.”

“그것이 네가 내거는 내기의 조건이냐?”

“그게 전부입니다.”

다시 단검 쪽을 바라본 여만해의 입에서 차가운 코웃음이 흘러나왔다.

"흥! 정 그렇게 죽는 게 소원이라면 그 소원 못 들어줄 것도 없겠지."

펄쩍 뛰어 신형을 일으킨 여만해는 동굴 주변을 몇 차례 돌다가 벼락같이 허공 중에 수장을 쏟아내기 시작했다. 그의 명성을 강호에 떨친 성명절학 중 하나인 최심장의 백팔변초의 시작이었다.

'난 공력의 요결만 설명해 달라고 했을 뿐인데…….'

내심의 투덜거림과 달리 단천엽의 시선은 여만해가 일으키고 있는 손 그림자에서 떨어질 줄 몰랐다. 처음 그가 펼치는 검법에 매료됐던 것처럼 변화막측한 최심장의 변초들 역시 그에겐 매력적으로 다가왔다. 자신도 인식하지 못하는 본능에 이끌리듯 강렬하고 자극적으로.

"으음!"

모어언은 정신을 차린 순간 아미를 살짝 찌푸렸다. 으슬으슬 몸이 떨려오는 게 기분이 좋지 못했다. 평생 느껴보지 못한 노곤함에 몸이 물먹은 솜처럼 무거웠다.

"아직 내력을 끌어올리면 안 됩니다."

익숙한 목소리였다. 그것도 나쁜 쪽보다는 좋은 쪽에 속하는 목소리란 생각이 들었다. 잠시 어지러운 머리를 흔들어 보인 모어언의 얼굴에 경각심이 떠올랐다.

"단 공자……."

"질문은 나중에 하고 일단은 사지백해로 흩어져 가는 공력을 지키는 데 최선을 다하시오. 내력은 끌어올리지 말고."

모어언의 안색이 또다시 변했다. 그녀는 그제야 자신의 몸이 노곤한 이유를 안 것이다. 얌전히 가부좌를 틀고 앉은 그녀의 명문혈과 단전에는 큼지막한 사내의 손이 붙어 있었고 그곳으로 맹렬히 내력이 빨려 나가고 있었다. 과거 주화입마에 빠진 단천엽을 구하려다 한차례 경험한 바 있는 일이었다.

"이······."

모어언은 순간 몸이 부들부들 떨릴 정도로 화가 났다. 당장 눈앞의 단천엽을 박살 내고 싶었다. 그러나 그녀는 곧 이마로 구슬 같은 땀을 연신 쏟고 있는 단천엽의 모습을 보고 깨닫는 바가 있었다.

'내 자하신기를 짓누르던 기괴한 기운이 점차 해소되고 있다. 그는 자신의 기괴한 체질을 이용해서 내 몸속에 파고든 마두의 사악한 내력을 빨아들이고 있는 거야!'

기재인 모어언이기에 가능한 추론이었다. 아니, 그보다는 그동안 단천엽이 보인 태도의 결과라 할 수 있었다. 어느새 모어언은 단천엽을 신뢰하게 된 것이다.

'하지만 이런 모습은······.'

점차 정신이 명료해지자 모어언은 자신의 상반신이 반라에 가까운 상태임을 알 수 있었다. 흐릿한 불빛에 비추인 그녀의 상반신은 가슴 부위를 가린 천 조각을 제외하곤 그대로 속살을 드러내고 있었다. 여인이라면, 장부(丈夫)가 아니라면 보일 수 없는 부끄러운 모습이었다.

안색을 가볍게 붉힌 채 모어언이 입술을 떨었다.

"당신··· 죽여 버리겠어요!"

"난 지금 눈을 감고 있습니다."

"변명 따윈 하지 말아요!"

"죽일 땐 죽이더라도 일단은 내력을 일으키지 않는 데 집중하시오."

"으음."

잠깐 신경이 분산된 순간 자하신기가 크게 흔들리자 모어언은 얼른 입을 다물었다. 일단은 평생 고심참담한 끝에 이룩한 자하신기를 지키는 데 주력함이 옳았다.

그때 조금 떨어진 어둠 속에서 퉁명스런 목소리가 들려왔다.

"흥! 서로를 위해 목숨은 쉽사리 걸던 녀석들이 느닷없이 서로 체면을 차리는 꼴이라니! 죽음이 눈앞에 있는데도 세속의 체면이나 예의에 구속받는구나."

'이 목소리는……'

정신을 모아 자하신기의 붕괴를 지켜내며 모어언은 목소리의 주인이 여만해란 걸 기억해 냈다. 그리고 그 순간 주변이 이토록 어두운 까닭 역시 알 수 있었다. 대붕괴와 더불어 끊겼던 기억의 조각을 찾아낸 것이다.

화악!

모어언은 순간 자신이 반라임을 깨달았을 때보다 더 얼굴을 붉혔다. 평생 느꼈던 것을 합친 것보다 지금이 더욱 부끄럽게 느껴졌다.

슬그머니 외면하고 있던 단천엽 쪽을 바라본 모어언의 눈빛이 가늘게 떨렸다. 처음 봤을 때보다 그의 얼굴에선 훨씬 많은 땀이 흘러내리고 있었다.

'그는 어떤 종류든 내력을 수련하면 주화입마에 빠지는 체질인데 지금 날 위해서 위험을 감수하고 있구나. 천하의 대마두를 앞에 두고서.'

모어언은 다시 눈을 감았다. 그리고 흐트러졌던 정신을 가다듬었다. 전력을 다해 자하신기를 보전하는 데 집중하기 시작한 것이다.

그렇게 시간이 흘러갔다. 적어도 여만해가 세 번에 걸쳐 건육을 씹는 시간이었다.

"큭!"

한차례 신음과 함께 단천엽이 뒤로 나가떨어진 순간 모어언의 가녀린 어깨가 가는 떨림을 보였다. 추위 때문이 아니었다. 체내를 감돌고 있던 최심장 공력의 찌꺼기가 그대로 자하신기 속으로 흡수되며 일어난 몸 안의 변화 때문이었다.

휘오오!

모어언이 일으킨 자하신기를 따라 그녀의 인당(印堂)을 뚫고 한 가닥 붉은 기운이 떠올랐다 곧 사라졌다. 자하신기가 칠성에 도달해야만 보이는 변화였다. 그녀는 단천엽의 도움을 받아 죽음 중에서 최심장의 공력과 사투를 벌이는 동안 정체됐던 자하신기를 한 단계 높은 경지로 끌어올리는 데 성공한 듯했다.

그때였다. 땅바닥에 널브러진 채 숨을 헐떡이고 있는 단천엽에게 다가간 여만해가 냅다 발로 옆구리를 걷어찼다.

"컥!"

단천엽의 입에서 답답한 신음이 흘러나왔다. 옆구리를 걷어채이자 일시 숨이 막혀왔다.

그러나 여만해의 눈빛은 냉랭하기만 했다. 고통스러워하는 단천엽을 내려다보며 여만해는 차갑게 말했다.

"최심장의 공력은 보통 사람에겐 치명적인 독(毒)이나 다름없다. 네 녀석이 비록 최심장의 기본 요결을 깨우쳤다지만 흡성대법으로 모가 계집애의 몸속에 쌓여 있던 기운을 빨아들였으니 목숨이 얼마 남지 않았다고 볼 수 있다. 약속한 대로 모가 계집애는 더 이상 건드리지 않을 테니 죽기 전에 동굴을 빠져나갈 방도를 강구해라!"

"저는……."

“입 다물어라! 네 녀석의 입으로 탁기가 들어가면 들어갈수록 최심
장의 기운은 빠르게 체내로 전파된다. 네 녀석은 동굴을 빠져나가는
방도를 강구하기 전까진 죽어선 안 된단 말이다!”

‘큭!’

단천엽은 웃음이 터져 나오려는 걸 억지로 참았다. 여만해와 같은
절대고수조차 모어언처럼 말하는 걸 보니 자신의 신체가 괴이하긴 괴
이한 것 같단 생각이 들었다.

‘하지만 사람을 곧 죽을 시체처럼 취급하면서도 절대 자신이 손을
쓰려 하지 않는 선배도 정말 괴인은 괴인이다. 나 같으면 벌써 손을 써
궁금증을 풀었을 텐데.’

내심 고소를 머금은 단천엽은 얼른 폭뢰의 구결을 떠올리며 벌떡 신
형을 일으켜 세웠다. 그리고 허공을 향해 누워 있는 동안 장심 끝에 모
아놓은 최심장의 기운을 발경처럼 토해냈다.

“하앗!”

두 사람 분의 목숨을 걸고 한 여만해와의 내기 중 첫 번째 승리 조건
은 그렇게 충족됐다.

“아버지께 강남의 반검은 어떤 세력이나 문파에도 몸을 의탁하지 않
고 홀로 독행하는 고독한 늑대라 들었어요. 그런데 느닷없이 반검맹의
주구가 되어 강북에 모습을 드러낸 것도 이상한데 어째서 단 공자에게
그렇게 잘해주는 거죠?”

단천엽이 동굴 탐험을 떠난 후 둘만 남게 되자 모어언은 여만해를
향해 싸늘한 표정으로 질문을 던졌다. 더 이상 내상의 영향은 느껴지
지 않았으나 여전히 안색이 창백한 그녀를 향해 찬 시선을 던진 여만

해가 냉소했다.

"흥! 내가 그 녀석에게 잘해준다고?"

"당신은 단 공자를 죽이기 위해 반검맹에서 파견된 거잖아요. 그런데 아직까지 그를 죽이지 않았을 뿐더러 자신의 성명절학마저 전수했어요. 그 이상 잘해준다는 게 가능할까요?"

"흐음."

여만해는 잠시 침음했다. 모어언의 얘기를 듣고 보니 과연 자신이 너무 단천엽에게 잘해준 것 같다는 생각이 들었다. 하지만 그것도 잠시, 눈에 괴이한 빛을 번뜩이며 그는 모닥불에 장작을 집어 던졌다.

타탁!

"계집애야, 너는 잘못 생각하고 있다."

"……?"

"지금까지의 결과는 내가 녀석에게 잘해준 게 아니다. 어떤 일이든 최선을 다하는 녀석이 만들어낸 결과이고 녀석이 지닌 괴물 같은 능력이 만들어낸 부산물에 불과하다. 나는 시시각각 녀석을 죽일 마음을 품었지만 계속 그러지 못했고 결국 같은 하늘에서 살 수 없는 모문환의 혈육까지 죽일 수 없게 된 것이다. 그것도 녀석이 비축된 식량이 떨어지기 전에 이 빌어먹을 동굴을 탈출할 방도를 찾아낸다는 가정 하의 말이지만."

모어언의 어깨가 흠칫 떨렸다. 일시 여만해의 무표정한 얼굴에서 일어난 잔인한 기운을 느낀 것이다.

여만해가 슬쩍 이를 드러냈다.

"모문환에게 잘 교육받았구나. 그 정도 나이에 벌써 무형지기를 느낄 수 있는 걸 보면. 하지만 계집애야, 네가 다시 한 번 내게 반검맹의 주구라는 둥의 말을 한다면 난 기필코 그에 응당한 조치를 취할 것이다. 몸에 쥐도 새도 모르게 내력을 심어 몇 달쯤 후 시름시름 앓다가 죽게 하는 건 내 특기 중 하나거든?"

"그럼 당신은 반검맹과 관련이 없다는 뜻인가요? 본 맹의 섬서지부에서 분명 반검맹의 월영에 대해 말했잖아요?"

"그건……."

잠시 말을 멈췄던 여만해가 퉁명스레 말했다.

"확실히 반검맹의 어린 녀석들이 모인 월영전단과 나는 약간 관계가 있다. 월영전단을 맡고 있는 녀석이 내 사제뻘 되는 녀석이니까. 하지만 반검맹의 맹주를 겸하고 있는 남궁세가(南宮世家)의 신검(神劍) 남궁성환이 모문환과 어깨를 나란히 하는 녀석인데 어찌 내가 반검맹에 들어가겠느냐? 설마 하니 그 제 실속밖엔 차릴 줄 모르는 강남오패연합(江南五霸聯合) 놈들이 낭인인 날 반검맹주로 추대할 리도 없고."

"그렇다면 어째서 우리를 쫓아 강북까지 온 거지요? 사제의 부탁을 받은 건가요?"

"흥, 내가 모문환 때문에 사문을 박차고 나온 순간부터 이미 그놈과 나 사이엔 사형제 간의 명분이 끊어졌다고 할 수 있다. 내가 너희들의 뒤를 쫓아온 건 월영들을 도륙한 검법에 흥미를 느꼈기 때문이고 언젠가 들은 바 있는 천하맹 총단의 내성에 모인 괴물들에 대한 확인 차원이었다. 계집애 너처럼 내가 쓸데없는 옛 인연 따위에 연연할 것 같으냐?"

"……."

모어언의 안색이 가볍게 붉어졌다. 확실히 그녀가 섬서지부에서 단천엽을 놔두고 여만해에게 도전한 것은 화산검파의 뇌망검협 운청환을 구하기 위함이었다. 화산검파는 모친인 천향대부인(天香大夫人) 악채봉의 친정이나 다름없었고 운청환이 본래 어머니의 정혼자였음을 알았기 때문이다.

여만해가 재밌다는 듯 웃었다.

"흐흐, 하긴 화산검파 사람들의 심정을 이해하지 못할 바도 아니지. 나 같아도 비무행을 한답시고 들러선 자파의 십대고수에게 치욕을 주고 금지옥엽 같은 장문인(掌門人)의 딸까지 정혼자가 보는 앞에서 훔쳐 간 도둑놈을 쉬이 용서할 순 없을 테니까."

모어언이 아랫입술을 잘끈 깨물었다.

"그런 당신도 아버지에게 패한 분을 못 이기고 사문을 뛰쳐나와 평생 못된 짓만 하고 돌아다니는 들개잖아요!"

"들개?"

"그래요. 아버지는 고독한 늑대라 했지만 내가 보기에 당신은 들개에 불과해요. 당신이 늑대였다면 이렇게 비열하게 사람이 없는 자리에서 욕하거나 하진 않을 테니까요."

"너는 지금 어째서 내가 그동안 천하맹으로 찾아가 복수하지 않은 거냐고 묻는 것이냐?"

"그래요! 진정한 무인이라면 검에 진 빚은 검으로 갚아야 하는 거잖아요!"

여만해의 얼굴에 스산한 삭풍이 불었다.

"그래, 그래서 난 삼 년 전 모문환과의 약속이 끝나자마자 장강을 넘었다. 죽든 살든 녀석과 다시 한 번 검을 겨뤄보고 싶었던 것이다. 그런데 그날 녀석은 첫 번째 비무 때 했던 약속을 어겼다. 내 도전을 받아들이지 않았을 뿐더러 비열하게도 천하맹의 높다란 성벽 뒤에 숨은 채 나서려 하지 않았다. 폐관이란 그럴듯한 이유를 갖다 붙이고서."

"그건……."

무언가를 말하려던 모어언이 입을 다물었다. 자신이 어떤 말을 한다 해도 눈앞의 완고한 사나이는 곧이듣지 않으리라 생각한 것이다.

그때 동굴 탐험을 나섰던 단천엽이 돌아왔다. 동굴 구석구석을 돌아다니는 동안 깨달은 최심장의 변초들을 아무렇게나 펼쳐 보이는 단천엽의 모습을 본 여만해의 눈에서 흉광에 가까운 괴이한 빛이 번뜩였다.

"그게 뭐 하는 짓이냐? 내 최심장을 망가뜨리려는 거냐?"

얼른 공중에 그려대고 있던 동작을 멈추고 손을 내린 단천엽이 어색한 표정으로 웃었다.

"하하, 최심장 속에 몇 가지 변화를 추가해 봤는데 마음에 안 드시나요?"

"빌어먹을 놈!"

여만해의 이가 으드득 갈렸다.

제8장

내공을 뛰어넘는 힘

머칠이 빠르게 흘렀다. 여만해는 단천엽이 동굴 탐사를 끝마치고 돌아올 때마다 억지로 최심장의 요결과 변초를 가르쳤다. 단천엽이 자신은 내공을 연마할 수 없는 몸이라고 극구 거부했으나 그는 들은 척도 하지 않았다.

최심장을 연마한 이상 절대 다른 사람과의 싸움에서 져선 안 된다는 게 여만해가 든 이유였지만 그의 속셈은 따로 있었다. 단천엽을 훈련시켜 모문환의 딸인 모어언의 무공을 격파해야겠다는 게 그의 참된 의도였다.

'흥! 어차피 이 빌어먹을 동굴을 벗어나기 전까지의 소일거리니까.'

툴툴거리는 내심과 달리 여만해의 지도는 엄격했다. 단천엽이 조금이라도 초수를 연마하던 중 정신을 팔면 당장 주먹이 날아왔다.

물론 드물게 주먹이 날아오지 않는 날은 발을 사용했다. 무공 수련

이란 일단 두들겨 맞고 시작해야 평생 잊어버리지 않는다는 게 여만해
의 교육 방침이었다.

단천엽은 계속되는 동굴 탐사와 최심장의 수련으로 매일같이 녹초
가 됐다. 그가 쉴 수 있는 시간이란 두 시진 정도의 취침 시간 정도였
다.

게다가 단천엽은 첫날을 제외하곤 모어언과 대화조차 나눌 수 없었
다. 후일 모어언과 비무 시킬 때를 대비해 여만해가 두 사람을 완전히
갈라놨기 때문이다.

그렇게 시간이 흘러갔다. 환풍구 역할을 하는 구멍들을 통해 밤낮이
변하는 걸 확인하고 벽에 목탄으로 그은 금의 숫자가 열다섯 개가 된
때였다.

평소처럼 잠을 깨자마자 동굴 탐사에 나섰던 단천엽은 다소 흥분된
얼굴이 되어 거처로 삼고 있던 동굴 호수로 돌아왔다.

동굴 호수 근처의 평평한 바닥에 가부좌를 틀고 앉아 있던 여만해의
눈썹이 꿈틀하고 움직였다.

"오늘은 꽤 일찍 돌아온 게 아니냐?"

얼른 여만해에게 고개를 숙여 보인 단천엽이 대답했다.

"동굴을 빠져나갈 방도가 있을 것 같습니다."

"그래?"

"예, 며칠 전부터 지반이 약한 곳을 단검으로 몇 군데 건드리고 있었
는데 쉽사리 부서지는 부근을 발견했습니다. 물에 채 녹지 않은 석회
암 지대가 남아 있었던 모양입니다."

"석회암 지대?"

"예, 석회암은 바위이면서도 물에 잘 녹습니다. 그래서 석회암이 많

은 산은 본래 동굴이 많이 생기지요."

'홍! 이 녀석이 또 모를 소리를 지껄이는군.'

눈살을 가볍게 찌푸린 여만해가 얼른 손을 휘저어 단천엽의 말문을 막았다.

"결국 네 말은 이곳을 빠져나갈 통로를 만들 수 있게 됐다는 것이냐?"

"그렇습니다. 이삼 일만 작업하면 충분히 사람 하나가 빠져나갈 만한 통로를 만들 수 있을 것 같습니다."

"그건 잘된 일이군."

여만해는 그저 한차례 고개를 끄덕일 뿐이었다. 이젠 더 이상 언제 도착할지 모르는 천하맹의 추격대를 기다릴 필요가 없어졌는데도 그는 별로 기뻐 보이지 않았다.

'역시 선배는 대단하구나!'

단천엽의 얼굴에 어느 정도 탄복하는 표정이 떠오른 순간 여만해가 스륵 가부좌를 풀고 일어섰다. 그리고 성큼 단천엽에게 다가서 수장을 날렸다.

"엇!"

이미 신형을 돌려 피할 여유 따윈 없었다. 수장이 바로 코앞까지 다가든 순간 단천엽 역시 수장을 앞으로 내밀었다.

파곽!

"연환식(連環式)!"

처음의 격돌 이후 단천엽의 수장이 연달아 회전을 일으켰다. 앞으로 뻗었다가 뒤로 물리고 신형을 회전하며 좌우로 휘감았다. 첫 합에 내력이 느껴지지 않자 여만해의 뜻을 읽은 단천엽이 최심장의 정화(精華)

인 연환식을 전력으로 펼쳐 내기 시작한 것이다.

'공격 좋고 수비 좋고… 응?

한 손만으로 단천엽의 연환식을 받으며 자신도 모르게 입가에 웃음을 매달고 있던 여만해의 미간에 주름이 생겼다. 짧은 연공에도 불구하고 최심장의 무의(武意)를 정확히 이해한 듯하여 흐뭇한 기분이었다. 어느새 그가 단천엽을 제자처럼 생각하게 됐다는 반증이었다.

그런데 느닷없이 단천엽의 장세가 바뀐 것이다.

새로운 장세는 처음처럼 여만해가 가르쳤던 그대로가 아니라 헝크러진 톱니바퀴처럼 거칠고 난잡했다. 이미 최심장이라 부를 수 없을 정도의 변질이었다. 그리고 전혀 새로운 연환식이 연속적으로 단천엽의 수장에서 쏟아지자 여만해의 입가에 떠올랐던 웃음이 금세 사라졌다.

'이 괴물 같은 녀석!'

이미 한 손으론 단천엽의 바뀐 연환식을 막아낼 수 없었다. 어느새 두 손을 몽땅 사용해서 단천엽의 장세를 막아내던 여만해의 다리가 기쾌하게 땅바닥을 훑었다.

"큭!"

허벅지 쪽이 파열되는 통증과 함께 단천엽은 땅바닥을 나뒹굴었다. 백팔 개나 되는 변초들을 새롭게 조합하는 데 정신이 팔려 있다 하체 쪽에는 미처 신경을 쓰지 못한 것이다.

그러나 쓰러진 순간 바로 신형을 일으켜 세운 단천엽의 눈에서 평소 보이지 않던 투지가 번뜩였다. 다소 호전적인 성향이 있는 최심장을 수련하는 동안 받은 영향이었다.

"좋은 눈이다!"

여만해는 그대로 단천엽을 붙잡아 공중으로 집어 던졌다. 이미 하체가 무너져 있던 단천엽으로선 방어할 엄두조차 내지 못할 일격이었다.

퍽!

땅에 떨어진 자세 그대로 단천엽은 동굴 바닥에 대 자로 뻗었다. 그가 처음과 달리 일어날 생각을 않자 슬그머니 다가온 여만해가 무뚝뚝한 표정으로 말했다.

"좋은 장법엔 그에 걸맞는 보법(步法)이 필요하다. 오늘부터 이틀간 보법 한 가지를 가르쳐 줄 테니 그걸로 모가 계집애를 박살 내라."

"싫습니다."

"내가 가르쳐 줄 보법은 내 검법의 기본이 되는 거다. 네 녀석은 천하에 둘도 없는 마검식(魔劍式)에 흥미가 없는 것이냐?"

"예, 전 선배의 마검식에 관심이 없습니다."

여만해의 눈에서 불꽃이 일었다.

"모가 계집애와 싸우기 싫은 것이냐?"

"그건 아닙니다."

등에 힘을 주고 벌떡 신형을 일으킨 단천엽이 고개를 가로젓고 말했다.

"제가 창술을 익히기 시작한 건 모 소저에게 두들겨 맞은 후부터입니다. 언젠가 다시 맞붙을 땐 반드시 이기리라 마음먹었지요."

"그런데?"

"제가 원한 건 정당한 승부이지 누군가를 죽인다거나 박살 내는 게 아닙니다."

"그럼……."

"선배에게 최심장을 배울 때부터 모문환 대협의 무공을 이어받은 모 소저와의 비무는 피할 수 없다는 걸 알고 있었습니다. 이틀 뒤 전력을 다해 모 소저와 승부를 겨룰 테니 선배는 더 이상의 걸 제게 바라지 마십시오.”

“이 녀석……”

여만해는 문득 할 말을 잃은 자신을 느꼈다. 단천엽과 같은 눈빛을 한 사람은 설득할 수 없다는 생각이 뇌리를 스쳐 갔다.

동굴 벽에 다시 줄 두 개가 늘었다.

잠에서 깨자마자 몸을 가볍게 푼 단천엽은 호수를 빙 돌아 맞은편에 도착했다. 여태껏 여만해로부터 따로 떨어져 모어언이 생활한 장소였다.

“단 공자……”

좌공을 한 그대로 잠이 들었다 깬 모어언의 얼굴에 언뜻 반가운 기색이 떠올랐다. 어둠 중에서 보낸 보름이란 기간은 고독과 더불어 심한 외로움을 야기했다. 사람이 그리울 수밖에 없는 것이다. 그것이 몇 차례나 자신의 목숨을 구해준 이성이라면 더 더욱 그랬다.

‘얼굴이 좀 야윈 것 같은데……’

빠르게 모어언의 얼굴을 살핀 단천엽이 조용히 물었다.

“건강해 보이니 다행입니다.”

“단 공자 덕분이에요.”

좌공을 푼 모어언이 다가서자 단천엽은 슬며시 뒤로 한 걸음 물러서며 고개를 가로저었다.

“뒤로 물러서 주세요.”

“예?”

모어언의 눈에 이채가 떠올랐다. 그녀는 오늘 단천엽이 자신을 찾은 게 평범한 방문이 아니란 걸 직감했다.

그때였다. 단천엽의 모습이 보이지 않자 동굴을 한 바퀴 돌고 온 여만해가 흐릿한 불빛에 비친 두 사람의 그림자를 발견하고 버럭 고함을 질렀다.

"이놈! 날 빼놓고 가다니!"

여만해는 단숨에 호수 너머에서 신형을 날렸다. 동굴 천장으로 뛰어오른 그는 드문드문 늘어뜨려진 종유석을 손으로 붙잡고서 반경 십 장은 족히 넘을 호수를 단숨에 건넜다. 비록 종유석의 도움을 받았다곤 하나 경악스런 경공이었다.

'선배에게 보법을 전수받지 못한 게 조금 아까워지는걸?'

단숨에 자신 앞까지 도달한 여만해를 바라보는 단천엽의 입가에 난처한 미소가 매달렸다. 처음부터 그를 떨어뜨리고 비무를 치를 생각은 없었지만 이렇게 느닷없는 등장 역시 계산 밖이었다.

'어떻게 한다······?'

단천엽이 머뭇거리는 사이 여만해를 서늘하게 바라보고 있던 모어언이 입을 열었다.

"그동안 단 공자를 열심히 가르치던데 설마 후계자로 삼으려는 건 아닐 테지요?"

여만해의 눈매가 가늘어졌다.

"나 정도는 녀석의 사부가 되기에 부족하다는 것이냐?"

"단 공자는 내공을 익힐 수 없는 몸이에요."

"이미 알고 있다."

"그런데도 단 공자를······."

“내공 같은 건 어떻게든 할 수 있다.”

“대, 대단한 자신감이로군요.”

“흥, 너 같은 계집애한테 그런 애길 들어봤자 기쁘지도 않다.”

“……..”

모어언과 여만해는 한동안 싸늘한 시선을 주고받았다. 벌써 동굴에서 같이 생활한 지가 보름이 넘었는데도 두 사람의 관계는 처음 만났을 때와 변함이 없었다.

그때 말할 기회를 놓친 채 뒤통수만 긁적이고 있던 단천엽이 재빨리 끼어들었다.

“선배, 모 소저와 비무를 하겠다고는 했지만 선배의 제자가 되겠다고 한 기억은 없습니다만?”

모어언과 여만해가 동시에 단천엽을 향해 소리쳤다.

“나와 비무를 하겠다고요?”

“내 제자가 되기 싫다는 거냐?”

단천엽은 움찔 놀라 뒤로 한 걸음 물러섰다. 두 사람에게서 뿜어져 나오는 기세에 눌린 것이다. 그러자 모어언과 여만해가 동시에 단천엽에게 다가서며 대답을 촉구했다.

“단 공자!”

“이 녀석!”

단천엽은 다시 뒤로 한 걸음 물러서야만 했다. 그러나 그의 뒤에는 어느새 호숫물이 넘실거리고 있었다. 더 이상 물러설 곳이 없다는 걸 확인한 단천엽의 입가에서 웃음이 사라졌다.

“그만들 하시죠!”

“……?”

“방금 전에 말했듯 저는 모 소저에게 비무를 신청하기 위해 이곳에 온 겁니다. 그러니 선배는 뒤로 물러나 주시고 모 소저는 내 요청에 대한 대답을 해주십시오.”

“비무를 피하지 않겠다는 거냐?”

“예. 그러니 선배는 뒤로 물러서 주십시오.”

“끄응, 그렇다면야…….”

단천엽의 기이한 박력에 밀려 여만해는 슬그머니 뒤로 물러섰다. 단천엽이 순순히 모어언과 비무하겠다고 선언하자 더 이상 제자 운운하며 몰아붙이기 힘들었다. 그에겐 단천엽이 최심장을 사용해서 모어언을 이기는 걸 보는 게 가장 중요했기 때문이다.

여만해가 뒤로 물러서자 모어언이 얼굴에 서늘한 냉기를 품은 채 단천엽을 바라봤다.

“정말 나와 겨루겠다는 건가요?”

“그렇습니다.”

모어언이 뒤로 물러선 여만해를 노려봤다.

“마두가 협박했나요?”

“선배는 협박을 하기보다는 먼저 손을 쓸 분이죠.”

“그럼?”

“그냥 남자의 의지라고 해두죠.”

“남자의 의지?”

“선배의 일도 일이지만 아무래도 모 소저에게 완패당한 채 천하맹에 도착하는 것도 볼썽사나운 일이니까요.”

“아!”

나직한 신음을 토해낸 모어언이 잠시 머뭇거리다 단천엽에게 고개를 숙여 보였다.

"요전번의 일이라면 내가 사과하겠어요. 단 공자는 긍지있고 용감한 사람이에요. 그날 내공도 익히지 않은 단 공자에게 치욕을 준 건 내 잘못이었어요."

"……."

만약 제운영이 옆에서 들었다면 자신의 귀를 의심했으리라. 모어언이 오늘처럼 진심으로 다른 사람에게 사과하는 경우는 그만큼 드물었다. 평소 수련을 핑계로 거의 천은마갑을 벗지 않는 것도 타인과 거리를 두는 방편일 정도였다.

그러나 단천엽은 말없이 고개를 흔들어 보일 뿐이었다. 그리고 모어언을 향해 두 손을 모아 올린 후 담담한 표정으로 말했다.

"그날의 대결은 결코 모 소저가 사과할 일이 아닙니다. 내가 약해서 모 소저로부터 운영 누나를 지키지 못했을 뿐이니까요. 그 뒤 모 소저와는 지금까지 두 번 싸워서 모두 내가 패했습니다만, 이제 세 번째 대결을 청하니 전력으로 상대해 주길 바랍니다."

"왜?"

"패배를 당한 후 가장 괴로운 건 다시금 패배를 인정할 기회조차 잡지 못하는 거니까요."

모어언의 눈빛이 가볍게 흔들렸다.

"역시 마두를 위해 나와 싸우겠다는 거군요?"

"선배가 납득할 수 있게끔 전력을 다해주시면 고맙겠습니다."

"내가 전력을 다 기울이면 단 공자는 못 이겨요. 단 공자가 내공을 연마했다면 모르겠지만."

"확실히 내겐 내공이 전무합니다. 하지만 승부란 건 부딪쳐 봐야 알 수 있다고 생각합니다."

"반드시 내가 이길 거예요!"

"그럼 그것으로 충분합니다."

"진심이군요."

"물론 진심입니다."

단천엽이 한 걸음 앞으로 다가서자 모어언이 뒤로 물러섰다. 어느새 수장을 들어 올려 방어 자세를 취한 모어언의 전신에서 노을빛 광채가 넘실거리고 있었다.

내공을 뛰어넘는 힘 2

　현 천하맹주이자 창천검문의 문주인 창천무극검제 모문환의 최강 무공은 자하신기를 바탕으로 한 자하뇌전광(紫霞雷電光)과 뇌벽지존검(雷霹至尊劍)이다. 하나는 천하삼대호신강기(天下三大護身罡氣) 중 하나이고 다른 하나는 천하십대검법(天下十大劍法) 중 수위를 다투는 절학이다.

　그래서 세간에서는 자하신기를 십성 이상 익혀야 펼칠 수 있는 자하뇌전광은 심혼을 불태우고 뇌벽지존검은 하늘을 찢어발기는 힘을 가졌다고 알려졌다. 중년 이후 두 가지 절기를 모두 완성시킨 모문환과 손속을 겨루고 살아남은 이가 아무도 없기에 민간에 배포된 수많은 무적 신화들 중 하나였다.

　그러나 단천엽은 애초에 모문환이란 절대고수에 대한 소문을 들은 바 없고 오로지 여만해로부터 전해 들은 게 전부였다. 자하신기를 일으킨 채 자신을 바라보는 모어언에게서 모문환의 거대한 그림자를 느낄 까닭이 없었다.

'모 소저가 익힌 자하신기의 가장 큰 장점은 상대방의 내력을 순간적으로 끌어당겼다가 두 배의 힘으로 튕겨내는 점이라 했다. 그러니 일단은 거리를 둬볼까?'

스윽!

단천엽이 옆으로 한 걸음 움직인 순간 모어언의 신형이 일시 두 개로 흔들렸다. 그저 단천엽의 움직임에 맞춰 신형을 이동했을 뿐인데 잔상이 일어났다. 그리고 그 순간,

파팟!

단천엽과 모어언의 신형이 몇 차례에 걸쳐 서로 엉겨붙었다가 떨어졌다. 잔상과 동시에 후방으로 이동하던 모어언을 단천엽의 최심장이 가로막은 것이다.

"……."

모어언의 얼굴에 놀란 기색이 떠올랐다. 바로 십여 일 전까지만 해도 단천엽은 그녀의 신법에 속수무책이었다. 비록 뛰어난 판단력과 신체 능력을 지녔기는 하나 신법의 속도 자체를 따라오지 못했다.

'그런데 십여 일 동안 마두에게 장법 하나를 연마했다고 천은미갑을 벗은 내 신법의 속도를 막아낼 수 있다는 건가?'

모어언은 내심 고개를 흔들었다. 절대 그런 일은 있을 수 없다는 판단이었다.

그러나 모어언은 일단 뒤로 물러섰다. 단천엽의 최심장에는 내력이 담기지 않았으니 힘으로 밀어붙이면 될 일이지만 그러기엔 그녀의 자존심이 허락치 않았다.

모어언이 후수를 펼치는 대신 신형을 물리자 단천엽 역시 그만큼 뒤로 물러섰다.

"사양할 필요 없습니다."

"사양?"

"이번 비무는 초식만을 겨루는 것이 아닙니다. 그러니 굳이 내공을 억제할 필요는 없다는 겁니다."

모어언의 눈빛이 차갑게 가라앉았다.

"그렇군요. 확실히 내겐 아버님의 명예를 지켜야 할 필요가 있고 단 공자에겐 마두… 아니, 여 선배의 명예를 회복해야 할 필요가 있으니 사양은 필요없는 것이겠지요."

"아니, 딱히 그렇다기보다는……."

"됐어요!"

단천엽은 모어언이 자신의 의도를 오해했다는 걸 깨닫고 순간 어깨를 움찔했다. 창이나 칼에 위협을 받는 것보다 싸늘해진 그녀의 얼굴이 더욱 무섭게 느껴졌다.

그런데 그때 몸을 은은히 물들이고 있던 자색 기운을 흐트러뜨린 모어언의 신형이 벼락같이 단천엽을 덮쳐 왔다.

파팟!

처음과 달리 눈으로 보고 판단한 게 아니었다. 동굴 탐험 중 날카롭게 단련된 육감만으로 모어언의 공격을 세 차례나 막아낸 단천엽이 쌍수를 순간 십자 형태로 교차했다. 타격 위주인 최심장의 초식을 순간적으로 난화불혈수의 금나수법(擒拿手法)으로 전환한 것이다.

우둑!

단천엽의 쌍수에 걸린 모어언의 우수가 순간 반대 편으로 꺾였다.

자유로운 좌수를 뻗어 양패구상(兩敗俱傷)하지 않는 한 항복해야 할 상황이었다.

하지만 팔이 꺾인 순간 모어언은 좌수를 뻗는 대신 펄쩍 뛰어오르며 공중제비를 돌았다. 그리고 그녀의 발이 공중에서 연속적으로 머리를 걷어차자 단천엽은 결국 잡았던 손을 놓고 뒤로 물러설 수밖에 없었다.

'훌륭한 신법에 더욱 뛰어난 솔각 수법이다! 자칫 잘못했으면 팔뼈와 목뼈를 교환할 뻔했다!'

'마지막 순간 그가 손을 놔주지 않았다면 내 관절은 부러졌다!'

전광석화와도 같은 초수를 나눈 채 단천엽과 모어언은 잠시 서로를 말없이 바라봤다. 비록 내력을 동원한 대결은 아니었지만 두 사람이 순간적으로 나눈 초식들은 자칫 실수하면 생명이 위태로울 수 있는 것들 뿐이었다. 이미 서로 봐준다거나 양보한다는 말을 늘어놓을 상황이 아니었다.

모어언이 먼저 침묵을 깼다.

"단 공자, 정말 대단하군요."

"별말씀을."

"아니, 정말 대단해요. 이렇게 짧은 기간 만에 십여 년 이상을 무공 수련에 바쳤던 나와 대등한 실력을 쌓았다니 그저 놀라울 뿐이에요."

단천엽의 입가에 미소가 떠올랐다.

"나 역시 그동안 동방의 병법을 수행해 왔으니까요."

"하긴 그렇군요. 단 공자에겐 내공을 뛰어넘는 알 수 없는 힘이 있으니까요."

고개를 끄덕이는 모어언을 바라보며 단천엽은 마음이 무거워지는 걸 느꼈다. 이미 두 차례에 걸친 초식 대결에서 승부가 나지 않았으니

다음은 내공 대결이었다.

지금까지는 그동안 관찰해 온 모어언의 무공 버릇과 여만해와의 연공으로 무승부를 이뤘지만 이후는 자신없었다. 그녀가 익힌 자하신기 때문이 아니라 처음 만났을 때 느꼈던 폭풍 같은 기백이 마음에 걸렸다.

'그때 모 소저는 정말 무시무시했다. 나름대로 단단히 각오하고 있었는데도 도저히 상대할 수 없을 정도로. 그때의 그녀가 지금 다시 모습을 보이는 건가?'

모어언에게서 느껴지기 시작한 압도적인 패기를 지켜보며 단천엽은 불끈 주먹에 힘을 주었다. 이젠 그 역시 마음을 단단히 먹어야 할 때였다.

그런데 그때 단천엽의 눈살이 가볍게 찌푸려졌다. 몇 차례나 모어언과 초수를 나누는 동안 극도로 예민해진 감각 중 일부가 그에게 소리를 지른 것이다.

"…잠시만!"

막 자신에게 달려들려던 모어언에게 손을 들어 보인 단천엽이 고개를 옆으로 돌린 것과 동시였다.

쾅 하는 소리와 함께 두 사람의 비무를 주의 깊게 바라보고 있던 여만해가 바람처럼 다가왔다.

파팟!

그림자조차 보이지 않는 일수!

그리고 거의 동시에 쓰러져 내린 두 개의 그림자.

단천엽과 모어언을 동시에 점혈한 여만해의 신형이 예의 신법을 펼쳐 동굴 호수를 뛰어넘었다. 필시 소리의 근원이 동굴 입구를 가로막은 만근거암 쪽이라고 짐작한 게 분명했다.

동굴 바닥에 엎어진 채 단천엽이 눈살을 가볍게 찌푸렸다.

"화약 냄새는 나지 않는데……?"

"화약 냄새요?"

단천엽은 눈을 굴려 자신의 코앞에 쓰러진 모어언을 바라봤다. 자신과 달리 점혈을 피하기 위해 반항한 흔적이 있는 그녀의 얼굴을 바라보자니 방금 전까지 싸웠던 일이며 걱정했던 일이 몽땅 우습게 느껴졌다. 지금 자신의 눈앞에 쓰러져 있는 그녀는 한 명의 아름다운 소녀에 불과했기 때문이다.

단천엽이 대답은 하지 않고 입가에 웃음만 매달고 있자 이혈신공마저 통하지 않는 여만해의 점혈법에 당황하고 있던 모어언의 눈매가 매서워졌다.

"단 공자의 사부에게 저항도 못하고 당한 내 꼴이 우스운 건가요?"

"그럴 리가요!"

"그럼 어째서 그렇게 웃고 있는 거지요?"

"그건……."

잠시 염두를 굴린 단천엽이 입가의 웃음을 짙게 했다.

"조금만 기다리면 운영 누나를 만나게 될 테니 그것을 기뻐하는 웃음입니다."

"예?"

"조금만 기다리면 우릴 구조하러 사람들이 올 겁니다."

단천엽의 예상은 과연 틀리지 않았다. 단천엽이 모어언의 몸에서 나는 매화 향기를 잠시 즐기고 있자니 멀리서 발걸음 소리가 들려왔다.

“여깁니다!”

단천엽이 소리를 지르자 잠시 어둠 중에 멈칫했던 발걸음 소리가 빨라졌다. 그리고 동굴 호수 근처에 이른 순간 흐릿한 청영이 바람처럼 날아들었다.

“천엽, 언매는…….”

동굴 바닥에 쓰러진 단천엽을 발견하고 기쁨의 표정이 됐던 제운영의 입이 가볍게 벌어졌다. 그의 앞에 쓰러져 있는 모어언을 발견한 것이다.

“그 망할 마두 녀석!”

얼른 모어언에게 달려간 제운영이 몇 번의 실패 끝에 마혈을 풀어주자 모어언은 한차례 어깨를 부르르 떨며 일어섰다. 그리고 단천엽의 마혈을 풀어주기 위해 신형을 돌린 제운영을 반가운 기색으로 바라보며 말했다.

“어떻게 이렇게 빨리 이곳을 발견한 거죠?”

“응?”

몸을 일으키던 단천엽의 머리를 와락 끌어안더니 곧 뭐라고 종알거리려던 제운영이 뒤를 돌아봤다. 그리고 특유의 사내 같은 웃음을 입가에 담았다.

“아하하! ‘나 이곳에 있으니 찾아오시오’ 하는 흔적이 줄곧 이곳을 가리키고 있었거든.”

“흔적을 보고 이곳을 찾아왔단 건가요?”

“역시 언매가 남긴 흔적이 아니었구나. 하긴 마두에게 쫓기는 와중에 언매가 그런 흔적을 남겼을 리 없겠지. 언매는 천엽 같은 도깨비가 아니니까.”

제운영의 주먹이 아무렇게나 단천엽의 머리를 노렸다.

딱!

굳이 제운영의 주먹을 피하지 않고 얻어맞은 단천엽이 한쪽 눈을 살짝 찡그렸다.

"아픕니다!"

"그럼 피하지 그랬어?"

"진짜 때릴 줄 몰랐거든요."

"날 이렇게 걱정시키고서 그런 말이 나와?"

제운영은 단천엽에게 달려들었다. 그리곤 그의 가슴을 마구 두들겨 댔다. 불빛에 비친 그녀의 눈가로 언뜻 눈물 한 방울이 맺혔다.

단천엽이 나직이 중얼거렸다.

"미안해요."

"미안한 건 아냐?"

"미안해요."

"못된 녀석, 사람을 걱정시키고."

"미안해요."

"됐어!"

단천엽을 뒤로 확 밀어내고 일어선 제운영이 모어언을 향해 말했다.

"언매, 움직일 수 있겠어?"

"다친 곳은 없어요."

고개를 끄덕인 제운영이 단천엽에게 말했다.

"천엽은?"

"다친 곳 없습니다."

"좋아, 그럼 일단 이곳을 벗어나도록 하자!"

“예.”

동시에 대답한 단천엽과 모어언이 서로를 바라보며 살짝 웃었다. 다시 밝은 태양과 푸른 하늘을 볼 생각을 하니 절로 웃음이 흘러나왔다.

동굴을 벗어나자마자 여만해는 검을 빼 들었다. 주변을 둘러보는 그의 눈에서 기괴한 빛이 번뜩였다. 얼마 전까지만 해도 만근거암으로 단단히 막혀 있던 동굴 입구 주변에는 무수히 많은 돌의 파편이 흩어져 있었다. 동굴 입구가 어떻게 뚫렸는지 짐작하게 만드는 광경이었다.

그 뒤 쏟아지는 햇빛에 눈살을 가볍게 찌푸린 여만해의 눈에 가득 차오는 한 사내가 있었다. 육 척이 조금 넘어 보이는 키에 장대한 체격, 해저의 심연과도 같이 침잠된 외눈에서 흘러나오는 기운은 오싹 소름을 돋게 만들었다. 주변에 몇 명의 청의검수들이 보였으나 여만해에겐 오직 외눈의 사나이만이 보일 뿐이었다.

‘세상은 참으로 넓군. 금생(今生)에 모문환을 제외하고 날 이처럼 위압하는 고수를 만나게 될 줄이야.’

잠시 수중에 들린 혈광검의 검봉에 시선을 던진 여만해가 퉁명스레 말했다.

“동굴 입구를 뚫은 게 그대인가?”

“반검경혼이라 불리는 여 선배신가요?”

여만해의 입가로 조소가 번져 나왔다.

“여 선배? 마두나 대마두, 악마란 얘기는 많이 들어봤어도 날 선배라 불러주는 사람은 거의 없었는데 요즘 들어 자주 듣게 되는군.”

외눈의 사나이가 큼지막한 두 손을 모아 올렸다.

"이 사람은 천하맹의 무상(武相)으로 있는 단백경이라 합니다. 오랫동안 여 선배의 무명(武名)을 흠모해 온 바 오늘 이렇게 만났으니 정식으로 비무를 요청하고자 합니다."

여만해의 입가에 머물던 조소가 걷혔다.

"단백경? 그대가 진정 천하맹주를 폐관하게 만들었다는 뇌정경혼 단백경이란 말인가?"

"그 같은 소문은 와전된 것입니다."

"단백경 본인이란 건 분명한가 보군."

"어찌 단 모가 여 선배에게 거짓을 말하겠습니까?"

"그것도 그렇군."

고개를 끄덕인 여만해의 눈에서 서늘한 기운이 흘러나왔다.

"그러니 동굴 입구를 막고 있던 만근거암을 부순 건 천하에 이름 높은 벽력권문의 뇌극령이 분명하겠군?"

"거암의 크기가 워낙 커서 세 차례나 주먹을 휘둘러야만 했습니다."

"그런가?"

여만해는 수중의 장검을 검갑 안에 집어넣고 반검을 빼 들었다. 처음부터 반검을 빼 들지 않는다면 이길 승산이 없다는 판단을 내린 것이다.

제운영을 좇아 동굴을 빠져나온 단천엽은 눈살을 가볍게 찌푸렸다. 중천에서 쏟아져 내리는 햇빛에 적응되기 위해선 조금의 시간이 필요했다. 보름이 넘는 기간 동안 오직 흐릿한 모닥불에만 익숙해졌던 참이니 당연한 일이었다.

그 점에 있어선 단천엽과 어깨를 나란히 하고 있는 모어언 역시 마찬가지였다. 빙어 같은 손을 들어 햇빛을 가린 그녀의 어깨가 흠칫 떨렸다.

'아!'

모어언은 일시 숨이 막히는 걸 느꼈다. 머리가 어지럽고 속이 울렁거리는 게 당장이라도 구토를 할 것만 같았다. 지진이라도 난 듯 지축이 요동치며 눈앞으로 다가왔다.

그때 앞장섰던 제운영이 허리를 구부렸다. 어느새 그녀의 얼굴은 밤새 술을 퍼마시고 새벽에 먹었던 음식의 종류를 확인하는 작업을 펼치기 일보 직전인 표정이 되어 있었다.

단천엽이 나섰다.

"운영 누나, 뒤로 물러서요!"

"욱!"

"빨리 운기조식에 들어가세요!"

제운영을 동굴 속으로 끌어들이곤 바로 뛰쳐나온 단천엽이 신형을 휘청이는 모어언에게 다가왔다.

"자하신기를 전력으로!"

"아!"

퍼뜩 정신을 차린 모어언이 자하신기를 일으켰다. 칠성에 도달한 자하신기가 펼쳐지자 그녀의 주변으로 흐릿한 강기의 막이 생겨났다.

그제야 혼미하던 정신이 명료해진 모어언의 눈이 커졌다. 그녀의 눈앞으로 내력 한 점 없음에도 전혀 동요가 없는 단천엽의 모습이 보였다. 그리고 그의 등 너머로 평생 본 적이 없을 정도로 기괴한 대결이 펼쳐지고 있었다.

끼이이!

검갑을 빠져나오자마자 기이한 기운을 뿌리고 있던 반검은 움직인 것과 동시에 동작을 멈췄다. 평소 발검과 동시에 적을 무참히 일도양단하던 여만해의 마검식이 절반도 펼쳐지지 못한 채 공중에서 멈춘 것이다.

여만해의 반검은 혈육으로 된 단백경의 주먹에서 뻗어 나온 기파에 가로막힌 채 피처럼 붉은 혈기를 뿌리며 공중에서 구슬프게 울었다.

단백경의 인당(印堂)을 한 치가량 남겨둔 지점이었다.

'철혈기공의 정화인 뇌극령을 바탕으로 펼쳐지는 철혈패왕권(鐵血覇王拳)은 창천검문의 자하뇌전광이나 뇌벽지존검에 버금가는 위력을 지녔다더니 명불허전이로구나. 동굴 입구를 뚫기 위해 세 차례나 전력을 토해냈을 텐데도 내 반검파천황(半劍破天荒)을 막아낼 줄이야…….'

여만해의 어금니가 악물렸다. 모문환을 상대하기 위해 고심참담한 끝에 만들어낸 마검식이 그를 만나기도 전에 꺾이자 분노가 치솟아올랐다.

"흐!"

달아오른 단백경의 외눈을 향해 차가운 살소를 머금은 여만해의 좌수가 옆구리를 훑었다.

번쩍!

두 번째로 일어난 섬광은 반검에서 비롯된 게 아니었다. 다시 검갑을 떠난 혈광검은 발검과 동시에 단백경을 향해 파고들었다. 반검파천황을 권력(拳力)으로 막고 있는 단백경의 단전을 노린 일검이었다.

그러나 여만해가 처음부터 최선을 다하지 않았듯 단백경 역시 전력을 다한 게 아니었던 것일까?

여만해의 혈광검은 역시 단백경의 단전을 한 치가량 남긴 채 멈춰버렸다. 검광의 움직임은 분명 단백경의 단전을 베고 지나간 듯 보였으나 결과는 반검파천황과 마찬가지였다.

여만해의 입에서 신음이 흘러나왔다.

"역시 내 검이 느렸던 건 아니로군."

천 년의 거목과 같이 단백경이 답했다.

"여 선배의 검은 결코 느리지 않았소이다."

여만해의 입가가 실룩거렸다.

"다만 힘이 부족했을 뿐이겠지."

"……."

여만해는 단백경의 대답을 기다리지 않았다. 전광석화같이 단백경의 단전 앞에 멈춰 있던 혈광검을 직각으로 꺾어 올렸다.

파팟!

반검과 혈광검이 만난 순간 찬란한 혈광이 정오의 태양 빛을 가렸다. 반검파천황의 최후 초식인 쌍검혈룡(雙劍血龍)이 펼쳐진 것이다.

그 순간 미동조차 하지 않고 있던 단백경의 주먹이 움직였다.

콰콰쾅!

절대 사람의 혈육으로 된 주먹에서 일어날 수 없는 굉음이었다. 물론 거기에 쌍검이 더해진다 해도 마찬가지였다.

격돌의 순간 반경 오 장가량에 존재했던 모든 것을 날려 버린 여만해와 단백경이 각기 한 걸음씩 뒤로 물러섰다. 여만해의 쌍검이 가늘게 떨리는 데 반해 단백경의 외눈에 담겨 있던 기운은 전혀 변함이 없었다.

"…끝까지 단 한 초식밖엔 사용하지 않았군."

"여 선배의 반검이 마지막까지 쾌(快)를 고집하지 않았다면 단 모 역시 어려웠을 것입니다."

"내 반검파천황은 그런 초식이니까."

"단 모의 철혈패왕권 역시 그렇습니다."

"그렇군."

고개를 끄덕인 여만해가 시선을 동굴 쪽으로 돌렸다. 두 절대고수의 격돌에 놀라 뒤로 물러선 모어언과 달리 단천엽은 제자리를 지키고 있었다.

"녀석아!"

"선배는 말씀하십시오."

"네 이름이 무어더냐?"

"천엽이라고 합니다."

'천엽!'

만년거암처럼 변함없을 듯하던 단백경의 외눈이 가볍게 흔들렸다. 그는 단천엽을 뚫어지게 바라봤다.

여만해가 입가에 냉소를 띠었다.

"흥, 바보 같은 이름이로군. 하지만 지금 이름 따위가 중요한 건 아니겠지?'

혼잣말을 하듯 중얼거린 여만해의 눈빛이 다소 부드럽게 변했다. 그리고 그는 마치 무인지경이라도 되는 듯 한줄기 경귀를 담담히 풀어내기 시작했다.

"도(道)를 향해 걸어가는 자 어찌 현문(玄門)에 들지 않을 것이며 현문에 든 자 어찌 하늘의 도리를 따르고 천의(天意)를 추구하려 하지 않을 것인가? 무릇 걸음걸음을 옮길 때마다 하늘과 하나됨을 생각할지니, 사람이 곧 하늘이요 하늘이 곧 사람이 될지어다! 하늘은 검고 사람 또한 그러하리니 기(氣)의 움직임 또한 그러하다. 천지간에 기운을 빌어와 몸에 담으니 그것이 바로 현천(玄天)의 법이로다! 현천은 자유롭기가 천공의 구름과 같고 굳건하기가 땅에 뿌리내린 노송과 같으니……."

'이건!'

힘있는 목소리로 한 소절의 경귀를 끝마친 여만해가 단천엽에게 다시 소리쳤다.

"녀석아! 똑똑히 들었느냐?"

"예, 들었습니다."

"그럼 됐다."

"선배?"

"나는 널 제자로 삼을 생각을 품고 있었다. 천하맹같이 꽉 막힌 곳에 보내기엔 네 재능이 아까웠기 때문이다. 하지만 네 녀석이 박복해서 나와 인연이 닿지 않으니 어쩌겠느냐? 네 녀석은 날 위해서 목숨까지 걸었던 모가 계집애와 전력으로 싸웠다. 그 점을 가상히 여겨 네 녀석이 익힌 장법의 정수를 가르쳐 줬으니 어떻게 사용하든 마음대로 하거라!"

말의 여운이 채 사라지기도 전이었다.

"웩!"

땅바닥에 한 덩이 핏덩이를 토해낸 여만해의 신형이 바람처럼 하늘로 날아올랐다. 제운영과 모어언은 동굴 안으로 물러서 있었고 단백경을 쫓아온 청의검객들 역시 한참 뒤로 물러서 있었기에 그의 앞을 가로막는 자는 아무도 없었다.

"저, 저……."

여만해의 모습이 시야에서 완전히 사라지고서야 제정신을 차린 청의검객들이 손가락질을 하며 안타까워했다. 그들은 모두 천하맹 섬서지부에 속한 자들이기에 여만해에게 원한을 품고 있었던 것이다.

그러나 청의검객들의 간절한 눈빛에도 불구하고 단백경은 여만해의 뒤를 쫓지 않았다. 오히려 그는 여만해가 사라진 쪽을 향해 포권하며 내력을 모아 소리쳤다.

"여 선배, 후일 전진도문(全眞道門)의 절학을 대성한 후 다시 만나뵙

길 기대하겠소이다!"

"시끄럽다!"

바람결에 여만해의 목소리가 들려왔다. 나지막하나 웅혼한 내력이 담긴 단백경의 전송에 대한 화답이었다.

"네가 익힌 건 최심장이 아니라 전진도문 비전의 현천경(玄天勁)이다. 도가의 무수히 많은 권각지법 중 무당천도(武當天道)의 태극산수(太極散手)에 버금가는 절학인데 네게 인연이 닿았구나."

"……."

"여 선배가 마지막에 현천경의 정화를 설명했으나 나나 다른 사람들에겐 그저 도사나 중들이 지껄이는 선문답에 불과하다. 여 선배의 현천경을 전수받은 건 너밖에 없다는 뜻이다. 너는 현천경의 정화를 이해했느냐?"

"예."

"그렇구나."

단백경의 말이 맞다면 단천엽이 전수받은 현천경은 실로 놀라운 것이었다. 구산 중 파불소림과 더불어 첫째, 둘째를 다투는 곳이 무당천도인데 그곳의 절학과 맞먹는다니 상상을 불허하는 위력이 숨어 있음이 분명했다.

그런데 고작 십수 일 만에 단천엽이 현천경의 정화를 이해했다니 보통 사람으로선 절대 납득할 수 없는 일일 텐데 단백경은 전혀 놀라지 않았다. 오히려 그는 당연하다는 듯 묻고 역시 고개를 끄덕이며 수긍했다.

단백경이 물었다.

"그런데 내공을 수련할 수 없다고?"

"그런 것 같습니다."

"장백신군(長白神君) 선배가 네게 내공을 가르쳤더냐?"

단천엽이 되물었다.

"산노를 말하시는 겁니까?"

"산노? 으음, 맹을 떠나며 이름을 버리겠다고 하시더니 진짜로 그러
셨구나."

나직이 침음하는 단백경에게 단천엽이 말했다.

"산노는 어린 시절 잠시 제게 내공을 가르치려다 포기했습니다. 저
는 내공을 익히는 순간 주화입마에 빠져드는 기이한 체질을 타고났다
고 하더군요."

"그랬더냐? 선배는 공연한 노력을 했구나. 자신이 키운 아이는 태어
날 때부터 이미 내공을 뛰어넘는 힘을 지니고 있었던 것을."

"……."

단천엽의 눈에 이채가 떠올랐다. 철이 드는 순간부터 줄곧 그의 가
슴 한 켠에 자리 잡고 있던 의문은 자신을 낳아준 부모에 대한 것이었
다. 수련할 때를 제외하곤 더할 나위 없이 다정하던 산노이지만 부모
를 대신할 순 없었다.

그런데 산노의 완강한 침묵에 접어두고 있던 의혹에 대한 실마리가
언급되자 가슴이 두근거렸다. 평소와 같은 냉정을 유지하기가 쉽지 않
았다. 태어날 때부터 지녔다는 내공을 뛰어넘는 힘 따위는 아예 관심
밖이었다.

'침착하자.'

침을 한차례 삼킨 단천엽이 조용히 물었다.

"절 구하기 위해 오셨다고 했지요?"

"그래, 나는 널 구하기 위해 왔다."

"어째서… 지요?"

단백경이 단천엽을 지그시 바라봤다.

"지금이야 퇴락하여 몇 명의 도사들이 전부지만 전진도문은 과거 한 때나마 천하제일도문(天下第一道門)이며 현문정종(玄門正宗)이라 불렸다. 그 전진도문에서 수백 년 이래 최고의 고수라 불리던 여 선배를 상대할 수 있는 사람이 마침 천하맹의 총단에서는 나밖에 없었다고 하면 답이 되겠느냐?"

"단지 그뿐이었습니까?"

"다른 이유도 있었다."

"그건?"

"네가 내공을 익히지 못하는 몸이란 말을 듣고 확인해 볼 일이 있었다. 처음 만난 순간 나는 네가 가진 힘을 알아볼 수 있었다만."

"……."

"너는 다른 까닭이라도 있을 줄 알았더냐?"

단천엽은 단백경을 바라봤다. 아무렇게나 늘어뜨린 앞머리 사이로 고독한 눈빛이 보였다. 외눈이라서가 아니라 한 번 보면 절대 잊을 수 없을 듯한 눈빛이었다.

"아주 어렸을 때이지만 기억은 하고 있습니다."

"무얼 기억한다는 것이냐?"

"하늘을 가득 메울 듯 많던 별들과 절 안고 있던 강한 어깨, 그때만 해도 한 쌍이었던 눈빛을 기억합니다."

단백경의 눈에 이채가 떠올랐다.

“네가 진짜 그때 일을 기억한단 말이냐?”

“예, 다행히 기억력은 좋으니까요.”

“그것은······.”

“말하기 곤란한 점이 있다면 굳이 말씀하실 필요는 없습니다. 저 역시 갑자기 천애 고아가 아니란 점을 알게 된다면 당황스러울 테니까요.”

씩 웃음 짓는 단천엽의 모습에 단백경의 눈빛이 흔들렸다.

‘두 번째인가?’

강적인 여만해를 앞에 두고도 한 점 흔들림이 없던 자신을 흔들어놓은 소년을 단백경은 지그시 바라봤다. 그의 입가로 씁쓸한 미소가 배어 나왔다.

“오해를 했구나.”

이번엔 단천엽의 눈빛이 흔들렸다.

“예?”

단백경이 손을 내밀었다.

“사천을 떠나올 때 선배에게 단검 한 자루를 받았을 것이다. 그것을 내놓거라.”

“······.”

단천엽은 말없이 품속에서 단검을 꺼내 들었다. 섬세한 검집이 갖춰진 단검의 모습에 단백경의 눈살이 찌푸려졌다.

“선배가 이리 주더냐?”

단천엽이 고개를 흔들었다.

“이곳에 오기 전 대장간에 들렀는데 우연히 단검의 비밀이 밝혀져서 검집을 갖추게 됐습니다.”

“그랬구나.”

단천엽에게서 단검을 뺏아 든 단백경이 검집을 한차례 쓸어보다 검을 뽑아 들었다.

스륵!

마치 잘 갈린 칼날이 숫돌 위를 스치는 듯한 소리!

모습을 드러낸 검인이 투명한 광채를 뿜어냈다. 보는 이의 가슴을 섬뜩하게 만들 정도의 광채였다.

자칫 실수하면 손을 베일 듯 예기가 넘치는 검인을 단백경은 연인을 대하듯 더듬었다.

"한백의 빛은 세월이 흘러도 여전히 변함이 없구나."

"한백?"

꿈에서 깨어난 듯 단백경이 단천엽을 바라봤다.

"한백마검(寒白魔劍)! 한때 천하무림을 경동케 만들었던 악마의 검이다."

"……."

"한 쌍의 남녀가 삼 년에 걸친 추격 끝에 한백마검을 거둬 피에 젖은 광기의 검신을 자르니 그것은 그 뒤 두 사람의 정표가 되었다. 남자가 가진 것은 살기가 봉인된 악마의 검편이고 여인이 가진 것은 예기만이 남은 한백이었다."

"설마 그분들이……?"

"그래, 그 한 쌍의 남녀가 바로 네 부모님들이다. 나는 네가 태어났을 때 이름을 지어준 외숙(外叔)이고."

"아!"

입을 벌린 채 단천엽은 단백경의 쓸쓸해 보이는 얼굴을 바라봤다.

■ 제9장 ■
여행은 끝났지만

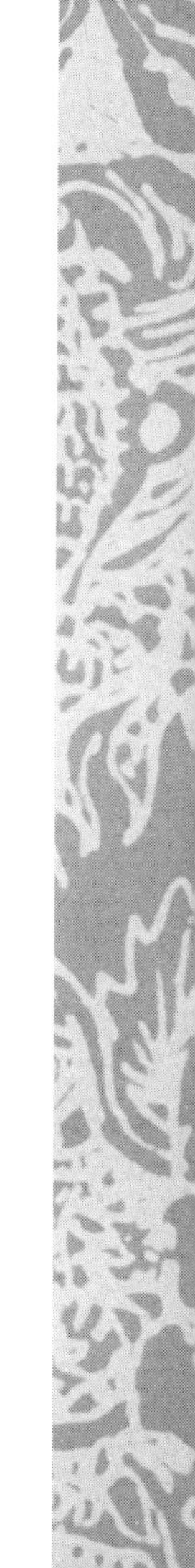

일권단악 경천기가 팔 하나를 잃고 정예인 청의검수 중 절반을 잃었지만 천하맹 섬서지부는 십여 일 전의 참사를 서서히 지워가고 있었다. 천하맹 서열 팔위이자 십대고수 중 한 명인 무상 단백경이 등장한 덕분이었다.

단백경은 장안성에 도착하자마자 섬서지부의 내외를 진정시켰고 빈사 상태에 빠졌던 경천기를 구해냈다. 폭발해 버린 왼손은 어쩔 수 없었지만 경천기는 단백경의 막강한 내공력에 힘입어 빠르게 기력을 회복했다. 천하를 떨어 울린 명성에 걸맞는 능력을 그는 가지고 있었다.

그런 단백경이 며칠간의 주변 탐문 끝에 여만해를 물리치고 모어언과 단천엽마저 찾아서 돌아오자 섬서지부에서는 일시에 환호성이 터져 나왔다. 섬서성의 맹호라 할 수 있는 구산의 두 곳이 손을 놓고 뒤로 물러선 일을 천하맹의 이름으로 처리했다는 자부심의 발로였다.

　그 와중에 단백경을 수행했던 청의검수들이 동료들에게 침을 튀겨 가며 동굴 앞에서 펼쳐졌던 두 절대고수의 격전을 떠들어대기 시작했음은 물론이다.

　그렇게 밤이 깊었다.

　방금 전까지도 끝날 것 같지 않던 소란이 슬슬 잦아들 무렵 황룡각 앞의 정원에 섬세한 인영 하나가 나타났다. 술에 취한 듯 비틀거리는 인영의 손에는 술병 하나가 들려 있었다. 함께 수색에 나섰던 청의검수들과 지금까지 술판을 벌인 제운영이었다.

　"응?"

　아직도 전날의 상흔을 고스란히 간직하고 있는 정원을 가로지르던 제운영의 얼굴에 반색이 떠올랐다. 섬서지부에 도착하자마자 황룡각의 수많은 방 중 하나를 차지하고 들어앉았던 단천엽의 모습을 발견한 것이다.

　"야아!"

　"운영 누나?"

　버럭 소리를 지르곤 제운영이 자신의 품으로 돌진하자 단천엽의 입에서 바람 새는 소리가 흘러나왔다. 다가오기 전부터 술 냄새가 풍겨왔다. 술에 그다지 취미가 없는 단천엽으로선 고역스런 상황이었다.

　그러나 단천엽은 한차례 머리를 흔들었을 뿐 슬그머니 제운영의 어깨를 부축했다. 장안성까지 오는 동안 몇 차례나 오늘과 같은 일을 만났던 경험의 소산이었다.

　제운영이 히죽 웃었다.

　"날 마중하려고 기다리고 있었던 거야?"

　"설마요."

“그럼 어째서 홀로 폐허 속에 서 있었지?”

“폐허?”

단천엽은 주변을 둘러봤다. 과연 그가 서 있는 곳은 폐허라 불리기에 충분한 조건을 갖추고 있었다. 과거 아름다움을 자랑하던 정원수들은 처참하게 가지가 잘려 있었고 기화요초들 또한 뿌리째 뽑히거나 잔해만을 남긴 채였다. 모두 여만해가 침입한 날 생긴 상흔이었다.

그때 제운영이 느닷없이 하늘의 달을 바라보며 아이라도 된 것처럼 노래를 불렀다.

“달빛 아래 박꽃은 님을 기다리는데 님은 안 오고 맑은 바람만이 불어오네!”

“이 주변에는 남몰래 물레방앗간에 숨어든 남녀는 없습니다.”

“어? 천엽도 그 노래를 아는 거야?”

“아뇨.”

“그런데 어떻게 내 노래에 장단을 맞춘 거지?”

“달빛 아래 님을 기다리느니 님은 안 오니 하는 노래란 건 어느 동네든 뻔하잖아요.”

“히히, 그런가?”

다시 악동처럼 웃어댄 제운영이 단천엽의 귀에 입술을 가져다 댔다.

“후우!”

“귀에 입김 불어넣지 마세요.”

“아하하, 부끄러워하기는. 그래서 천엽이 기다리던 님은 오지 않은 거야?”

“팔 뗍니다.”

“어랏!”

단천엽이 짐짓 옆으로 물러서는 동작을 취하자 제운영이 얼른 엉겨 붙었다. 그녀는 무의식 중에 금나수까지 발휘해서 단천엽의 목을 잡아 당겼다. 보통 사람이라면 단숨에 숨이 끊어질 정도의 힘이 담긴 수법이었다.

그러나 슬쩍 고개를 돌리는 걸로 목젖이 잡아뜯기는 참상을 모면한 단천엽이 다시 제운영의 어깨를 부축했다. 동굴에서의 수련이 드러나는 순간이었다.

"어?"

제운영은 잠시 단천엽을 묘한 눈빛으로 바라봤다. 만취한 상태라곤 하나 방금 단천엽이 보인 동작의 의미조차 모를 리 없었던 것이다.

"저도 그동안 놀고만 있었던 건 아니니까요."

"그렇네?"

귀엽게 고개를 끄덕인 제운영이 순순히 단천엽에게 몸을 기댔다. 여인으로선 꽤 장신에 속하는 편임에도 달빛에 비친 그녀의 모습은 단천엽보다 훨씬 작고 어려 보였다.

제운영의 술주정은 보통이 아니었다. 잠시 얌전해졌다 싶더니 숙소에 들어서자마자 다시 본성을 드러냈다. 단천엽을 붙잡고 침상으로 끌어들인 그녀는 점소이를 대하듯 술을 가져오라고 고래고래 소리를 질러댔다. 황룡각의 꽤나 많은 계단이 그녀의 마지막 이성을 날려 버린 듯했다.

그런 제운영에게 점소이 흉내를 내고서야 숙소를 빠져나오는 데 성공한 단천엽은 다시 황룡각을 빠져나왔다. 잠시 홀로 생각할 것이 있어 폐허―정원―속을 서성였던 것인데 뜻밖의 방해를 받았다. 다시 천천히 헝클어진 실타래 같은 머리속을 정리할 필요가 있었다.

그런데 황룡각을 빠져나오자마자 단천엽의 입에서 한숨이 흘러나왔다.

'이번엔 모 소저인가?'

얼마 전까지 단천엽 홀로 달빛을 즐기던 폐허의 한 켠에는 오랜만에 천은마갑을 걸친 모어언의 모습이 보였다.

오 척에 달하는 철검을 상단의 자세로 들어 올리고 있는 그녀의 모습은 여전히 신화 속에 나오는 신장(神將)처럼 늠름했다. 은빛 갑주 안에 가냘프고 아름다운 소녀가 들어가 있다곤 도저히 상상할 수 없는 모습이었다.

'하지만 정말 변함없이 성실한 사람이군. 이런 때조차 연무를 게을리 하지 않다니……'

단천엽은 잠시 황룡각의 입구에 선 채 움직이지 않았다. 전날처럼 모어언의 연무를 방해하고 싶지 않았기 때문이다.

그때였다. 마치 단천엽의 등장을 눈치 챈 듯 달빛을 겨누고 있던 모어언의 철검이 대기를 갈랐다. 정기신(精氣神)이 일치된 상태의 일검임에도 검풍은 없었다. 대신 폐허 위로 쏟아지던 달빛이 한순간 굴절을 일으켰다.

"읏!"

단천엽은 자신을 둘러싼 세상의 빛과 어둠이 일시 뒤흔들리는 느낌을 받았다. 눈으로 확인한 게 아니라 그의 감각이 그렇게 소리쳤다.

파수스!

순간 몇 걸음이나 옆으로 물러선 단천엽의 신형이 크게 흔들렸다. 달빛을 갈랐던 철검이 어느새 그의 눈앞까지 다가서 있었다.

“모 소저?”

“동굴 안에서 끝맺지 못한 승부의 연속이에요!”

“아아!”

절로 터져 나온 한숨과 달리 단천엽의 신형이 연속적으로 공간을 가로질렀다. 전날 운청환이 펼쳤던 칠성둔형처럼 그는 대여섯 개나 되는 그림자를 만들며 뒤로 물러났다 모어언을 노리며 파고들었다. 일정한 법칙을 지닌 보법과는 전혀 상궤를 달리하는 움직임이었다.

“좋은 수법!”

모어언은 헛바람을 들이마셨다. 그만큼 단천엽의 움직임은 그녀의 예상을 뛰어넘는 것이었다.

그러나 순간 뻗었던 철검을 땅에 곧추세운 모어언의 신형이 공중으로 도약했다. 그리고 철검에 체중을 실은 그녀의 발이 이미 코앞까지 다가선 단천엽을 걷어찼다.

파파팍!

모어언이 펼친 솔각은 오 척이나 되는 철검을 지녔기에 가능한 것이었다. 단천엽으로선 뒤로 물러나거나 나려타곤(懶驢打滾)을 펼쳐 땅바닥을 뒹굴 수밖에 없었다.

그런데 오히려 안색이 변한 건 모어언이었다. 일시 수십 개로 불어난 각영을 뚫고 단천엽의 수장이 그녀의 어깨를 치고 지나간 것이다.

“어, 어떻게?!”

모어언은 땅에 내려선 채 입을 벌렸다. 단천엽이 어떻게 지척에서 펼친 자신의 솔각을 뚫고 어깨를 때렸는지 이해할 수 없었기 때문이다.

‘동작은 단순한 팔방풍우(八方風雨)였지만 연속적으로 십여 차례나 펼쳤다. 천은마갑을 벗은 나라 해도 피할 수는 있을지언정 뚫을 수는

없었을 텐데…….'

할 말을 잃은 모어언에게 단천엽이 다가왔다.

"외숙의 설명을 들은 이후 깨닫는 바가 있었습니다. 그동안 제가 본래 가지고 있던 힘조차 사용할 줄 모르는 바보였다는 걸 알게 된 거지요."

"외숙?"

"뇌정경혼 단백경, 단 대협이 제 외숙입니다. 천하맹에서 문상을 맡고 계신 한상월이란 분이 제 부친이 되시고요."

"아!"

"역시 놀라시는군요."

"그, 그게……."

"괜찮습니다. 나 역시 놀랐으니까요."

단천엽의 얼굴에 씁쓸한 미소가 번져 나왔다. 십육 년간 전혀 모르고 있던 신세 내력을 처음 들었을 때와 비슷한 종류의 미소였다.

"그랬군요."

단천엽의 신세 내력을 전해 들은 모어언의 얼굴에 가벼운 그늘이 드리워졌다. 처음부터 신세 내력이 범상치 않다고 생각하고는 있었지만 현 천하맹의 최고 실세인 문무상과 연관된 사람이라곤 생각지 못했다. 그만큼 단천엽에 대한 모든 정보는 엄격하게 통제되어 있었다.

모어언의 안색을 슬쩍 곁눈질한 단천엽이 피식 웃었다.

"그런 표정 할 것 없습니다. 천하맹이란 곳은 맹주의 하나밖에 없는 금지옥엽조차 몸에 무거운 철갑을 걸치고 밤낮으로 검을 휘둘러야 하는 곳이니 내가 여태껏 신세 내력조차 몰랐던 것도 무리는 아니지요."

"하지만……."

"예, 그렇게 스스로 자위하고 있긴 하지만 화가 나는 것도 어쩔 수 없더군요. 얼마나 대단한 아버지길래 십육 년 동안 자식을 찾아볼 생각조차 하지 않았을까 하고요. 외숙께선 그럴 만한 사정이 있다고 거듭 말하셨지만, 내겐 당최 납득이 가지 않는 일들 뿐이라서……."

단천엽은 뒤통수를 긁적이며 시선을 하늘로 향했다. 방금 전까지 사투에 가까운 대결을 펼쳤던 모어언이 옆에 앉아 있었지만 그의 얼굴엔 고독이 흘렀다. 과거 자신을 천애 고아라고 생각했던 때보다 오히려 지금이 더욱 외롭게 보였다.

그런 단천엽의 얼굴에서 자신의 그림자를 본 것일까?

모어언의 눈빛이 가볍게 흔들렸다.

"그러니까 단 공자는 결국 아무것도 모른 채 천하맹으로 향하고 있었던 것이군요?"

단천엽의 시선이 모어언을 향했다.

"산노는 내게 아버지이자 어머니고 사부이며 친구였습니다. 산노가 천하맹으로 가라 했으니 내가 어찌 거부할 수 있었겠습니까?"

"단지 그 이유뿐이었나요?"

"글쎄요, 은연중 어쩌면 천하맹에 도착하면 그동안 내 가슴을 답답하게 억눌렀던 일들이 풀릴지도 모른다고 생각했는지도 모르겠군요."

"그렇군요."

고개를 끄덕인 모어언이 입가에 처연한 미소를 담았다.

"그럼 된 거잖아요."

"……."

"신세 내력을 알고 세상에서 가장 멋진 부친과 숙부가 생긴 날이니

얼굴을 펴세요. 아무리 나쁜 가족이라도 없는 것보단 있는 게 백 배 낫
잖아요."

모어언은 벌떡 신형을 일으켰다. 그리고 철검을 등에 짊어지곤 뒤도
돌아보지 않고 황룡각으로 걸어갔다. 더 이상 단천엽에겐 볼일이 없다
는 듯.

섬서지부의 정비가 끝나자 단백경 등은 나머지 일을 데려온 총단의 무사들과 경천기에게 맡기곤 곧바로 장안성을 떠났다. 근처에 위치한 종남선파에서 몰려온 몇 명의 도사들을 접대한 바로 다음날 마차에 몸을 실은 것이다.

네 필의 준마가 끄는 널찍한 마차 안에는 단백경과 단천엽을 비롯한 네 명의 남녀가 몸을 실었다. 사천을 떠날 때 탔던 마차보다 훨씬 내부가 넓었기에 네 남녀는 사뭇 멀리 떨어져 앉아 있었다.

그래서인가? 서른여덟의 단백경과 스물다섯의 제운영, 열여섯의 단천엽과 같은 나이의 모어언. 어떻게 보면 꽤나 어울리는 두 쌍이라 할 만한 네 남녀 사이엔 무거운 침묵이 흐르고 있었다. 본래 무뚝뚝한 성격인 단백경과 모어언이 입을 굳게 다문 데다 단천엽 역시 침묵에 동조하고 있었다.

'심심해!'

제운영은 빠르게 관도 위를 달리는 마차의 진동에 몸을 실은 채 발을 까닥거리다 힐끔 눈앞의 단천엽을 바라봤다. 단백경을 만난 후 평소보다 더 과묵해진 단천엽의 시선은 예전처럼 마차 밖을 향하고 있었다. 여전히 무슨 생각을 하는지 알 수 없는 모습이었다.

'다시 애늙은이로 돌아갔네?'

한숨을 내쉰 제운영이 슬쩍 손을 뒤집어 단천엽의 얼굴에 장풍을 날렸다. 삼 장 밖의 촛불을 끌 만한 정도의 바람을 일으킨 것이다.

후욱!

갑자기 앞머리가 바람에 나부끼자 단천엽의 시선이 제운영 쪽을 향했다.

"응?"

제운영은 천연덕스런 표정으로 단천엽을 바라봤다.

"……."

단천엽의 입가에 헛웃음이 번져 나왔다. 제운영이 자신에게 뭘 원하고 있는지 알 수 있었기 때문이다.

그러나 단천엽은 옆에 앉은 단백경을 한차례 바라보곤 다시 시선을 창 쪽으로 돌렸다. 제운영의 도발을 무시하기로 마음먹은 것이다.

순간 아랫입술을 깨문 제운영의 손이 다시 뒤집혔다.

휘익!

이번에는 앞머리만 휘날린 게 아니었다. 단천엽은 한쪽 뺨이 후끈 달아오르는 걸 느꼈다. 뺨을 한 대 얻어맞은 것과 똑같은 상황이었다.

"아!"

오히려 놀란 표정이 된 제운영이 얼른 단천엽에게 다가왔다.

“천엽, 어째서 피하지 않은 거야?”

단천엽이 웃었다.

“설마 이렇게 센 장력을 날리리라곤 생각지 못했거든요.”

“이런 바보 같으니!”

“…….”

제운영이 주변의 이목도 생각지 않고 뺨을 어루만지자 단천엽이 슬쩍 몸을 뒤로 뺐다. 무의식적으로 그녀의 손길을 피한 것이다.

“어?”

제운영의 눈매가 대뜸 매섭게 변했다.

“감히 내 손길을 거부하는 거야?”

“아니, 딱히 아픈 데가 있는 것도 아니니까…….”

“변명할 것 없어!”

단천엽을 확 밀어버린 제운영이 다시 자기 자리로 돌아갔다. 그리곤 잠시 뭔가를 고민하는 듯하더니 섬서지부를 떠날 때 가지고 온 짐을 뒤져 뭔가를 끄집어냈다.

“그건……?”

제운영이 입가에 미소를 담았다.

“본래 천하맹 총단에 도착하면 주려고 했던 거지만 뺨을 때린 게 미안해서 지금 줄게.”

“어떻게 찾았습니까?”

“우연이지 뭐.”

제운영은 무인창의 강철 단봉과 창두를 단천엽에게 내밀었다. 동굴을 빠져나온 후 한동안 무인창을 찾아다녔던 단천엽의 얼굴에 반가운 미소가 번져 나왔다. 마치 잃어버렸던 친인을 다시 찾은 듯한 표정이었다.

'쳇, 역시 무리해서라도 찾아내길 잘했네?

제운영은 장안성에 머무는 동안 술 마시러 간다는 핑계를 대고 몰래 무인창을 찾았던 노고가 싹 풀리는 기분이었다. 무인창을 받아 든 단천엽의 얼굴에 오랜만에 또래 소년과 같은 웃음이 번져 나왔기 때문이다.

그 뒤 제운영과 단천엽은 농담을 주거니 받거니 하며 한동안 히히덕거렸다. 마차 안은 언제 침묵이 흘렀냐는 듯 활기가 넘쳤다. 두 사람은 이미 마차 안의 다른 사람은 전혀 아랑곳 않는 모습이었다.

그때였다. 침묵하던 모어언이 두 사람의 허물없는 모습을 묘하게 쳐다보곤 단백경에게 시선을 던졌다.

"단 노사(老師)께 질문이 있습니다."

단백경의 외눈이 꿈틀 깨어났다.

"이곳은 총단이 아니다. 노사란 칭호는 가당치 않다."

모어언이 고개를 끄덕였다.

"알겠습니다. 그럼 무상께 묻겠습니다."

단백경의 외눈이 모어언을 향했다.

한줄기 뇌전과 같은 눈빛에 움찔 어깨를 떨어 보인 모어언이 말했다.

"어째서 우리는 종남산에도 오르지 않고 장안을 떠나야 하는 거죠?"

"종남산?"

"예, 종남선파는 구산 중에서도 강성한 곳이라고 들었어요. 지난날 봤던 일엽 진인의 무공은 독특함과 강대함이 반검경혼 여 마두에게도 전혀 밀리지 않는 듯 보였고요."

"그런데 어째서 종남산에 들러 그들의 절정선공을 견식케 해주지 않았냐고 투정하는 것이냐?"

"저는 그런 게 아니라……."

단백경의 눈빛이 엄중해졌다.

"너는 십여 년간 가전의 자하신기를 익혔고 화산검파의 절정검법 또한 익혔다. 그것들 중 한 가지라도 대성한 것이 있더냐?"

모어언의 얼굴이 창백해졌다.

"…없습니다."

"그런데 또 뭘 보겠다는 것이냐? 기지도 못하는 것이 달리고 날겠다는 것이냐?"

"제가 잘못한 걸 알겠습니다."

모어언은 깊이 고개를 숙여 보였다. 그리고 처음과 똑같은 정자세로 돌아가 입을 다물었다. 천하맹 내 단백경의 위치가 어떠한지를 알 수 있는 모습이었다.

'우리, 그만 떠들죠?'

'역시 그러는 게 좋겠지?'

단천엽의 제안에 제운영이 얼른 동조했다. 아무리 뱃심있는 두 사람이지만 계속 노닥거릴 분위기가 아니란 것쯤은 충분히 이해하고 있었다.

장안을 출발한 마차는 십여 일 뒤 서안(西安)을 통과한 후 위남(渭南), 여산(驪山)을 거쳐 화음(華陰)에 도착했다. 드디어 섬서성과 하남성(河南省)의 경계였다.

화음에서 말먹이와 식료품을 보급하고 바로 하남성으로 떠나려던 마차는 잠시 관도 중에 멈춰 서야만 했다. 화음은 구산 중 검의 명문인 화산검파가 위치한 고장이었고 그들은 천하에 명성 높은 뇌정경혼 단백경에게 관심이 많았다. 마침 자신들의 안마당까지 걸어 들어온 그를 그대로 보낼 리 만무했다.

관도를 막고 있던 십여 명의 검객들 중 한 명이 마차를 향해 나섰다. 고작해야 이십 대에서 삼십 대 초반밖엔 되어 보이지 않는 다른 검객들과 달리 오십 대는 족히 넘어 보이는 외모의 노검객이었다.

반백의 수염을 쓰다듬으며 노검객이 소리쳤다.

"본인은 화산검파의 운룡검(雲龍劍) 유익겸이고, 함께 온 이들은 본파의 매화검수(梅花劍手)들이오! 천하맹의 최강 고수인 뇌정경혼 단 대협이 화음을 지난다는 소문을 듣고 아침부터 이곳에서 기다리고 있으니 얼굴이나마 보여주시기 바라오!"

"어이쿠!"

잔뜩 내력을 끌어올린 유익겸의 일성에 마차를 몰던 마부가 놀라 비명을 터뜨렸다. 섬서성과 하남성 일대의 지리는 귀신같이 잘 아는 사람이지만 무공을 익히지 않은 일반인이었기에 내력이 실린 고함을 감당하지 못한 것이었다.

마부의 비명이 끝나기도 전에 마차 안에서 담담한 목소리가 흘러나왔다.

"운룡검 유 대협이라면 화산검파의 십대검객 중 일좌를 차지하고 있는 분이 아닙니까? 어찌 무공도 모르는 마부를 괴롭히시는 겁니까?"

유익겸의 안색이 변했다. 전력을 다한 그의 고함이 일시 마차 안에서 흘러나온 목소리에 눌리고 있었다.

'과연 뇌정경혼!'

내심 탄복한 유익겸이 다시 목소리를 높였다.

"단 대협은 마차에서 나오시지요!"

"꼭 그래야 되겠습니까?"

"유 모는 항시 단 대협의 모습을 한 번 보기를……."

유익겸은 끝까지 말을 잇지 못했다. 단백경에 맞추어 내력을 끌어올리던 중 기혈이 치솟아오른 것이다.

꿀꺽!

목구멍까지 치밀어 오른 핏물을 삼킨 유익겸의 어깨가 가늘게 떨렸다. 다시 단백경이 한마디를 내뱉으면 연달아 피를 토하고 중상을 당할 기세였다.

마차 속에 앉은 채 유익겸의 상태를 파악한 단백경이 바로 내력을 거둬들였다.

"본인은 지금 문상의 명을 받들어 급히 총단으로 돌아가는 중입니다. 후일 기회가 닿으면 유 대협께 인사를 갈 터이니 오늘은 이만 길을 비켜주셨으면 고맙겠습니다."

"그, 그렇소이까? 단 대협께서 그렇게 중요한 일을 수행하신다면야 유 모가 계속 청하기 곤란하겠지요. 마차에서 잠시 내려서 차라도 한 잔 드시고……."

"이해해 주서서 감사합니다."

끝내 마차에서 얼굴을 내밀지 않는 단백경의 대답에 유익겸의 볼 살이 가볍게 실룩거렸다. 화산검파의 십대검객이며 장로(長老)의 신분인 그가 이토록 상대에게 멸시를 당하고 물러선다는 건 있을 수 없는 일이었다.

'그러나 힘이 없음에야!'

여전히 들끓고 있는 기혈을 억지로 진정시킨 유익겸이 매화검수들에게 손짓을 해 보이곤 한마디 말도 없이 관도에서 물러섰다.

"유 장로님!"

순간적으로 벌어진 두 사람 간의 내공 대결을 눈치 채지 못한 매화검수들의 얼굴에 불만과 분노의 기색이 역력히 떠올랐으나 부질없는 일이었다. 이미 그들의 굴욕을 뒤로한 채 마차는 관도 위를 힘차게 달리고 있었다.

그 뒤의 여행은 순조로웠다.

마차는 화음을 떠난 지 사흘 만에 섬서성을 벗어나 하남성에 도착했고 그동안 단 한 차례의 방해도 받지 않았다. 이미 장안성과 화음에서의 일이 소문났기에 감히 천하맹 총단으로 향하는 마차를 방해할 만한 사람들이 없었기 때문이다.

모든 강호의 소문들이 그러하듯 부풀려지고 각색된 단백경의 위용은 이미 섬서성과 하남성 일대의 객점과 주루에선 빼놓을 수 없는 간식거리이자 안줏감이었다.

과거 남북으로 반검과 뇌정이 존재했다면 이제 하남성에서만큼은 오직 단 한 명, 뇌정경혼만이 무림을 떨어 울렸다. 천하맹이 강북제일세이고 하남성이 천하맹의 총단이 위치한 곳임을 감안하더라도 소문들이 전하는 위세는 놀라웠다.

마차는 거침없이 달렸다. 남소(南召), 여양(汝陽), 우주(禹州)를 거쳐 정주(鄭州)에 이르기까지 네 필의 준마를 혹사하며 달렸다. 소문의 단편을 전해 들은 단백경이 객점이나 주루를 멀리했기 때문이다.

그렇게 마차가 천하맹 총단이 위치한 개봉(開封)에서 백여 리도 떨

어지지 않은 중모(中牟)에 도달한 건 장안성을 출발한 지 보름이 넘은
오월의 늦은 밤이었다.

여느 때처럼 야영을 지시한 후 단백경은 촘촘히 떠 있는 하늘의 군
성(群星)을 바라봤다. 야천을 바라보며 뒷짐을 지고 서 있는 뒷모습이
너무 크게 느껴져 잠시 호흡을 가다듬은 단천엽이 조용히 고했다.

"외숙, 천엽이 왔습니다."

단백경이 하늘에서 시선을 거뒀다. 그리고 신형을 돌려 중모까지 이
르는 동안 늘상 그랬듯 단정한 자세로 땅바닥에 정좌하고 앉은 단천엽
을 바라봤다.

"왔더냐?"

"예."

"그럼 시작하자."

단천엽에게 걸어간 단백경이 천천히 그의 전신 혈도를 손으로 어루
만지기 시작했다. 천하무쌍이라 알려진 자신의 막강한 내력으로 단천
엽의 잠들어 있는 힘을 자극하기 위함이었다. 그는 지금 자신이 단천
엽에게 해줄 수 있는 건 그 정도밖에 없다고 생각했다.

다음날.

중모에서 하룻밤을 보낸 마차는 새벽부터 말들을 혹사시켜 개봉성
의 바로 지척에 위치한 천하맹 총단에 도착했다. 단천엽이 제운영과
사천을 떠난 지 두 달이 조금 넘고 섬서의 장안성을 떠난 지 한 달이
조금 안 되는 오월의 어느 날이었다.

　　"본래 내공은 하늘의 기운을 받아들여 몸에 기(氣)를 쌓고 의념(意念)으로 이를 움직이는 것인데, 이를 위해서는 가부좌를 튼 자세에서 오심(五心:정수리, 양 손바닥, 양 발바닥)을 하늘로 향한 채 눈은 코끝을 보고 코는 마음을 보는 식으로 단전의 진기를 전신의 혈도를 따라 운행시켜야 한다. 이렇게 하여 자신의 내공을 증진시킬 수 있고 또한 내상의 치유나 피로의 회복을 도모할 수 있으니 이러한 운기조식의 방법을 운기토납법(運氣吐納法)이라 부른다."

　　"그러면 하늘의 기운을 받아들인다는 단전은 어디에 있는 것입니까?"

　　"단전은 상단전(上丹田), 중단전(中丹田), 하단전(下丹田)으로 분류된다. 일반적으로 무인들은 하단전, 그러니까 성기와 항문의 중간 위치에서 배 쪽으로 한 치 반쯤 되는 곳에 진기를 모아놓는데, 그것은 하늘에서 받아들인 기운을 의념으로 실체화시키는 곳 중 그곳이 가장 연상하기 쉽기 때문이다. 네가 처음 내공을 연마하기 시작했을 때 아마도 따스하고 빛나는 구(球)를 연상한 순간 주화입마가 왔을 것이다.”

“예, 그렇습니다.”

“그건 네 하단전 쪽에 하늘의 기운을 받아들이려 하지 않는 이질적인 기운이 잠재되어 있기 때문이다. 아니, 잠재되어 있는 건 구체적으로 특별한 기운이라기보다는 네 뇌리 속에 박혀 있는 의념이라고 하는 게 더 옳을 것이다. 단전이란 하늘의 기운이 결집되어 생기는 것인데 네 타고난 의념이 그걸 가로막아 모든 화(禍)의 근원이 됐다는 뜻이다. 그러니 네가 내공을 연마하려면 의념을 하단전에 두지 말고 상단전이나 중단전에 둬야만 하는데 그것도 사실은 쉽지 않은 일이다.”

“그건 어째서 그렇습니까?”

“본래 단전이 셋으로 나뉜 것은 각기 다른 특성을 갖기 때문이다. 하단전은 하늘의 기운을 받아 정(精)을 쌓는 곳인데, 오행(五行)에 따라 상부는 화기(火氣), 하부는 수기(水氣), 좌부는 목기(木氣), 우부는 금기(金氣), 중부는 토기(土氣)를 간직한다. 수, 화, 목, 금, 토의 오기(五氣)가 하단전에 축적되었다가 합일되니 하단전은 인체의 오장육부(五臟六腑)를 관장한다. 그리고 배꼽과 등 뒤의 명문혈(命門穴)을 잇는 중간에 위치한 중단전은 사람의 오욕칠정(五慾七情), 그러니까 감정을 관장한다. 도가(道家)에서는 이것을 연기화신(練氣化神)이라 부르는데 중단전이 하늘의 기운에 통하면 사람은 감정의 흔들림에서 벗어나 언제나 호기롭고 작은 일에 연연하지 않으며 감정이 풍부해진다. 사람을 가장 크게 상하게 하는 건 본래 감정인데 그 감정을 다스려 자연과 하나가 되고 하늘이 되며 세상의 중심이 될 수 있으니 인간으로서 가장 높은 곳에 오를 수 있으려면 연기화신을 이뤄야 한다. 마지막으로 상단전은 뒤쪽 조궁혈과 백회혈(百會穴)에서 수직으로 내리그은 선이 만나는 지점에 위치해 있는데 불가에서는 '혜안(慧眼)'이라 부르고 도가에서는 신(神)이 머무는 곳이라 하고 연신환허(練神還虛)라 이른다. 따라서 하늘의 힘을 받아 내공을 닦는다 함은 하단전에 정(精)이 채워지면 중단전에 기(氣)가 차고 중단전에 기가 가득하게 되면 상단전에 신(神)이 들게 되는 이치를 벗어날 수 없는 것이다."

"결국 사람의 몸에 세 개의 단전이 있다 해도 정을 채워 오행을 융합해야 하는 하단전에 문제가 있는 저는 내공을 익힐 수 없다는 뜻이군요?"

"현재로선 그렇다. 네게 잠재된 이질적인 기운은 집안 대대로 물려내려오는 것이며 지금껏 확실한 치료 방법을 찾을 수 없었다고 들었다. 그래서 오랫동안 심혈을 기울인 끝에 네 선조들은 한 가지 방도를 강구했으니 그것이 바로 유사시 몸의 잠능(潛能)을 격발시켜 초인적인 힘을 발휘케 하는 방도이다."

"잠능?"

"본래 인간이라면 누구나 갖고 태어나는 태초의 힘을 말한다. 인간은 죽을 때까지 자신이 가지고 있는 잠재 능력을 수십 분지 일도 쓰지 못하고 죽는데 네, 선조들은 그 잠들어 있는 잠재 능력을 격발시켜 내공을 대신하려 한 것이다."

"그래서 제 부친께서 무림에 이름을 날릴 수 있었군요?"

"그래. 네 부친인 흑의문상(黑衣文相)께서는 청년 시절 현 천하맹주님과 더불어 북천쌍룡(北天雙龍)이라 불릴 정도의 절정고수였다. 날 비롯한 후기지수(後起之秀)들의 우상이었지. 그러나 그것도 이제는 옛일일 뿐이니……."

끼이익!

사방이 딱딱한 청석으로 된 방 안에는 가구라고 해봐야 청석 침상뿐이었다. 그 위에 홀로 앉아 있던 단천엽은 귓전을 울리는 날카로운 소음에 고개를 들어 올렸다.

전날 천하맹 총단에 도착한 후 일행과 떨어져 홀로 있는 시간이 길었던 만큼 신경이 민감하게 반응했다. 언제 옛일을 떠올리며 머리를 혹사시켰냐는 듯 그의 시선은 소음의 발생지를 바라봤다.

'이번엔 좀 빠른 것 같은데?'

소음의 정체는 방 안에서 유일하게 청석이 아닌 철문이 열리는 소리였다. 적어도 일천 근은 족히 넘어 보이는 철문은 단천엽이 들어섰을 때를 제외하곤 그동안 식사가 주어질 때만 열렸다. 아직 식사 시간이 되려면 시간이 남았는데 이런 시간에 철문이 열린 건 이번이 처음이었다.

"단 공자……?"

단천엽의 눈에 이채가 떠올랐다. 천하맹 총단에 도착하자마자 바로 격리수용된 후 귀빈이라기보다는 죄인 취급을 받고 있는 자신을 찾아올 사람이라면 단백경과 제운영을 꼽고 있었다.

그중에서도 제운영이라면 아무리 이곳이 천하맹 총단에서도 요지에 속하는 내성의 천원(天元) 안이라 할지라도 반드시 찾아오리라 믿고 있었다. 단 이 개월간의 여행으로 쌓은 신뢰치고는 절대적인 믿음이었다.

'그런데 내 예상이 빗나갔군. 그녀가 오리라곤 상상도 하지 않고 있었는데…….'

목소리의 주인공이 모어언임을 직감한 단천엽의 입가에 고소가 매달렸다. 그리고 그 순간 철문 틈 사이로 얼굴을 들이민 모어언의 수려한 미목이 살짝 찌푸려졌다.

"어째서 있으면서도 대답하지 않은 거지요?"

단천엽이 앉아 있던 청석 침상 위에서 털썩 뛰어내렸다.

"모 소저가 이곳에는 어쩐 일이지요?"

모어언이 철문 뒤로 목을 빼더니 잠시 후 다시 철문을 조금 더 열어젖혔다.

끼이!

모어언이 나직이 소리쳤다.

"이 철문은 생각보다 더 무거워요. 보고 있지만 말고 단 공자도 달려와서 도와요!"

단천엽이 눈살을 찌푸렸다.

"설마 절 도망치게 하려고 온 겁니까?"

모어언의 표정이 가볍게 변했다.

"벌써 열흘이 지났어요. 그만큼 갇혀 있고도 이곳에서 탈출하고 싶지 않은 건가요?"

철문 쪽으로 다가선 단천엽이 고개를 끄덕였다.

"벌써 열흘이 흘렀군요. 하지만 나는 이곳에서 탈출할 생각이 없습니다. 산노가 가라 했기에 사천에서 멀고 먼 하남성까지 왔습니다. 어째서 내가 부친의 얼굴도 보지 않고 달아날 거라 생각한 거지요?"

"그건 단 노사께서……."

"역시 외숙께서 시킨 거군요? 그분은 전날 중모에서도 절더러 천하맹에 반드시 갈 필요는 없다고 하셨지요."

"그래요. 단 노사께서는 나더러 단 공자에게 마지막 기회를 주라고
하셨어요."

"마지막 기회라……."

단천엽의 얼굴에 잠시 우울한 기색이 떠올랐다. 강철 같은 모습과
달리 자신을 따뜻하게 바라보던 단백경의 외눈을 생각하자 묘하게 가
슴이 아려왔다.

그러나 단천엽은 곧 입가에 평소와 마찬가지로 미소를 띠었다. 그리
곤 모어언에게 장난스런 표정을 해 보이며 한쪽 눈을 살짝 감아 보였
다.

"어쨌든 노고에 감사드립니다."

"말과 행동이 다르잖아요."

"그런가요?"

단천엽이 빙긋이 웃자 모어언의 입술이 파르르 떨렸다. 그녀는 자신
이 절대 눈앞의 동갑내기 소년을 설득시킬 수 없으리란 걸 직감한 것
이다.

"문상은 무서운 분이에요. 설혹 자신의 자식이라 해도 목적을 위해서
라면 얼마든지 버릴 수 있는 그런 분이에요. 그러니까… 그러니까……."

잠시 머뭇거린 후 모어언이 말했다.

"아직 나는 단 공자에게 전날 동굴에서의 일에 대해 고맙다는 말을
하지 못했어요."

"……."

"그러니까 우리가 다시 만날 때까지 단 공자는 절대 살아 있어야 해
요. 만약 죽는다면……."

'죽는다면?'

"내가 지옥 끝까지라도 따라가서 사과를 받겠어요!"

쿠웅!

철문이 닫히는 순간 단천엽이 마지막으로 본 건 백옥 같은 얼굴을 새빨갛게 물들인 채 아랫입술을 깨문 모어언의 얼굴이었다. 평생 남에게 아쉬운 소리 한 번 해본 일이 없을 텐데 단단히 골이 났겠다는 생각이 들었다.

'지금 내가 그런 걸 걱정할 때가 아니잖아?

다시 단천엽의 입가로 쓴웃음이 흘러나왔다. 단백경에게 확인받은 저주받은 신체의 비밀을 알게 된 후 자주 짓게 된 표정도 함께였다.

그러나 잠시 후 단천엽은 청석 침상에 다시 엉덩이를 걸치고 평소처럼 느긋한 표정이 됐다. 무엇이 단백경과 모어언을 불안하게 만드는지 알 수 없지만 피를 나눈 부친을 만나는데 겁에 질릴 필요는 없다는 판단이었다. 설혹 이번 만남을 후일 저주하며 후회하게 될지라도.

다시 시간이 흘렀다.

철문이 네 차례 열리고 네 번의 죽 그릇이 전해진 걸로 보아 이틀은 족히 지난 것 같았다. 하루에 주어지는 식사가 두 차례이니 정확할 터였다.

습관처럼 단백경이 본신의 막강한 내공으로 열어준 소주천(小周天)의 행로를 마음속으로 따라가던 단천엽의 눈에서 일순 광채가 일었다.

'내공은 연상이라 했던가?

단천엽은 자신의 잠들어 있던 잠능이 꿈틀거리며 움직이는 걸 느끼고 가볍게 진저리쳤다. 그저 무공의 흉내 정도만 냈던 과거를 비웃듯 잠능은 단숨에 소주천을 이루더니 대주천(大周天)을 향해 치달았다. 오

랜 유폐 생활로 인해 극도로 민감해진 감각과 연상이 제멋대로 잠능을
깨워 버린 것이다.

부들!

대주천을 이룬 순간 단천엽은 십여 일간 자욱한 안개에 싸여 있던
머리 속이 명료해지는 걸 느꼈다. 그리고 갑자기 오지도 않는 부친을
기다리며 어둠 속을 배회하는 자신에 대해 화가 치밀어 올랐다.

'하하, 위대한 아버지께서 굳이 날 만나려 하지 않는다면 역시 내가
만나러 갈 수밖에 없는 것이겠지?'

마음이 움직인 순간 철문 사이로 비어져 나온 불빛이 태양처럼 밝아
졌다. 한번 고삐가 풀린 잠능은 야수와 같이 이제 더 이상 막는다거나
뿌리칠 수 없었다.

'마침 식사 시간이군.'

잠시 대낮같이 환해진 석실 안을 둘러보던 단천엽의 신형이 바람처
럼 천장으로 날아올랐다. 그는 전혀 붙잡을 곳이 없는 천장에 박쥐처
럼 매달린 채 숨을 죽였다.

'한 걸음, 두 걸음…….'

안력과 마찬가지로 예민해진 청각으로 단천엽은 발자국 소리를 셌
다. 그리고 철문 앞에 발자국 소리가 멈춘 순간 귀신같은 동작으로 천
장에서 떨어져 내렸다.

끼이익!

철문이 열리는 둔탁한 소음과 동시에 단천엽의 발은 육 척 무사의
익숙한 안면을 걷어찼다.

퍽!

두 번째 공격은 필요없었다. 육 척 무사는 천 근이 훨씬 넘는 철문을

열고 닫았던 타고난 신력에도 불구하고 이미 반대 편 벽에 처박혀 있었다.

힐끔!

죽 그릇을 뒤집어쓴 육 척 무사를 한차례 일별한 단천엽의 신형이 바람처럼 달리기 시작했다. 지난 십이 일 동안 머리 속에서 수십 차례도 더 천원의 지형을 그려왔다. 이제 와서 망설일 이유란 존재하지 않았다.

'천원은 오층의 거대한 석탑이고 그 안은 나선형의 계단과 수십 개의 방으로 복잡하게 이어져 있어 내부 지형을 모르는 자라면 필시 크게 헤매고 말 구조이다. 하지만 천하맹 내에서도 흑의문상이라 불리며 경원과 외경을 동시에 받는 사람의 집무실이라면 그곳을 제외하곤 생각할 수 없다.'

단천엽은 천원의 꼭대기를 향해 달려가지 않았다. 그는 오히려 나선 계단을 한차례 살피고는 탑의 맨 아랫층을 향해 신형을 날렸다.

쾅!

두터운 나무 문은 쉽사리 박살났다. 집무실 앞을 지키고 있던 두 명의 무사가 단숨에 날아가 버린 것처럼 순식간에 벌어진 일이었다.

단천엽은 집무실 안으로 성큼 들어섰다. 그리고 달랑 책상 하나가 가구의 전부인 집무실을 둘러본 그의 눈에 이채가 떠올랐다.

'저분이……'

마침 책상 위에 가득 쌓여 있는 서류에서 눈을 뗀 흑의 은발의 중년인이 단천엽을 바라보며 눈살을 찌푸렸다.

"쓸데없는 데 머리를 굴리는 녀석이군."

"예?"

"네 녀석이 장백신군에게 무슨 교육을 받았는지는 모르겠다만 야수 감각도(野獸感覺道)를 타고난 녀석에게 잔머리를 굴리는 건 어울리지 않는다는 뜻이다."

단천엽의 안색이 굳었다.

"야수감각도란 지금 제 몸속의 정기를 무서운 속도로 갉아먹고 있는 잠능을 말하시는 겁니까? 계속 사용할 경우 생명을 단축시키고 결국은 폐인이 되게 만든다는?"

"그런 긴 이름은 모른다. 네 녀석이 단백경에게 깨우침을 받은 후 홀로 어둠 속에서 터득한 게 있다면 그것이 바로 야수감각도이다."

"그렇군요."

단천엽은 한숨을 푹 내쉬었다. 무섭도록 자신과 똑같은 사고방식을 지닌 사람과 대화를 하다 보니 쉽사리 주제에 접근할 수 있어서 편한 반면 오싹한 두려움이 치솟았다.

'하지만 물러설 순 없다!'

마른침을 삼킨 단천엽이 물었다.

"혹시 제 아버지신가요?"

중년인의 얼굴에 권태로운 기색이 떠올랐다.

"천하맹 서열 이위 흑의문상 한상월의 앞까지 단신으로 쳐들어온 녀석이 그것도 모르고 온 것이냐?"

"그게……."

"됐다!"

단천엽에게 소리친 게 아니었다. 어느 틈에 십여 명이 넘게 달려온 무사들을 물리는 소리였다.

무사들이 집무실 밖으로 물러나는 동안 단천엽의 얼굴을 훑듯이 쳐다보던 한상월의 눈빛이 냉정하게 가라앉았다.

"이곳까지 온 걸 보니 야수감각도는 확실히 터득한 모양이다만 내 아들 노릇을 하기엔 아직 한참 미숙하다. 나라면 이곳까지 도착하는 데 닷새면 충분했을 것이다."

"그, 그렇군요."

"게다가 적당히 어리숙하지도 않으니 골치 아프다."

"……."

단천엽은 침묵할 수밖에 없었다. 한상월이 아무렇게나 내뱉는 말의 의도를 알 수 없었기 때문이다. 그때 한상월이 대수롭지 않은 표정으로 말했다.

"그래서 너는 죽을 준비가 됐느냐?"

"예?"

다시 얼굴에 귀찮은 기색이 떠오른 한상월이 말했다.

"죽을 준비가 됐냐고 물었다."

단천엽과 한상월 사이로 처음보다 더욱 긴 침묵이 흘렀다. 피를 나눈 부자지간이라기보다는 쟁패를 앞둔 대적자와 마주 선 듯 깊고 어두운 색깔이 담긴 그런 침묵이었다.

『천괴』 2권으로 이어집니다

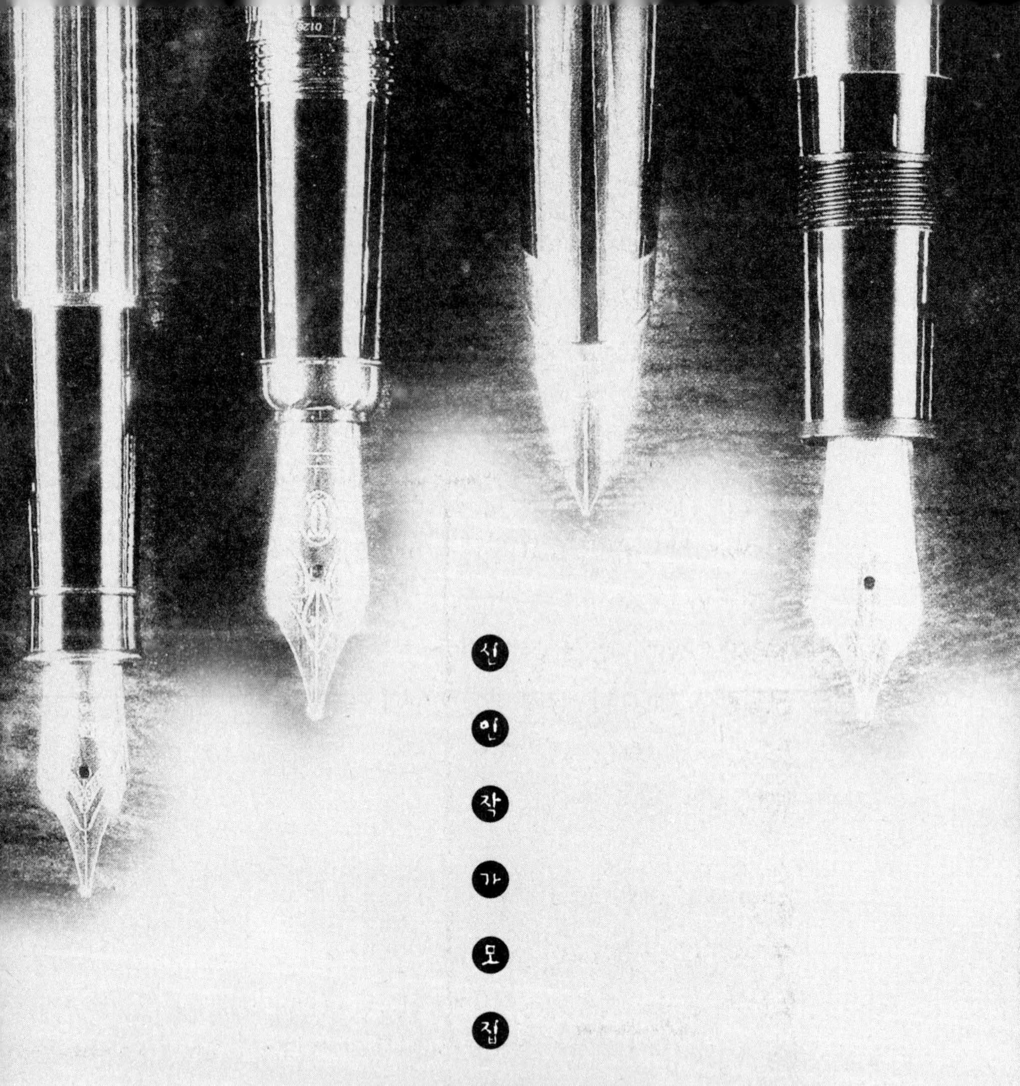
신
인
작
가
모
집

시작이 반이라고 했습니다.
작가의 길에 대한 보이지 않는 벽을 과감히 깨뜨리십시오!
청어람은 작가 지망생 여러분들의
멋진 방향타가 되어드리겠습니다.

저희 도서출판 청어람에서는
소설 신인 작가분들을 모집합니다.
판타지와 무협을 사랑하시는 분들의 많은 참여를 바랍니다.
소정의 원고(A4용지 150매)를 메일이나 우편으로 보내주시면
검토 후 출판 여부를 알려드리겠습니다.

주소:경기도 부천시 원미구 심곡1동 350-1 남성B/D 3F 우편번호420-011
TEL:032-656-4452 · FAX:032-656-4453
http://www.chungeoram.com
e-mail:chungeoram@chungeoram.com